질문하는 독서의 힘

질문하는 독서의 힘

2020년 6월 20일 1판 1쇄 발행
2024년 11월 15일 1판 6쇄 발행

지은이　김민영, 권선영, 윤석윤, 장정윤
펴낸이　한기호
책임편집　정안나
편집　도은숙, 유태선, 김현구, 김혜경
마케팅　윤수연
경영지원　국순근
펴낸곳　북바이북
　　　　　출판등록 2009년 5월 12일 제313-2009-100호
　　　　　주소 04029 서울시 마포구 동교로 12안길 14(서교동) 삼성빌딩 A동 2층
　　　　　전화 02-336-5675 팩스 02-337-5347
　　　　　이메일　kpm@kpm21.co.kr
　　　　　홈페이지 www.kpm21.co.kr

ISBN 979-11-90812-03-0 03800

· 이 도서의 국립중앙도서관 출판예정도서목록(CIP)은 서지정보유통지원시스템 홈페이지
 (http://seoji.nl.go.kr)와 국가자료공동목록시스템(http://www.nl.go.kr/kolisnet)에
 서 이용하실 수 있습니다. (CIP제어번호 : CIP2020023135)
· 북바이북은 한국출판마케팅연구소의 임프린트입니다.
· 책값은 뒤표지에 있습니다.
· 본문에 실린 인용문은 저작권자의 허락하에 사용했습니다. 확인이 더 필요한 인용문은 향후
 절차에 따라 진행하겠습니다.

토 론 을 위 한 논 제 만 들 기

질문하는
독서의
힘

김민영
권선영
윤석윤
장정윤

북바이북

질문은 나를
표현하는 힘이다

질문이란 자기 정체성이다. 무엇을 어떻게 바라보는지에 관한 생각을 담는 나만의 그릇이다. 저마다의 생각이 다르듯 질문도 제각각이다. 질문을 들여다보면 그 사람의 살아온 시간과 사는 모습이 보인다. 질문을 어려워하는 사람들은 대개 주목받기를 두려워한다. 인정 욕구와 정답 강박증으로 인해 질문의 자리는 점점 좁아진다. 자기 생각도 희미해진다.

강의 후 공개 질문하는 사람은 적지만, 조용히 앞으로 나와 물어보는 이는 있다. 줄까지 서서 기다려야 하는데도 개인적으로 묻는다. 이렇게 좋은 질문을 왜 이제야 하느냐고 물으면, 별것 아닌 질문으로 다른 사람의 시간을 빼앗는 것 같아 그랬다고 한다. 어느새 질문은 민폐의 상징이 되었다.

토론이 적은 주입식 교육은 초·중·고등학교를 지나 대학교, 대학원 석·박사 과정까지 이어지기도 한다. 석·박사 과정에서도 자기 생각을 말하거나 질문해야 하는 강의는 피하고, 답이 정해져 있거나 족보가 있는 강의만 신청한다. 둥그렇게 둘러앉는 책상 배치는 공포의 대상이다.

책 한 권은 커다란 물음표다. 다수가 "그렇다"고 한 생각에 관해 "전 아닌데요"라고 표현한 작가만의 깃발이다. 마음에 드는 구절을 만난 독자는 '나도 이렇게 생각하는데', '내 생각이 쓰여 있네'라며 밑줄을 치거나 페이지 귀퉁이를 접는다. 또는 마음에 고이 새긴다. 작가의 세계에 빠져들며 몰입한다. 거대한 물음표의 세계로 걸어 들어가는 일, 바로 독서다. 자신이 궁금해했던 것, 관심사, 고민을 자세히 들여다보고 재발견하는 자기 탐색의 과정인 셈이다.

그럼에도 자기만의 물음표 만들기를 어려워하는 사람이 많다. 책에 흠뻑 빠지거나, 취하거나 동경할 뿐 자기 생각이나 질문은 풀어 내지 못한다. 감탄과 동경에 길들여져서 그렇다. 이들 대부분은 책 내용을 받아들이기만 할 뿐, 나만의 시각으로 정리하고 확장시키는 질문 만들기 경험이 부족하다. 독서 모임에서 '기억에 남는 밑줄'을 소개하는 것만으로도 긴장하는 사람들을 본다. "이런 부분을 좋다고 해도 되는지 모르겠어요"라며 얼굴을 붉힌다.

다른 사람의 시선을 의식하거나 자기 검열을 하는 태도에서 헤어 나지 못한다면, 나라는 존재를 표현하는 힘이 세질 수 없다. 질문은 자기를 표현하는 힘이다. 힘은 금세 키워지지 않는다. 근육운동처럼 조금씩 증량한다. 작은 질문을 자주 해본 사람이 큰 질문도 할수 있다.

이 책에는 질문하는 힘이 부족한 사람을 위한 단계별·상황별 지도법이 담겨 있다. 독서 모임을 잘 하고 싶다면, 독서 모임을 하지는 않지만 책을 읽고 그럴듯한 질문을 하고 싶다면, 질문하는 독서 지도법에 관심이 많다면 맞춤형으로 읽을 수 있다. 출간 7년 차를 맞은 『이젠, 함께 읽기다』(북바이북, 2014)의 후속편 격으로 읽어도 좋다. 원고를 쓰며 독서 모임의 완성도를 높이는 논제 만들기 방법을 체계적으로 배우고 싶다는 독자들의 요청에 응답하려 애썼다.

질문하는 독서의 중요성을 이야기하는 데 그치지 않고 1인 독자, 독서 모임 독자, 독서 지도를 해야 하는 독자로 각 장을 구분해서 구체적인 방법론과 예시를 담았다. 1장에서는 질문하는 독서가 왜 필요한지에 대해 다양한 사례를 들어 이야기했다. 질문이나 논제 만들기를 어려워했던 독자라면 스스로를 이해하는 계기로 삼고 읽으면 좋겠다. 2장에는 홀로 책 읽는 이를 위한 질문 독서법을 실었다. 혼자서도 책을 능동적으로 읽고 싶다면 유익하게 다가올 것이다. 3장은 독서 모임을 하고 있는 독자가 반길 만한 부분인데, 논제 만드는 법과 논제 토론 진행 노하우를 담았다. 현장에서 적용할 수 있는 방법론이다. 4장에서는 독서 교육에 관심 있는 이를 위해 질문이 살아 있는 독서 토론 수업법을 하나하나 짚었다. 논제 예시는 한눈에 보여주기 위해 부록으로 실었다. 누구나 첫 질문은 어렵지만, 다음 질문은 수월하다. 예시를 보면 길이 보일 것이다. 질문이나 논제 만들기가 어려운 독자에게 든든한 버팀목이 되어주면 좋겠다.

이 책은 짧지 않은 공저 기간을 버틴 저자 윤석윤, 권선영, 장정윤 씨의 성실한 퇴고로 완성됐다. 또한 다양한 질문과 논제를 보내준 독자, 독서 모임 회원, 독토리더 들의 물음표를 딛고 쓴 기록이다. 언제나, 책보다 책 읽는 사람이 희망이다.

_김민영

차례

1장

질문하는 독서를 위한
마음가짐

책을 읽으면서 꼭 질문을 해야 할까. 내게 필요한 정보만 취해도 좋지 않을까. 질문하며 시간을 끌 바에야 여러 권의 책을 읽는 게 낫지 않나. 누구나 한번쯤 해봤던 생각이다. 독서는 육체와 정신의 노동이며, 책 한 권을 읽는 데 며칠이 걸릴 수도 있기에 마음이 조급해지기도 한다. 여유롭게 책장을 넘기고 싶지만 10분마다 스마트폰을 쳐다보게 된다. 이렇게 책을 읽다간 1년에 한두 권도 못 읽겠다 싶다. 어느새 독서는 속도전, 권수의 싸움이 된다. 읽긴 했는데 잘 소화했다는 느낌은 들지 않는다. 독서의 의미가 흐릿해질 때 스스로에게 묻는다. '이렇게 읽어서 무슨 소용이 있을까.'

이런 고민을 해본 사람이라면 1장 '질문하는 독서를 위한 마음가짐'을 천천히 읽어보자. 질문의 중요성을 짚어보는 장이다. 독서의 마음가짐과 작은 습관, 생각의 방향을 재정비하는 내용이다. 본격적인 운동 전 스트레칭이지만, 독서의 기본기를 잡는 데 꼭 필요하니 급히 읽는 습관은 내려놓고 꼭꼭 씹어 읽어봐도 좋겠다. 깊게 읽기 위한 징검다리를 스스로 놓게 되고, 고정관념에 둘러싸인 자신도 발견할 수 있다. 기록하는 작은 습관이 질문하는 독서로 이어지는 과정도 실었다. 구체적인 방법에 대한 장으로 가는 필수 정류장이다. 자, 스트레칭 할 준비가 되었다면 책장을 넘겨보자.

집중력을
높이는
독서 습관

묵독. '소리 내지 않고 의미를 해석하는 읽기'다. 묵독은 말없이 들으며 따라가는 강의처럼 고요하다. 메모나 질문 없이 강의를 듣기만 하면 중요하게 여기는 부분만 남을 수 있다. 묵독도 비슷하다. 때로 묵독 후 남는 것은 마음에 드는 구절이며 이조차 시간이 지날수록 흐릿해진다. 가끔은 읽은 책을 또 사 오기도 한다. 이런 일이 반복되면 의욕이 떨어지고 자괴감이 든다. '책을 읽어도 남는 게 없다'는 고민도 생긴다. 집중하는 시간이 짧아져 독서에 속도가 붙지 않고 깊이가 얕은 느낌이 든다. 독서가 시들해진다. '읽기'라는 목표가 사라지고 책과 멀어진다. 요즘 독자들의 고민이다. SBS 스페셜 〈난독시대〉(560회)에 출연했을 때, 맡은 상담도 "집중력이 예전

같지 않다"는 문제였다.

집중력을 높이기 위해 달리기를 했다는 작가 무라카미 하루키에 따르면, 이는 후천적 노력으로 좋아지는 부분이기에 지속적인 훈련이 필요하다. 집중 시간이 짧다면 단기간 집중하고 다시 느슨해지는 식으로 같은 행위를 반복해야 한다. 예를 들어, 매일 같은 시간에 같은 자리에 앉아 일정 시간 동안 하나의 작업에 집중하는 훈련을 하는 것이다. 3일, 7일, 14일, 30일, 100일로 연습 기간을 늘리며 그 시간이 되면 저절로 한곳에 정신을 집중하는 사람이 되도록 몸에 신호를 보내는 방식이다.

많은 작가가 이 방식을 선택한다. '패턴 집필'이다. 집에 근사한 서재가 있는 작가도 작업실을 구해 출퇴근하며 쓴다. 집중력을 기르기 위해서. 단편 「풍경소리」로 제31회 이상문학상 대상을 받은 작가 구효서도 글을 쓰기 위해 출퇴근한다. 그는 〈문학사상〉(2017년 2월호)과의 인터뷰에서 9시에 출근하고 6시에 퇴근하는 이유를 구체적으로 설명했다.

"지상에서 가장 구린 자세로(자전거) 9시에 출근을 하고 6시에 퇴근을 한다. 하염없는 9-6 삼천리. 그런데 또 왜 꼭 나인 투 식스여야 할까. 직장인도 아니고, 내가 내 작업실을 오가는데. 자영업인데. 자영업인가? 하여튼 내가 내 맘대로 시간을 쓸 수 있는데 나는 이 점에서 '죽어라 9-6 원칙'을 지키는 편이다. 이유를 대라면 어딘가

좀 슬퍼질 것 같아 머뭇거리게 되지만 실은 그 얘기를 하려고 공연한 삼천리호 자전거까지 꺼내 탄 것이니 되는 대로 살살 짚어보자. 9-6을 지키려 함은 9-6을 잊기 위해서다. 이걸 어떻게 설명하면 좋으려나. 나는 매일 9시에 출근하고 6시에 퇴근한다. 하염없이 그리한다. 죽어라 그리한다. 그러면 나는 슬슬 9-6을 잊게 된다.”

9-6의 흔적을 지우기 위해, 그 의무와 부담을 지워 '당연히' 하는 행동으로 몸에 새기기 위해 작업실로 출퇴근한다는 얘기다. 마치 직장인처럼.

독서 훈련도 크게 다르지 않다. 집중력이 필요하다면 '하루 10분 독서' 습관부터 실천해본다. 매일 패턴을 몸에 새겨, 일정 시간 집중해서 읽다 보면 '완독'이라는 산에 오를 수 있다. 마지막 페이지까지 충실하게 읽고 난 뒤의 성취감은 크다. 그 재미가 반복되어야 책 읽는 습관이 몸에 밴다.

○ 기록하는 습관을 들이자

'기록하는 습관'은 독서 집중력을 높이는 구체적인 실천이다. 읽으면서 잊어버린다는 불안감이 들거나 읽은 내용이 잘 기억나지 않는다면 노트와 펜을 준비한다. 새로운 정보가 쌓일수록 관심사가 달라질수록 이전 지식이 흐릿해지는 건 당연하지만, 망각의 정도가 심하다면 기억을 복구할 '도구'가 필요하다. 책을 소리 내 읽으며 옮겨 적는 게 좋다. 부분 낭독이다. 시간은 걸리지만 내용이 선명해지고, 작가의 의도가 보인다. 작가와 대화하는 느낌도 든다. 발음 연습과 기억력 향상에 도움이 된다. 길지 않아도 좋다. 매일 3~5분 정도 반복한다. 녹음해서 듣기도 한다.

읽으며 쓰기가 번거롭다면 기록만이라도 해보자. 처음엔 인상 깊게 읽은 구절이나 밑줄 친 구절만 옮긴다. 차차 생각을 덧붙이고, 독후감, 서평까지 써본다. 남는 게 많아진다. 쓰고 토론하고 싶어진다. 기록과 토론은 기억력 향상으로 이어진다. 풍부한 배경지식으로 읽고 쓰고 말하는 자신감도 생긴다.

집중력을 높이는 독서 습관으로 블로그에 기록하기를 추천한다. 블로그는 소중한 순간과 경험을 기록하는 '수납 상자'와 같다. 좋아하는 책, 영화, 여행을 꾸준히 기록한다. 집중력 훈련에 독서와 기록만큼 좋은 것은 없다. 블로그에 글을 올릴 때는 마감을 앞둔 기자처럼 긴장하며 정신을 한곳에 집중한다. 글쓰기를 위해 달리는 작가 무라카미 하루키처럼, 출발선에 선 달리기 선수처럼. 나 스스로 정한 즐거운 마감이다. 살벌한 편집장도 없으니 마음대로 쓰면 된다. 읽은 책을 기억하기 위한 수납공간이니 잘 쓸 필요 없다. 기록만은 꾸준히 해나가자. 내가 읽은 나의 역사니까.

○ 나만의 질문을 만들자

기록으로 다져진 집중력은 '질문하는 습관'으로 이어진다. 책을 쓴 작가에게 질문하기 시작한다. 저자는 어떤 관점에서 이런 글을 썼을까. 나라면 이 상황을 어떻게 바라봤을까. 다른 독자들은 이 부분에 어떤 의견을 보탤까. 다양한 시선으로 책을 읽고, 여러 질문을 덧붙여본다. 책 내용을 옮겨 적는 것에서 나아가 내 질문을 보태 독서를 풍성하게 만든다. 무조건 좋았다, 이런 점을 알게 돼서 좋았다 라는 수동적인 태도에 변화가 일어난다. "책을 읽을 때 끊임없이 의심하라"(『나는 이런 책을 읽어 왔다』, 청어람미디어, 2001)는 다치바나 다카시의 충고는 곁들일 조언이다. 그가 말하는 의심은 불신이 아니다. 독자 스스로 만든 생각의 물음표다.

독서 모임에 나가 집중력을 키워보는 건 어떨까. 주머니 한쪽에 내가 만든 나만의 질문을 준비한다. 책을 읽으면서 궁금했던 점, 다른 사람의 생각이 듣고 싶은 부분, 함께 생각하고 싶은 지점이 질문의 재료가 된다. 색깔별 견출지를 붙이거나 노트에 기록하면 된다. 심도 깊은 단상이나 서평이 아니기에 부담 없다. "저는 이렇게 봤어요"에서 한 마디 더 늘기 시작한다. "여러분은 어떻게 보셨어요?" 용기 내 던진 하나의 물음표는 다양한 생각을 길어 올린다. 모임 참여자들도 내 질문 덕에 "생각해보는 계기가 되었다"며 좋아한다. 질문은 생각을 확장시키고 시야를 넓혀준다. 독서 습관은 질문하기

전과 후로 큰 변화를 겪는다. 질문 없이 수긍만 하는 독서가 수동형이라면, 질문하는 독서는 능동형이다. 능동형이야말로 집중력을 높여주는 주체적 독서다. 독서 경험이 적은 사람도 질문할 수 있다. 좋은 질문인지 자기 검열할 필요도 없다. 궁금한 점을 드러낼 수 있는 한 줌의 용기만 있다면 누구나 질문을 만들 수 있다.

한 독서 모임 참여자는 "제가 지금까지 책을 허투루 읽었다는 생각이 듭니다"라고 말했다. 그의 집에는 커다란 책장이 있고, 책을 빌려 읽기보다 소장하기를 좋아했다. 읽은 책은 SNS에 기록으로 남겼다. 읽기와 기록에 소홀하지 않았기에 잘 읽고 있다고 생각했다. 그러나 질문이 떠오르지 않았다. 공감만 했지 질문해본 경험이 없었던 그는 저자의 생각을 따라가며 공감과 감탄만 즐겼을 뿐, 자신의 생각이 어떠한지 들여다보지 않았다. 그는 갈등을 싫어하는 성격이었다. "난 다른 생각을 하는데, 난 그게 싫은데 말하기 시작하면 갈등이 되니까 가만히 있었죠." 40년 이상 굳어진 '자동 동의' 습관을 고치려니 쉽지 않았다. 그는 차차 모임에 물음표를 가져오기 시작했다. 삶의 태도에도 변화가 생겼다. '착한 사람', '좋은 사람' 이미지에 집착했던 삶에서 멀어지고 싶다고 했다. 그는 좋은 질문이 등장할 때마다 열심히 관찰 중이다.

○ 요약 연습을 하자

현저히 떨어진 집중력으로 고민이라면 간단한 요약 연습은 어떨까. 책 한 권이 아닌 일부분, 한 챕터를 읽고 다섯 줄로 요약하는 연습이다. 독후감이나 서평이라는 틀에서 벗어나 '어떻게든 다섯 줄로 요약한다'는 목표로 읽기 시작한다. 요약을 위한 읽기인 셈이다. 다섯 줄을 기록하기 위해 읽는 시간이다. 다섯 줄이라는 좁은 수납 공간에 정리해 넣어야 하니 요점을 찾게 된다. 보다 중요한 부분이 보인다. 흐릿한 시야가 선명해진다. 스토리텔링을 잘하고 싶다면 단편영화나 CF, 어린이·청소년 책의 줄거리를 다섯 줄로 요약해본다.

집중력이 부족하면 무엇도 완성하기 어렵다. 다양한 독서 습관으로 집중력을 높여보자. 나에게 귀 기울이는 시간을 가져보자.

고정관념을
깨는 소소한
질문 만들기

소설가 김훈은 자신이 쓴 책은 다시 읽지 않는다고 한다. 이 말을 '고정된 나의 생각을 다시 읽기란 고통스러운 것이다'라고 해석하면 어떨까. 오래된 일기를 편하게 읽을 수 없는 이유 또한 비슷한 맥락 아닐까.

그런 점에서 100년, 200년 동안 거듭 읽히는 책은 경쟁자 없는 승자다. 시간이 지날수록 새롭게 읽히는 글쓰기의 강자들. 우리는 그런 책을 '스테디셀러' 혹은 '고전'이라 부른다. 이런 책에서 받아들이기 힘든 생각을 찾기란 쉬운 일이 아니다. 있다 해도 그 시대의 공기쯤으로 읽으면 앞뒤가 맞는다. 탄탄한 논리와 개연성을 갖춘 책들이다.

오랫동안 읽혀온 책일수록 밑줄 칠 부분이 많으며 이견을 갖기 어렵다. 다른 생각이 난다기보다 수긍하고 흡수된다. 다양한 시각으로 보고 싶다면, 함께 읽고 생각을 나누는 자리에 나가본다. 조건은 '책 한 권을 함께 읽기'다. 생각의 차이를 선명하게 볼 수 있는 신선한 장이다. 나의 고정관념이 무엇이었는지 알게 되니 득이 많다. 나도 모르게 '당연하다'고 믿었던 것들, '이건 절대로 안 돼'라고 부정했던 선들이 뚜렷하게 보인다.

○ 독서 모임은 고정관념을 비추는 거울

퓰리처상 수상작 엘리자베스 스트라우트의 『올리브 키터리지』(문학동네, 2010) 독서 모임에서도 고정관념이 교차했다. 배경은 미국 메인 주의 작은 마을 크로스비다. 주인공 올리브 키터리지는 학교에서 수학을 가르치다 정년퇴직한 여성으로, 다소 무뚝뚝하고 차갑다. 그녀를 중심으로 다양한 마을 사람의 이야기가 등장한다. 올리브 키터리지의 남편 헨리가 주인공으로 나오는 「약국」부터, 다정함을 잃은 아내에게 지쳐가는 '빈둥지증후군'을 앓는 노인 하면의 이야기 「굶주림」 등 흥미로운 단편이 연작 형식으로 이어진다.

『올리브 키터리지』 독서 모임 현장. 소설을 오랜만에 읽었다는 윤성 씨는 "너무 다양한 인물이 나와 집중력이 흐트러지고 잘 안 읽했다"며 난감해했다. 크로스비 마을 사람들을 그린 이야기라 여러 인물이 나오니 관점이 다양해져 따라가기 벅찰 수도 있다. 반면 읽을거리나 관점이 여럿이라 좋아하는 독자도 있다. 이때 건너편에 앉은 해영 씨가 다른 의견을 냈다. 작가 엘리자베스 스트라우트를 좋아한다는 해영 씨. 그녀는 "쉽게 잊어버리고 말지만 하루 안에서도 꽤 많은 사람을 만나는 일상을 잘 관찰했다"며 시원하게 웃었다. 특히 다른 사람을 품고 살아가는 인생에 대해 깊이 알 수 있어 좋았다고 했다. 그게 꼭 자기 마음 같다는 말도 더했다. 해영 씨의 말을 들으며 윤성 씨의 표정이 조금 부드러워졌다. 고개를 끄덕이기도 했다. 이어 윤성 씨는 "그간 소설을 읽지 않은 탓도 있고, 인물 관계가 단조롭고 쉽게 읽히는 책만 읽어 '난 이런 책이 안 맞는다'는 고정관념에 사로잡혀 있었던 것 같다"고 했다. 혼자 읽을 때는 연작소설의 매력을 느끼기 어려웠다고. 약국이나 가정, 마을과 같은 곳에서의 평범한 일상을 그려 낯선 소재는 아니었으나 형식은 익숙하지 않았던 윤성 씨. 이젠 다양한 책을 읽어보고 싶다고 했다.

누구나 익숙지 않은 분야에 대해서는 저항심을 갖는다. 직간접의 경험이 만든 무형의 두려움이다. '내용이 어렵거나 분량이 많거나 낯선 분야는 읽기 어렵다'는 생각에 사로잡히면 책장이 잘 넘어가지 않는다. 함께 읽기는 이런 장벽을 넘을 때 필요한 튼튼한 지팡이다. 조금만 손을 내밀어 몸을 기울이면 편견에 빠지지 않도록 잘 잡아준다. 믿을 만한 균형추와 같다.

다양한 사람들이 같은 책을 읽고 만나는 자리는 고정관념의 사방을 찍는 하나의 사진관이다. "제가 얼마나 많은 고정관념을 가진 사람인지 알게 됐어요"라는 말은 차마 꺼낼 수 없지만 생각한다. '보고 싶은 것만 보고 싶은 대로 보며 살아왔구나.'

자기도 모르게 찍히는 뒷모습, 옆모습을 섬세하게 담아 갈 수 있다. 정보의 홍수에 빠져 클릭만 일삼는 스마트폰의 시대, 스스로 성찰하기 어렵다면 독서 모임의 문을 두드려도 좋다. 고정관념의 각질이 떨어지며 새 살, 새로운 생각이 돋아나는 경험을 할 수 있다.

○ 고정관념을 흔드는 소소한 질문

질문하는 독서 모임의 문을 두드린 사람들은 꾸준히 거듭난다. 콜롬비아 작가 가브리엘 가르시아 마르케스의 자서전 『이야기하기 위해 살다』(민음사, 2007)를 읽고 모인 자리였다. 방대한 분량의 책이라 처음에는 모두 부담스러워했지만 나중에는 모임 덕에 읽었다며 뿌듯해했다. '완독 못 해도 참여!'라는 전제가 있었기에 편안하게 도전했다. 워낙 잘 읽히는 책이라 얇고 어려운 책보다 책장이 잘 넘어갔다는 참여자도 있었다.

중학교 국어교사인 경아 씨는 질문하는 독서를 즐긴다. 질문하는 독서가 좁은 시야를 넓히는 마중물이라는 믿음을 갖고 산다. 경아 씨는 모임에서 이런 질문을 꺼냈다.

저자는 작가가 되고 싶어 법학 공부를 포기합니다. 그의 어머니는 "안정된 기반을 제공해줄 수 있는 전공을 선택하지 않고 작가가 되는 것을 못마땅"해합니다. 우연히 만난 의사는 어머니에게 "예술적 재능은 모든 재능들 가운데 가장 신비로운 것이고, 인간은 그 재능 덕에 무엇인가 얻을 것이라는 기대는 전혀 하지 않은 채 자신의 모든 삶을 바친다"고 합니다. 그는 "태어날 때부터 내부에 지니고 있는 그 무엇을 거부하려고 하는 건 건강에 가장 해롭다"(p.49)고 합니다. 이에 작가는 "어머니가 의사의 말을 듣고 팔자 탓으로 돌리며, 의사의 말에 동의했다"(p.50)고 전합니다. 여러분의 자녀가 저 자처럼 작가가 되기 위해 전공을 포기한다면 자녀의 선택을 지지할 수 있나요?

그리고 이런 선택지를 두 개 만들었다.

- 자녀의 진로 선택을 지지한다.
- 자녀가 전공을 살려 진로를 선택하도록 설득한다.

경아 씨는 작가의 어머니가 겪은 갈등이 인상적이었다고 했다. "저는 아이가 없어서 잘은 모르겠지만, 아무리 내 아이를 오래 본 의사라 해도 이렇게 따를 수 있을지 고민이 됐어요." 경아 씨의 논제로 토론을 했다. '내 아이라면'이라는 가정을 해야 하니, 결국 개인적인 이야기가 흘러나왔다. 자녀들의 성향이 달라 교집합을 찾기 어려웠고, 결국 책에서 벗어난 발언이 주를 이뤘다. 대화 내용은 유익했지만 점점 책과 멀어졌다. 더 다양한 의견이 나올 수 있도록 진행자는 아이디어를 보탰다.

- 여러분은 의사의 행동에 공감하시나요? (선택지: 공감한다/ 공감하기 어렵다)
- 여러분이 저자의 엄마였다면 의사의 조언을 따랐을까요?(선택지: 따른다/ 따르지 않는다)

책을 중심에 두고 깊은 대화가 오갔다. 자칫 책에서 멀어질 것 같은 '저자의 엄마였다면'도 '의사의 조언'이라는 전제가 있어 다시 책으로 돌아왔다. 어떻게 묻느냐에 따라 답은 달라진다. 토론의 다른 결이 나온다.

약간의 차이로 질문도 이야기도 방향이 달라졌다. 고정관념을 흔드는 소소한 질문으로 넘어가기 시작했다. 옆에 앉은 참여자는 "혼자 읽을 땐 의사 말도 맞는다고, 그런 생각을 할 수도 있다고만 여기고 바로 넘어갔는데 의사의 행동을 다시 보게 되네요"라고 했다. 독서 경력 2년차, 지금은 분야를 가리지 않고 무슨 책이든 읽고 있다는 수희 씨의 이야기였다. 평소 질문이 많은 현숙 씨도 말을 꺼냈다. "이 질문을 생각하다 보니, 나도 누군가를 잘 안다는 이유로 쉽게 조언하고 방향을 결정하려 하진 않았나 싶어요." 작은 질문도 확장해서 생각할 줄 아는 현숙 씨는 이번에도 성찰하는 모습을 보였다. '자서전'이란 작가의 일대기이기에 미화나 과장을 의심할 수밖에 없었다는 사람들이 많았다. 자기 생각에 빠져 스스로를 연민하고 예찬하는 책이니 굳이 읽을 필요가 없었다며 자서전과 담쌓았던 경험을 나눴다.

그러나 『이야기하기 위해 살다』를 읽으며 그 고정관념이 깨졌다고 했다. 작가들이 체화한 기록은 당시의 사회, 문화, 역사를 보는 하나의 거울이 될 수 있다고. 작가 스스로도 자신의 기억이 왜곡될 수 있다고 말한 것처럼, 독자들도 그렇게 자연스럽게 따라가면 된다고. 거대한 역사 안에서 평범한 소시민으로 살았던 한 작가의 이야기를 읽으며 나도 글을 쓰고 싶어졌다는 사람들이 많았다. 그리고 경아 씨처럼 질문을 만들어봐야겠다고 했다. 두꺼운 책은 내용을 파악하는 것도 힘들어 깊은 뜻이 담긴 부분을 개수구에 흘려보내는 물처럼 놓치고 말았다는 소감도 있었다.

독서 모임에서의 논제란 질문이다. 거창한 질문이 아니어도 좋다. 소소한 물음표부터 시작한다. "내가 작가의 어머니라면?" 내 질문이 힌트다. 작은 질문이 큰 생각으로 자라나는 경험이 쌓이며, 자기도 몰랐던 고정관념이란 각질을 털어낼 수 있다.

직장인 혜옥 씨의 질문도 흥미로웠다.

저자는 단편소설을 쓰면서 "한 작가가 기본적인 조건을 갖추는 과정에 아주 적확하고 유용한 실마리들을 발견"했다고 회상합니다. 단편소설을 읽고 습득하며 "다른 형태들을 발굴해야겠다는 생각이 든 적은 없었다"고 이야기합니다. 저자는 "단편소설이 장편소설보다 상위에 있다는 사실을 그 어느 때보다 더 확신"(p.400)했다고 강조합니다. 여러분은 저자의 생각에 공감하시나요?

문학과 친하든 친하지 않든 자유롭게 이야기했다. 단편소설과 장편소설의 선호도에 따라 각자의 생각을 나눴다. 무수한 고정관념이 깨지는 소리가 들려왔다. 스마트폰 카메라로는 찍히지 않는 고정관념과 편견. 그 사진을 모으면 인생의 특별한 앨범이 된다.

질문은 깊게
읽기를 위한
징검다리다

이영 씨는 직장 생활 중 갑자기 찾아온 병으로 휴직을 거듭하다 퇴사했다. 좋아하던 일이었고, 어렵게 구한 자리인데다 동료들에 대한 애정도 남달랐던 그녀는 집 밖에 나서지 못할 정도로 우울감과 무력감을 앓았다. "제가 있을 자리가 증발한 것 같았어요." 좋아하던 책과 영화까지 놓고 살던 그때, 검색으로 알게 된 동네 도서관 사이트 추천 도서에 있던 헨리 데이비드 소로우의 『월든』(은행나무, 2011)을 빌리며 이영 씨의 삶은 달라졌다.

'인생의 책', '필독서', '고전'이라 불리는 『월든』은 1845년 월든 호숫가를 배경으로 하는데, 이곳 숲속에 들어가 통나무집을 짓고 밭을 일구며 자급자족하는 생활을 2년간 시도한 소로우의 기록이다. 대자연을 그리는 탁월한 필치, 문명사회를 향한 날카로운 비판, 고유의 삶을 살라는 간절한 조언이 담긴 이 책은 '한 인간의 독립선언문'으로도 평가받는다. 1852년 미국에서 첫 출간된 『월든』은 19세기에 쓰인 가장 중요한 책으로 알려지며, 지금도 세계 각국의 독자들에게 읽히는 스테디셀러다.

○ 이야기할수록 깊어지는 질문

소로우는 "각자는 자기 자신의 일에 열중하며, 타고난 천성에 따라 고유한 인간이 되도록 노력해야 할 것이다"라고 외친다. 누구보다 성실하게 살아왔다고 자부하던 이영 씨는 전투적인 직장 생활을 떠올렸다. 가장 일찍 출근하고 늦게 퇴근하며, 다른 사람 일까지 떠맡아 하면서도, 자신의 존재가 인정받는 것 같아 뿌듯하고 만족스러웠던 그녀. 이 책의 문장처럼 자기를 증명하려 애쓰는 사이 몸은 점점 지쳐갔다. 책을 덮고 그녀는 생각했다. '왜 나는 나의 천성을 부끄러워하고 고치려고만 했을까?' 그렇게 독서 모임 나들이를 시작했다. 참여자들은 사회와 다른 시선으로 이영 씨를 바라봤다. 직업, 나이, 결혼, 거주지가 아닌 좋아하는 작가와 책을 물었다. 어떻게 읽었느냐며 이영 씨 존재 자체에 관심을 보였다. 모임 네 달째, 이영 씨는 『월든』을 읽자고 제안했고 이런 질문을 만들어 왔다.

하버드대를 졸업하고 안정된 직업 대신 측량 일이나 목수 일 '날품팔이'를 하며 산 소로우. 그는 날품팔이야말로 가장 자유로운 직업이라 말합니다. 직원을 고용하고 회사를 운영해야 하는 고용주는 1년 내내 숨 돌릴 틈 없이 살지만, 날품팔이를 하면 1년에 30~40일만 일하면 되기 때문입니다. 이어 그는 "각자가 자기 자신의 고유한 길을 조심스럽게 찾아내어 그 길을 갈 것이지, 결코 자기의 아버지나 어머니 또는 이웃의 길을 가지는 말라고 당부하고 싶다"고 말합니다. 이런 소로우의 생각을 어떻게 읽으셨나요?

인상적인 구절을 혼자 읽고 말 것이 아니라 다시 읽고 질문하기로 했다. 생각을 포기하고 싶지 않았다. 이영 씨의 질문에 여러 의견이 이어졌다. "어릴 땐 선생님이 되고 싶었고 그 길이 고유한 길이라고만 생각했는데 가정 형편 때문에 대학도 다니다 말고 좋은 아내, 좋은 엄마라는 가면을 쓰고 살아왔다"는 고백도 있었다. 그 참여자는 "왜 그렇게 좋은 평가에 집착했을까 싶다"며 "이 책대로 무슨 일을 하든 아버지나 어머니 등 주변이 강요하는 길을 무조건 따라가선 안 된다"고 했다. 다른 참여자는 "사회 전체의 시각이 바뀌지 않는 한 어쩔 수 없다"며 체념하기도 했다. 기록하지 않으면 휘발된다는 생각에 꾸준히 기록한다는 이영 씨 노트엔 토론 내용이 말끔히 정리되어 있었다.

"아버지나 어머니 말이 늘 옳지는 않지만 참고해야 할 때도 있다. 소로우처럼 과감한 결단과 선택을 할 만큼 주관이 뚜렷하다면 걱정 없겠지만 대부분은 스스로를 의심한다."

"앞선 생각이고 귀담아 들을 내용이다. 부모나 교사가 나에 대해 잘 안다고 말할 수 없다. 그들에게 인정받고 싶어 노력했던 내 모습을 알 뿐 소로우가 말한 고유의 천성은 알지 못한다."

"오늘도 아이에게 이런 사람이 되어야 한다고 잔소리를 하고 왔는데 부끄럽다. 이제 고1 되는 딸이 가려는 길과 내가 바라는 길이 다른데 무조건 강요할 수는 없을 것 같다. 아직 다 못 읽은 『월든』을 꼼꼼히 끝까지 읽어야겠다."

토론 후기 노트를 덮던 이영 씨는 "앞이 보이지 않던 그때 독서 모임에 나오지 않았다면 지금도 절망의 구렁텅이에서 헤매고 있겠죠"라고 말했다.

어쩌면 소설가 조해진의 말처럼 '절망의 자세는 오히려 쉬운 것' 인지 모른다. "절망은 아무것도 하지 않아도 되는 것에 보루가 되어 준다"(〈채널예스〉, 「7문 7답」)는 조해진의 생각은 부정하기 어렵다. 이영 씨가 절망의 늪에 빠지게 된 것 또한 그런 이유가 컸다. "모든 것을 놓게 되더라도 제겐 병에 걸렸다는 나름의 이유가 있기에 더 쉽게 절망하고 아무것도 하지 않아도 된다고 생각했어요." 때로 어떤 독서 모임은 다양한 절망의 전시가 되기도 한다. 책을 읽으며 느낀 각자의 절망을 이야기하고 경청하며, 크고 작은 절망 사이에 선 '나'를 보다 객관적으로 보게 된다.

그 경험이 쌓이면 질문이 깊어진다. 질문 한 줄이 어려웠던 사람도 여럿이 함께할 화두를 발견한다. 저자의 주장에 수긍하고 예찬하던 습관과 멀어진다. 질문에도 나 혼자 궁금한 거 아닐까 하는 자기 검열이 있지만, 조금씩 용기를 내 물음표를 던진다.

○ 질문은 나만의 소심한 노크

질문은 '나만의 소심한 노크'라 할 수 있다. 사람에 따라 노크 소리와 횟수가 다르듯, 질문 또한 다를 수밖에 없다. 독서 모임에 나오는 수진 씨는 전업주부로 초등학교 1학년인 아들과 전투 중이다. 수진 씨는 아이와 방학을 보내며 "아들은 이 세상에서 나와 가장 다른 인간임을 깨달았다"고 했다. 어릴 때부터 책을 좋아한 아들은 질문과 의견이 많은데, 성장 속도만큼이나 빠르게 수진 씨와 다른 성향을 드러내는 중이라고. 수진 씨는 매사에 자신과 부딪히는 아들 앞에서 분노하고 좌절하며 스스로에게 실망한다고 했다. 수진 씨도 『월든』을 읽으며 인상적인 부분에 밑줄을 긋고 질문을 메모했다.

소로우는 혼자 지내는 삶의 장점을 여러 각도로 조명합니다. 그는 "외로움을 느낀 적이 한 번도 없으며, 고독감 때문에 조금이라도 위축된 적이 없었다"(p.200)고 합니다. 또한 소로우는 "아무리 좋은 사람들이라도 같이 있으면 곧 싫증이 나고 주의가 산만해지기"에 "대부분의 시간을 혼자 지내는 것이 심신에 좋다고 생각한다"(p.205)고 주장합니다. 여러분은 이런 소로우의 생각을 어떻게 보셨나요?

고전, 베스트셀러, 스테디셀러, 필독서라는 유명세에 눌려 책을 다 못 읽은 참여자들도 말문을 열었다. "아무리 그래도 대부분의 시간을 혼자 보내면 고독사에 이른다"는 발언에 폭소가 터졌다. "나도 이런 생각을 종종한다"는 향원 씨는 "가정에서 직장에서 내내 관계에 시달리다 보니 일주일에 한 시간도 혼자 못 있는 것 같다"고 했다. 결혼 전, 여행을 즐기던 그녀는 이제 양가 어른들과 형제들 사이에서 자신을 잃어버렸다며 한숨을 내쉬었다. 이젠 정말 소로우처럼 호숫가에 오두막이라도 짓고 대부분의 시간을 혼자 보내야 마음이 회복될 것 같다던 그녀는 매우 지쳐 보였다. 다수가 향원 씨의 고민에 공감했으나 형석 씨는 "1인 가구가 속출하는 우리 사회에서 외로움은 큰 마음의 병일 수 있으니 이 책처럼 대부분의 시간을 혼자 보내다간 그 소외감이 더 커질 것"이라며 우려를 드러냈다. 주민센

터에서 근무하는 형석 씨는 소외 계층 상담을 종종하는데, 고립된 사람들을 볼 때마다 마음이 무거워진다고 했다. 고전의 가치를 지금 우리 상황에 적용시켜볼 필요가 있다는 의견도 보탰다.

『월든』을 읽으며 만든 질문들은 사람 사이를 이어주고 생각을 연결하는 징검다리였다. 여러 감정, 흩어진 생각, 무질서한 연상 들이 수납 상자에 정리된 문구처럼 가지런해졌다. '고전은 따분하다'는 고정관념을 깨는 징검다리도 만났다. 단 한번도 '고전' 분야의 책은 읽어보지 않았다는 한 도서관 사서도 고해성사(?)를 보탰다. 읽을 시간이 충분치 않다는 핑계도 부끄럽지만 가끔 읽는 책도 좋아하는 분야나 작가에서 맴돌았다니, 독서의 폭을 넓혀줄 징검다리를 만난 셈이다.

한 권의 책과 다양한 질문이 우리 삶의 조명을 켠다. 넓은 세상이 보인다. 평생 읽지 않은 분야의 책 읽기도 시작할 수 있다. '나'라는 세상에 갇혀 자괴와 비교를 일삼는 어제와 작별하는 징검다리를 스스로 놓아보자. 징검다리를 견고한 다리로 바꿀 때까지 질문하자. 다른 문을 열고 나갈 용기는 가장 가까운 곳에 있다.

質문은 사고의
폭을 넓히는
마중물이다

"사고의 폭을 넓혀야 한다"처럼 오래되고 상투적인 문구도 흔치
않다. 모든 학습과 읽기, 쓰기, 토론은 사고력을 키우고 넓히는 데
주력한다. 토론이야말로 사고력을 기르는 최고의 학습이라고 말하
지만 정작 우리의 교육 현장에서는 그 자리가 좁다. 한 권의 책을
다양한 질문으로 확장시킬 시간이 주어진다면, 정답 없는 자유 토
론이 허락된다면 '사고력'이라는 열쇠를 찾을 수 있다.

소설집 『누구에게나 친절한 교회 오빠 강민호』(문학동네, 2018)를
쓴 작가 이기호는 이렇게 말했다. "부끄러움에 대해서, 환대에 대해
서, 윤리에 대해서 말하면서도, 늘 뻔한 내가 있더군." 책을 안 읽은
사람이라면 "무슨 말이죠?"라고 물을지 모른다. 조금만 더 들어보

자. 소설은 "당신의 환대는 환대받는 상대방을 위한 것인가, 아니면 환대를 베푸는 당신 자신을 위한 것인가?"라는 질문을 던진다. 이 제 조금 와닿을까. '환대'를 '친절'로 바꿔보면 와닿는다. '당신의 친 절은 친절을 받는 상대방을 위한 것인가, 아니면 친절을 베푸는 당 신 자신을 위한 것인가?' 이제야 질문이 무겁게 와닿는다. 찔리고, 아프다. 이런 질문을 하는 소설이라면 읽어보고 싶은 생각이 든다.

작가 김영하의 말처럼 '작가는 상투성의 세계와 싸우는 사람들' 일까. 『누구에게나 친절한 교회 오빠 강민호』도 당연하게 여기는 우리의 친절과 환대와 싸우는 작품이다.

주인공 '강민호'는 '나'와 후배 '윤희'에게 매우 친절했던 사람이 다. 하지만 그의 친절은 어떤 오해를 만들어낸다. 그 오해의 결과에 서 벌어진 틈을 보게 하는 소설이다. 작품에서 윤희는 '히잡'을 쓰 게 된다. 그녀는 사람들의 따가운 눈초리에 시달린다.

독서 모임 현장. 독서 모임을 즐기기 시작한 다혜 씨는 "너무 재 미있게 읽었다"며 히잡을 쓰고 다니는 윤희에 대해 물었다.

교회에 다니던 영어교사 윤희는 교원 연수차 들린 말레이시아의 이슬람 사원에서 우연히 이슬람 예배에 참석하게 됩니다. 이후 윤 희는 '히잡을 쓴 채 출근'을 합니다. 학교에서는 히잡 착용은 '품위 유지 위반'이라는 사유로 '정식으로 징계위원회에 회부'(p.219)하려 합니다. 윤희는 남자친구 종수에게 히잡 착용은 "교회에 다니는 것처럼… 십자가하는 것처럼 자연스러운 거"(p.220)라고 말하는데요. 여러분이 윤희와 같은 상황이라면 히잡을 계속 쓰실 건가요?

○ 같은 부분을 읽고 만든 다른 질문

책을 읽지 않은 사람도 이야기할 수 있는 문제였다. 이렇게 가정하면 된다. 내가 소설 속 윤희처럼 영어교사인데, 우연히 이슬람 예배에 참석했다. 그들의 종교 문화에 공감하게 되고 '히잡'까지 쓰고 다니게 됐다면, 출근하는 학교에까지 쓰고 갈 건지 고민해보라는 질문이었다.

같은 부분에서 다른 질문도 나왔다. 아이들을 출가시키고, 노년을 풍요롭게 보내기 위해 책을 읽는다는 숙희 씨의 물음표였다.

　윤희는 어머니가 진 '억대의 빚'을 갚으며 '더 이상 숨길 수 없는 알코올 의존증'(p.240)을 지켜보면서 살고 있습니다. '7년 동안이나 홀로 그녀를 짝사랑'(p.229)했던 남자친구는 '처음 사귈 때부터 지금까지 한 번도 자기 속내를 얘기한 적이 없'(p.237)다고 말합니다. 윤희를 설득하기 위해 찾아온 교회 오빠 강민호에게 '오빠가 어떻게 3년 만에 찾아와서 그런 말을 할 수가 있'느냐고 말하며 '눈물이 그렁그렁 맺'(p.248)혔습니다. 여름방학에 들어간 첫 번째 주 월요일. 윤희는 '히잡을 쓴 채 출근'(p.236)했습니다. 윤희의 이런 행동에 공감하시나요?

숙희 씨는 상황을 전반적으로 들여다보며, '우리가 윤희라면'을 묻지 않고 이런 인물의 행동을 보게 했다. 같은 밑줄에서 온 다른 질문으로 깊고 다양한 이야기를 나눴다. 시간 가는 줄 모르는 한낮의 토론이었다.

혼자 읽었다면 "윤희는 왜 이런 행동을 하지? 나라면 안 그랬을 텐데, 참 이상한 여자네"라며 불편해하고 말 이야기일 수 있다. 아니면 윤희 입장에 빠져 교회 오빠를 미워하고 욕한다. 이런 사람들의 이중성을 비난한다. 그러면서도 시선이 신경 쓰여 내 안의 이중성은 고백하지 않는다.

사람의 겉모습만 보면 마음을 못 보듯, 책 표지만 보고 작가가 하려는 말은 흘려보내는 태도다. 깊게 읽고 질문하면 여러 문제의식을 가질 수 있다. 히잡을 쓰고 학교에 가는 영어교사를 등장인물로 설정한 작가의 의도를 헤아려 읽어야 한다. 참여자들은 두 질문을 비교했다.

"윤희의 행동에 공감하기가 어려웠지만, 저라면 히잡을 쓰고 직장에 출근할 수 있어요"라는 다혜 씨의 이야기에 이어 "저는 공감했지만 저라면 히잡을 쓰고 학교에 나가지는 못할 것 같습니다"라는 숙희 씨의 발언이 나왔다. 각자의 신념, 가치관, 입장이 차근차근 풀어졌다. 그렇게 생각할 수도 있다, 그런 관점이 충분히 가능하다며 경청하고 공감했다. 작품과 '나'의 이야기가 균형 있게 풀린 토론이었다. 두 사람은 닮은꼴의 두 질문으로 '다른 입장'을 깊게 들여다본 경험이었다고 했다. 나의 선택과 신념 그리고 주변 사람과 규율 중 무엇을 더 중시하느냐의 차이로 생각의 여러 결이 보였다.

같은 부분에서 새로운 질문이 나왔다. 윤희를 둘러싼 '주변 사람들'에 대한 물음표였다. 나올 만한 이야기라 관심이 집중됐다.

P읍에 위치한 사립 고등학교 영어교사인 윤희는 직원 연수 중 모스크 사원 예배실에 들어갔다 나옵니다. 1년 후 히잡을 쓰고 학교에 출근합니다. 그를 보는 주변 사람들은 "저는 그냥 일단 그 히잡만 쓰고 다니지 않으면 되거든요"(p.216) 혹은 "김선생님, 지금 그 꼴이 그게 뭡니까? 여기 학교예요. 학교!"(p.219)라고 말합니다. 주변 사람들의 태도를 어떻게 보셨나요?

재작년부터 도서관 독서 모임에 나가면서 책을 읽고 있다는 명희 씨의 질문이었다. 명희 씨는 윤희를 보는 주변인들의 모습을 살펴보자고 했다. 그 안엔 '그들'만이 아닌 '우리 자신'이 있었다. 참여자들은 "내 동료가 이런 모습으로 직장에 온다면 편치는 않을 거다"라며 차이의 수용이 쉽지 않다고 했다. 또 "내 아이를 가르치는 교사가 히잡을 쓰고 온다면, 고정관념이 생길 수 있기에 고민하게 될 것 같다"는 의견도 있었다. 아직 종교관이 명확치 않은 아이들에게 차림만으로 한 종교에 대한 왜곡된 시선을 갖게 하는 상황이라면 우려된다는 시각이었다.

○ 사고의 폭을 넓히는 새로운 질문

세 질문에 대해 생각하고, 이야기하며 사고의 범위가 넓어졌다. 나만 좋으면 그만 아닌가, 폐만 안 끼치면 되지라는 생각으로 한 많은 행동들이 '내 중심의 생각'이었음을 돌아보지 않을 수 없었다. 그 태도를 검열하라는 것이 아니라, 다른 사람의 입장에서 헤아려보는 연습이 우리 모두에게 필요하다는 지점에서 토론을 맺었다.

토론은 다시 읽기로 이어진다. '당신의 환대는 정말로 환대받는 상대방을 위한 것인가, 아니면 환대를 베푸는 당신 자신을 위한 것인가?'라는 작가의 질문과 윤희의 행동은 균등한 무게로 읽힐 주제다. 이야기의 배경엔 '친절하다'는 강민호란 인물이 있었다. 그의 친절이 진정 누구를 위한 환대였는지 작가는 묻는다.

나는 충분히 친절하다고 한 행동이 누군가에게는 충분치 않았던 순간, 상대방은 친절한 태도로 한 행동이 내게는 부족했던 그때, 우리린 상처에서 자유로울 수 없다. 그 소소하고 미묘한 기대와 상처 사이에서 우린 또 버텨야 한다. 그럴 때 펴보면 좋을 소설이다.

작고 소소한 질문이라도 좋다. 다른 의견을 기다리는 나만의 질문으로 사고의 항해가 시작된다. 가르치는 대로, 시키는 대로 수용했던 수업에서 벗어나 스스로 사고하고 질문하는 열쇠를 찾아야 한다. 독서 모임은 질문이라는 우물을 함께 들여다보는 시간이다.

책 읽고 질문하며
자기 입장 찾기

"여러분은 어떤 사람을 볼 때 독서력이 있다는 느낌을 받나요?"
종종 던지는 질문에 사람들은 이런 말을 보탠다. 내용을 잘 파악하
거나, 세세한 부분까지 기억하거나, 이 책과 다른 책을 연결 지어 말
하거나…. 기억력이 좋거나 더 많이 읽거나 아는 이를 독서력이 있
다고 여긴다고 했다. 그렇게 읽고 싶다는 마음이 읽힌다. 기다리는
답 중 하나는 '저자와 다른 견해를 가진 사람'이지만 쉽게 오지 않
는 회신이다. 참고할 책이 있다. 여성학 연구자 정희진의 에세이
『정희진처럼 읽기』(교양인, 2014). 작가는 책 내용을 익히는 습득習得
보다, 기존의 자기 지식에 배치하는 지도 그리기mapping를 강조했
다. 습득과 지도 그리기 모두 저자가 책을 읽는 방법인데, 둘 중 효

율적인 쪽으로 지도 그리기를 택한다.

책의 위상과 저자의 입장을 이해하는 것이 독서의 핵심이기 때문이다. 자기만의 사유와 인식으로 읽은 내용을 알맞은 곳에 놓는 게 중요하기에, 지도 그리기 독서가 더 효율적이었다는 저자의 고백이다. 이런 독서를 위해 기본적으로 사회와 인간을 이해하는 자기 입장이 있어야 한다는 정희진의 생각 또한, 독자 저마다의 입장에서 다르게 해석될 수 있다. 각자의 기존 지식에 정희진 독서법이 도착하는 지점과 깊이를 살펴보고, 그 차이를 들여다봐야 한다. 그래야 자신만의 지도 그리기 즉 '자기 입장 찾기'를 완성할 수 있다.

문학비평가 황현산은 비평집 『잘 표현된 불행』(문예중앙, 2012)에서 "책은 가까이 할 수 없는 책일 때 그 책으로서의 본질을 잘 드러낸다"(p.725)고 전했다. 다시 풀어보면 저자를 잘 모를 때, 그 책으로서의 본질을 잘 알 수 있다는 말이다. 저자와 가까운 관계라면 알 수 없는 부분을 발견할 수 있다는 것. 황현산은 "책은 저자에게서 멀어질수록 즉자적 성격을 더 강하게 지닌다"고 했다. 쉽게 말하자면, 보다 독립적인 입장에서 책을 읽을 수 있다는 것이다. 자신만의 입장 찾기, 지도 그리기를 잘 하려면 저자를 잘 모를수록 유리하단 뜻도 된다.

고전문학 읽기 모임에 나오는 형수 씨는 학창 시절 읽기에 대한 고민에 시달렸는데 그때마다 들었던 말이 "저자의 뜻을 잘 파악해라"였다. 자기만의 생각을 펼치다가도 그런 가르침 앞에서 작아지고는 했다. 난 잘 모르는데, 이 저자의 책을 잘 읽지 못했는데 분명 틀린 생각이겠구나란 검열이 시작되며 스스로의 견해를 접고는 했다. 이후로는 무조건 책에 실린 해설이나 전문가들의 견해만 쫓아다녔다. 밑줄을 긋고 "그렇구나"라며 무비판적으로 받아들였다.

그렇게 알게 된 지식을 쌓다 보니, 마치 자신의 견해처럼 이야기하게 됐다. 한 독서 모임에서 만난 50대 사회복지사의 말이 아니었다면 지금까지도 다른 의견만 따라다니는 줄서기 책 읽기만 하고 있을 거라고 형수 씨는 말했다. "그 사회복지사가 제 이야기를 듣더니 정말 그렇게 읽었느냐고 자기 생각이냐고 물었어요. 그때 갑자기 앞이 깜깜해졌어요. 카뮈의 『이방인』 토론이었는데, 아랍인을 쏘아 죽인 뫼르소의 행동에 대한 견해를 나누는 자리였거든요. 여러 책에서 읽은 해석을 내 생각인 것처럼 이야기했는데 그분의 질문을 듣고 나선 한마디도 할 수 없었어요. 그때 깨달았죠. 내가 읽은 책에 관해 내 스스로 생각한 적이 없었다는 것을….."

○ 책이 던지는 질문에 주목하자

책을 많이 읽지는 않았지만 자기 생각을 소박하고 깊이 있게 담아내던 사회복지사는 다른 사람과 겹치지 않는 견해를 꺼내고는 했는데, 다른 비평을 읽지 않는 편이라고 했다. 형수 씨는 그때 "그러다 잘못 읽으면 어쩌나 걱정되지 않느냐"고 물었는데 돌아온 답은 이랬다. "잘못 읽는다는 전제엔 잘 읽는다는, 정답이 있다는 생각이 있는 것 같은데 책 읽기에 그런 게 있다고 보지는 않아요." 글을 쓴 작가들도 분명 모르는 부분이 있고, 그걸 읽어내는 게 독자의 역할이라는 말을 듣고 형수 씨는 또 다른 세상이 열리는 것 같았다. 이후 그는 전처럼 권위 있는 사람들의 비평에 집착하지 않게 됐다. 어떤 견해든 자기 생각을 담기 시작했다. 자주 찾아다니던 저자 강연회에도 가지 않는다. 이제는 글로 작가를 만나고 싶어졌다고 한다. 누구의 입장이 옳다고 말할 권리는 누구에게도 없다. 각자의 선택과 취향은 존중받을 수 있다. 아직 비평 읽기나 '작가와의 만남'이 필요한 독자라면, 그런 곁의 텍스트가 필요하다. 하지만 다른 견해에 의존하고 싶지 않다면 굳이 읽지 않아도 된다. 특히 권위 있는 비평이나 해석에 영향을 많이 받는 독자라면 적당한 거리를 유지하는 것도 좋다.

비평을 읽으면서도 '질문'에 주목한다면 도약할 수 있다. 글쓴이의 견해를 그저 신뢰하기보다 글이 던지는 질문이 무엇인지, 왜 이런 질문을 하는지 짚으며 읽어야 한다. 좋은 견해는 질문에서 나오기 때문이다. 창작자, 작가나 감독 또한 여러 질문을 기다린다. 영화 〈벌새〉의 감독 김보라는 책 『벌새』(아르테, 2019)에 미국의 그래픽

노블 작가 앨리슨 백델과 나눈 깊은 대화를 실었다. 백델의 작업실에서 나눈 대화에는 '서로의 작품에 대한 이야기와 창작자로서의 고민'이 담겼다. 김보라는 온라인서점 '예스24' 팟캐스트 '책읽아웃'에 출현해 앨리슨 백델과의 잊지 못할 대화를 떠올리며, 전에 한 번도 느껴보지 못한 감정이었다고 했다. 책 『벌새』는 좋은 질문이 창작자에게 얼마나 중요한가를 보여주는 훌륭한 사례. 앨리슨 백델은 영화 〈벌새〉를 그대로 따라가기보다 자기 입장에서 이 영화를 본 후 질문했다.

"〈벌새〉는 세상 속에 스스로 설 자리를 찾는 이야기다. 영화를 보는 동안에는 쉽게 눈치채기 어렵지만, 굉장히 정치적인 영화이기도 하다. 철거민 현수막에 대해서는 정확히 어떤 상황인지 이해할 수 없었다. 개발 때문에 집을 잃게 된 것인가?"(p.265)

자신이 궁금한 점, 이해할 수 없었던 부분, 보다 자세한 설명이 필요한 지점을 놓치지 않는 질문 습관은 자기 입장을 찾는 가장 좋은 길이다.

익숙하지 않은 사람에게는 질문하는 습관이 큰 숙제일 수 있다. 어디서부터, 어떻게 질문해야 할지 막막하다. 나서기는 물론, 주목받기나 갈등 상황을 기피하는 사람도 질문에 서툴 수 있다. 다수가 원하는 쪽으로, 기존의 답에 묻어가는 게 편하다. 튀지 않고 보충 설명을 하지 않아도 되니까, 귀찮은 일이 생기지 않는 방향이니까 말이다. 많은 사람들이 선호하는 방향이다. 문제는 '묻어가는 습관'이 독서, 글쓰기, 토론에서 장벽을 만든다는 점이다. 다른 사람들 눈에는 보이는 질문이 전혀 안 보이는 답답한 상황이 생겨난다. 이야기를 듣고 나면 수긍이 가지만 스스로 찾으라면 할 수 없는 상태. 어떻게 질문해야 하는지 배우고 싶지만 굳어진 사고의 틈이 좀처럼 벌어지지 않는다. 여전히 글감도, 문제의식도, 질문도 없다. 이렇게 책을 읽다 보면 남는 게 없는 독서에서 제자리걸음만 할 수 있다. 결국 아무 생각 없는 '네네형' 독자가 되고 만다. 갈등하고 고민한 책이야말로 뼛속까지 스미고 체화되는데, 그럴 기회를 좀처럼 얻지 못한다. 무비판적·수동적 읽기에 길들여진 경우다. 자기 견해를 쓰라는, 자기 입장에서 비평하라는 요구를 받으면 위축된다. 무엇을 써야 할지 머릿속이 하얘진다. 끝내 읽기만 할 뿐 쓰기나 토론은 담 쌓고 사는 편을 택한다.

○ 책을 읽고 자기 입장을 표현하자

철도 공무원 철원 씨도 비슷한 고민으로 독서 모임에 찾아왔다. 한 달에 10권씩 8년간 읽었지만 남은 건 목록뿐이라는 철원 씨. 다른 사람들처럼 자기 생각을 충분히 담은 독후감을 쓰고 싶었지만 실패하고 말았다. 책을 읽을 때는 재미있고 유익하다는 생각을 하지만, 글을 쓰려면 무엇을 어떻게 써야 할지 막막해졌다. 다른 사람이 쓴 독후감이나 서평을 읽으면서 나도 이렇게 쓰고 싶다는 생각만 했지 시도하지는 못했다. 그는 대부분의 책을 수긍하고 감탄하며 읽는 독자로, 취미는 '책 사기'였다. 산 책은 언젠가는 읽는다는 생각으로 수천 권의 책을 모았지만 독후감 한 편 쓰지 못하는 스스로에게 낙심해 독서 모임에서 한 수 배워보고 싶다고 했다. 그의 토론은 모호했다. 무슨 말을 하려는지 요지가 보이지 않았고, 5분 이상 이어진 긴 말에서도 핵심은 들리지 않았다. 책을 좋아하는 철원 씨의 마음을 읽은 참여자들은 공감하며 끝까지 경청했지만 결국 그 스스로 자취를 감추고 말았다. 1~2분 만에 책 내용에 대한 자기 생각을 명료하게 이야기하는 사람들을 보며 위축되었던 것일까. 세 번의 출석 후 사라진 그는 전과 달리 두세 줄의 감상을 쓰기도 했지만, 최근엔 다시 월별 목록만 정리하는 중이다. 매월 몇 권의 책을 읽었는지 기록하는 것만으로도 뿌듯하다면 철원 씨의 독서 습관도 나쁘지 않다. 하지만 읽는 양에 비해 표현 출구가 적어 욕구 불만이 생긴다거나, 생각 정리가 점점 어려워진다면 읽기만이 왕도는 아니다.

적게 읽더라도 자기 입장을 정리하며 느리게 꾸준히 가는 독서야말로 책의 유효기간을 늘리는 습관이다. 저자의 주장을 무조건 신뢰하지 않기, 권위를 추종하지 않기, 자기 생각을 포기하지 않기. 세 가지 약속에 충실한 읽기라면 쓰기와 토론으로 나아갈 수 있다. 독서 모임에 나갈 기회가 생긴다면, 그 맞춤형 발언자를 롤모델로 삼아보는 것도 좋다. 간결하게, 명확하게 자기 입장을 잘 표현하는 책 친구를 만난다면 귀를 쫑긋 세우고 들어본다. 모임 후 티타임이나 식사 자리에서 한 수 배워보는 것도 좋다. 평소 어떤 책을 어떻게 읽는지에 대한 경험담을 나누며 나의 고정관념에 작은 창을 하나 낸다면 잊지 못할 여행이 될 것이다. 그렇게 우리는 수긍과 감탄의 플랫폼에서 이견과 질문이라는 또 다른 역을 향해 가는 여행자가 된다.

2장

홀로 책 읽는 이를 위한
질문 독서

"어떻게 하면 책을 잘 읽을 수 있나요?" 독서가라면 한 번쯤 고민해봤을 문제다. 읽어온 기간, 읽는 목적, 주로 읽는 책, 독후 활동 유무 등 저마다 상황이 다르기 때문에 다소 추상적인 질문이기도 하다. '독서 내공'이 있는 사람도 선뜻 명쾌한 답을 하기 어렵다. 이들 대부분은 각자 오랜 시간 투자와 자기 경험에 의해 책 읽는 힘을 키웠기 때문이다. 몸으로 터득한 것을 방법론으로 정리하기란 쉽지 않다.

책 잘 읽는 방법을 궁금해하는 사람들의 공통점이 있다. 책에서 얻은 정보를 활용해 생각하는 경험이 부족하다. 식재료는 준비했지만 막상 요리하려니 막막한 것과 비슷하다. 재료를 다듬고 적정량으로 나누어 조리해야 하는데 방법을 모르니 레시피를 찾는다. 하지만 요리 숙련가들의 레시피대로 해도 망치는 경우가 허다하다. 독서법 관련 책에서 배운 대로 읽어보려 하지만 마음처럼 되지 않아 실망하는 우리네 모습과 닮아 있다.

이들이 놓치고 있는 것은 '시간'과 '경험'이다. 어떤 일이든 한 번에 잘하기는 어렵다. 자신이 어려워하는 분야일수록 오랜 시간을 들이고 실패의 경험을 토대로 보완하는 노력이 필요하다. 특히 독서, 글쓰기는 당장의 결과보다 앞을 내다보고 장기전으로 가야 한다. 그 과정에서 겪는 시행착오와 고민은 나를 단단하게 해줄 것이다. 독서와 글쓰기는 '나'를 표현하는 도구이기 때문이다.

2장 '홀로 책 읽는 이를 위한 질문 독서'는 이제 막 독서에 입문했거나 책을 읽고도 생각을 정리하기 어려운 이들을 위해 썼다. 현장에서 '독서 내공'이 느껴지는 참여자들의 책 읽기 습관을 들여다보고 발언 내용을 집중해서 들었다. 그들의 독서 태도에는 공통적으로 '질문'이 있었다. 지극히 개인적인 질문으로 시작해 사회에 던지는 문제의식까지, 독서가들의 시선은 시공간과 공과 사를 자유롭게 넘나들었다. 그중에서 '책을 잘 읽고 싶다'는 고민을 가진 이들이 바로 실천할 수 있는 것들을 소개했다. 독서에 정해진 길은 없지만 막막해하는 사람들에게 작은 도움이 되길 바라며.

책에 표시하며
질문 찾기

30대 회사원 유진 씨가 유년 시절을 함께 보낸 책은 초등학교 저

학년 때 집에 들여놓은 한국·세계 위인 전집 100권 세트다. 위기와

고난을 이겨낸 끝에 성공하는 위인들의 이야기는 초등학생에게 별

다른 감흥을 주지 못했다. 그 전집을 초등학교 졸업할 때까지 읽었

다. 그가 책을 다시 읽기 시작한 것은 20대 중반부터다. 당시 즐겨

하던 삼국지 게임을 더 재미있게 하고 싶어 역사소설을 찾아 읽었

다. 역사 속 인물의 삶과 기질을 알고 나니 웅장하고 화려한 전쟁사

를 따라가는 것이 즐거웠다. 무기력한 현실과 달리 책과 게임 속에

서는 세상을 호령하는 영웅이 된 기분이었다. 그렇게 유진 씨는 책

을 읽기 시작했다.

이런 이유로 유진 씨는 주변 사람들에게 책 읽는 모습을 종종 보여주었다. 그런데 언젠가부터 "무슨 책 읽어요?", "읽을 만한 책 추천해줄 수 있어요?"라는 질문으로 사람들의 관심을 받았다. 가장 그를 곤란하게 했던 것은 지금 읽고 있는 책을 먼저 읽은 이에게 받는 질문이었다. "어, 나도 이 책 좋아하는데, 어때요?" 스토리를 따라가는 재미로 책을 읽는 그로서는 늘 이런 대답밖에 할 수 없었다. "재미있는 것 같아요." "읽을 만해요." "아직 초반이라 잘 모르겠어요." 읽은 책인데도 자기 생각을 말로 표현하지 못한 자괴감이 밀려왔다. 허세 부린다고 손가락질당할까 봐 그 사람을 보면 슬그머니 책을 집어넣기도 했다. 그런 상황이 반복되니 두려웠다. 읽었어도 정리는커녕 금방 잊어버리고 마는데 '읽는 의미가 있나'라고 독서 자체에 의문을 품기도 했다.

많은 독자들이 유진 씨에게 공감하지 않을까. 하지만 자책하지 않아도 된다. "인간은 망각의 동물"이라는 말도 있지 않은가. 나날이 쏟아지는 정보와 기억 들을 머릿속에 저장하다 보면 기존에 자리하던 것들은 자연히 무의식 속에 묻히게 된다. 어떤 자극이 있을 때 무의식에 있던 기억이 자연스럽게 떠오르기도 하지만, 아무리 해도 생각나지 않는 경우도 있다. 책을 읽을 때도 그렇다. 방대한 텍스트를 전부 기억하기란 사실상 불가능하다. 이때 우리가 해야 할 것은 '선별'이다. 책을 읽으면서 어떤 것을 기억할지 스스로 선택하는 것이다. 같은 사건이라도 대수롭지 않게 넘기는 사람이 있는가 하면, 오랫동안 기억하며 마음에 담아두는 이도 있다. 이를 구분하는 것은 '그 사건이 나에게 어떤 의미였는가'에 대한 질문과 생각을 더해나가는 집요함이다.

예전에 읽었던 책 한 권을 꺼내 휘리릭 책장을 넘겨보자. 여기서 책 읽는 방식이 두 부류로 나뉜다. 새 책처럼 깨끗하게 읽는 사람과 이런저런 표시를 하면서 읽는 사람. 어느 한쪽이 맞는다고 단언할 수는 없다. 읽는 목적에 따라서 다를 수 있다. 스트레스 해소용으로 읽는 책과 내적 성장을 위해 읽는 책은 독서 방법이 달라질 수밖에 없다. 하지만 어떤 책이든 좀 더 섬세하게 읽고 내 입장을 정리하고 싶다면 책을 더럽히는 것(?)에 너그러워져야 한다. 펜을 쥐고 읽은 흔적을 남겨야 한다는 뜻이다. 하지만 많은 사람이 책에 흔적 남기기를 주저한다. 도서관 책이라서, 중고서점에 팔아야 해서, 귀찮아서…. 그중 눈에 띄는 건 표시하다 보면 '책 읽는 흐름이 깨져서 집중력이 흐트러진다'는 이유다. 즉 독서하는 데 표시하는 행위가 방해된다는 말이다. 과연 그럴까.

다른 생각이 들어올 틈 없이 책에 푹 빠져 있다는 것은 작가가 만들어놓은 세계에 완전히 녹아 들어간다는 뜻이다. 다르게 말하면, 책과 내가 동등한 입장이 되지 못하고 즐거움을 받아들이기만 한다는 의미다. 이때 '나'라는 존재는 없어지고 책이 주도권을 쥐게 된다. 이렇게 읽는 사람들에게 소감을 들어보면 대부분 줄거리를 (헐겁게) 요약하고 단순하게 자기감정을 표현하는 것에 그치고 만다. 책에 눌려 자기 입장을 정리할 기회를 박탈당한다.

'표시하면서 읽기'는 책에 푹 빠지기 전에 브레이크를 걸어준다. '주인공이 왜 이런 행동을 하지?', '나라면 어떤 선택을 했을까?', '저자가 하는 말이 과연 옳을까?', '이 부분이 무척 불편한데 그 이유가 뭘까?' 읽으면서 물음표가 떠오르는 지점에 표시를 해둔다. 이렇게 하다 보면 책을 그대로 따라가다가도 한 번쯤 뒤돌아서서 검증하는 시간을 가질 수 있다. 이런 물음표를 던지려면 책에 푹 빠져서는 안 된다. 계속 읽고 싶어도 잠시 멈추고 눈이 머물렀던 문장에서 떠오른 내 생각을 들여다보며 책과 거리를 두어야 한다. 이 방법이 익숙하지 않다면 집중력이 흐트러진다고 느낄 수도 있다. 하지만 비판적 독서는 여기에서 시작된다.

○ 밑줄 긋기와 페이지 귀퉁이 접기

표시하면서 읽는 손쉬운 방법이 있다. 읽으면서 인상에 남는 부분에 가볍게 밑줄을 긋거나 페이지 귀퉁이를 살짝 접어둔다. 포스트잇을 사용해도 좋다. 언제든 책을 다시 꺼내서 특정 부분을 찾아볼 수 있도록 한다. 그렇다면 어떤 문장에 밑줄을 그을 것인가. 독서 토론에서 밑줄 그은 문장을 공유하다 보면 자신의 마음이나 감정이 반응해 표시하는 경우가 많다. 특별히 감동적이었거나 내 이야기 같아서, 내 생각을 대변해줘서 공감했다는 이유다. 내가 꽂힌 문장이다. 독서 초보자도 부담 없이 문장을 선별할 수 있어 표시하는 습관을 들이는 데 좋다.

여기서 좀 더 나아가 책을 조망하고 핵심을 파악하고 싶다면 책의 주제, 저자의 주장, 문제의식, 집필 의도 등에도 밑줄을 그어보자. 이때 나의 공감 여부는 중요하지 않다. 책이 말하고자 하는 바를 명확하게 아는 것이 우선되어야 자의적 해석에 빠지지 않기 때문이다. 다양한 해석을 할 수 있는 문학이라면 소설의 배경, 중요하다고 여긴 인물의 행동, 생각, 대사, 복선 등에 표시하면 된다. 이 연습을 꾸준히 한다면 내 감정에 휩쓸려 오독하지 않고 책의 입장을 수월하게 파악할 수 있다. 또한 소설의 두터운 이야기 구조와 상징 등을 세밀하게 읽어내서 보다 깊이 있는 해석이 가능해진다.

○ 단상 메모하기

책을 읽으며 떠오르는 생각을 여백에 기록하는 것은 밑줄 긋기보다 더 적극적인 표시다. 밑줄은 읽는 흐름을 이어갈 수 있지만 메모는 잠시 멈춰야 한다. 앞에서 말한 브레이크를 밟는 것이다. '멈춤'

은 책과 나 사이에 공감하는 시간이 되기도 하고 정면으로 충돌해서 스파크가 일어나는 자극으로 작용하기도 한다. 이때 떠오르는 생각의 파편들을 잡아서 여백에 간단히 적어둔다. 단어만 나열하거나 문장을 완성하지 않아도 된다. 즉흥적이고 단속적이라서 나만 알아볼 수 있다. 이런 메모들은 저자에게 던지는 나의 문제의식이며 더 나은 방향, 새로운 국면, 심도 있는 공론으로 발전할 수 있는 가장 기본적인 사고 훈련이다.

책을 읽으며 메모하다 보면 생각이 일관되지 못한 자신에게 실망하기도 한다. 명쾌하지 못한 자기 입장이 답답한 것인데, 큰 문제는 아니다. 책을 읽는 동안은 어떻게 생각이 흘러가든 있는 그대로 기록하면 된다. 입장 정리는 책을 다 읽고 메모한 것들을 다시 보며 생각을 다듬는 시간을 가진 후에 해도 늦지 않다. 메모의 목적은 머릿속에 떠다니는 생각을 잡아두는 데 있다. 별로 쓸 말이 없다면 습관이 되지 않았거나 관심사의 폭이 좁다는 의미일 수도 있으니 내 생각 수준의 바로미터로 삼고 꾸준히 연습해보자.

○ 발췌하기

'발췌'의 사전적 의미는 "책, 글 따위에서 필요하거나 중요한 부분을 가려 뽑아냄. 또는 그런 내용"(표준국어대사전)이다. 책을 읽으며 밑줄 그은 문장 중에서 중요하다고 생각하는 부분을 선별하는 것을 말한다. 즉 책을 대표하는, 나의 주관이나 안목에 따라 길어 올린 문장이다. 다른 건 다 잊어버려도 이 책에서 이것만큼은 기억하고 있겠다는 적극적인 의지를 반영한다. 발췌하기 위해 밑줄 그은 문장을 다시 살펴보게 되는데, 그 과정은 가볍게 책을 정리하는 기회가 되기도 한다.

온라인 카페나 블로그 같은 자기만의 공간을 만들어놓고 발췌록을 정리해보면 어떨까. 필요할 때마다 언제든 다시 볼 수 있다. 검색 기능도 있어 글을 쓰며 아이디어를 얻거나 내 글의 인용문을 찾을 때도 수월하다. 무엇보다 내가 직접 책에서 길어 올린 문장을 써보고 작가의 사유를 음미할 수 있다는 점, 글쓰기가 두려운 이에게 첫 문장을 쓰게 한다는 점에서 발췌는 독서와 글쓰기 내공을 쌓는 좋은 방법이다.

이렇게 표시하면서 읽는다면 독후감이나 서평을 쓰는 데 필요한 귀중한 글감을 수집할 수 있다. 책을 읽어도 정리하기가 어려운 사람은 밑줄·메모·발췌 부분을 다시 읽으며 저자와 내가 어떤 생각을 주고받았는지를 한눈에 볼 수 있다. 나를 '타자화'해서 생각을 들여다보는 성찰의 과정이기도 하다. 요리에도 식재료가 있어야 하듯 글쓰기에도 내 관점과 안목을 드러내는 재료들이 필요하다. 우리가 책을 더럽혀야(?) 하는 중요한 이유다.

질문하는
습관 기르기

자기 언어로 책에 대해 말하는 독서가들의 얼굴엔 뿌듯함, 자신
감, 설렘 등 다양한 감정이 묻어 나온다. 하지만 모두 그런 것은 아
니다. 책을 열심히 읽었지만 자기 입장을 정리하거나 표현하는 데
어려움을 느끼는 이들도 많다. 현장에서도 책을 오래 읽는다고 좋
아지지는 않는 것 같다며 실질적인 조언을 구하는 이가 많았다.

단순히 표현이 서툰 사람이라면 그나마 좀 낫다. 자기 콘텐츠를
결과물로 '출력'해내는 경험이 부족한 것이기 때문에 말하거나 글
쓰는 기회를 자주 접하면 좋아진다. 이런 고민을 가진 사람들의 대
부분은 정리와 표현을 둘 다 어려워한다. 책에 대한 자기 입장이 정
리되지 않으니 표현도 빈약해진다. 이럴 때는 평소 나의 책 읽는 습

관부터 점검해보면 좋다.

○ 독서 목록 작성하기

먼저 '독서 목록'을 작성해보면 어떨까? 그동안 어떤 책을 읽어왔는지 살펴보면 자신의 독서 습관이 보인다. 분야, 분량, 독서 기간 등 객관적인 사실만으로도 내 관심사가 어디에 머물러 있는지, 일상의 여유가 얼마나 있었는지, 가장 기억에 남는 책은 무엇인지, 이 시기에 나는 어떤 상황이었는지를 가늠해볼 수 있다. 6개월 단위로 목록을 확인하면 그간 읽어온 책을 정리할 수 있고 어떤 점을 보완해야 할지가 보인다. 읽은 후에도 자기 입장을 세우기 어렵다면 독서 목록을 작성해서 독서 유형을 확인해보자. 호기심, 재미, 관심사에 머문 책의 독서 비율이 높을 수 있다.

구미에 맞는 책을 읽을 때는 사실 별다른 수고가 들지 않는다. 머리를 식히기 위해 읽는다면 시간 보내기에 그치는 경우가 많다. 내가 읽을 수 있는 난도의 책만 찾으니 조금만 글이 어려워져도 독서를 이어가기 어렵다. 잘 아는 내용, 흥미와 재미를 느끼는 주제만 읽기 때문에 내 입장을 견고하게 다져줄 생각의 네트워크가 형성되지 않는다. 결국 배경지식은 쌓이지 않는다. 책을 자기 힘으로 읽고 정리할 수 있는 '기본'이 되어 있지 않은 것이다. 독서 목록을 정기적으로 확인하면서 다양한 분야의 책을 읽도록 계획한다면 어렵지 않게 배경지식을 쌓을 수 있다.

이때 중요한 점은 자신의 독서 속도를 아는 것이다. 부족한 독서량을 채우기 위해 해치우듯 읽다 보면 금방 지치게 된다. 평소 읽던 책이 아니라 안 그래도 어려운데 물량 공세로 쏟아부으면 독서를 지속하기 어렵다. 독서는 멀리 내다보고 해야 하는 평생 공부다. 조급함을 내려놓고 내가 할 수 있는 적정선과 속도를 아는 것이 중요하다.

○ 불편함을 문제의식으로 연결 짓기

주어진 일만 잘해도 무탈하게 지나가는 하루가 있다. 그러다 보니 조금 불합리하다고 느껴지는 일도 평온한 일상을 위해 눈감고 넘어간다. 하지만 이를 참지 못한 누군가가 문제를 제기하는 순간 이야기는 달라진다. 이제껏 누려온 익숙함이 '재고의 대상'이 된다. 이 과정에서 감정을 소비하기도 하고 벌어진 틈을 좁히지 못해 마음이 불편해지기도 한다. 이런 상황을 만나고 싶지 않기 때문에 많은 사람들은 자신과 다른 생각을 말하거나 의문을 제기하는 사람을 만났을 때 피곤함을 느끼는지도 모른다.

독서에서도 이런 일은 빈번하게 나타난다. 내 마음을 위로하고 공감해주는 책만 찾거나 어떠한 '인식'도 없이 건조하게 문장만 읽을 때가 아닐까. 무탈하게 하루를 보내는 것처럼 무난하게 책은 읽지만, 내적 성장은 더뎌진다. 갈등을 극복한 사람이 더 단단해지듯 책을 읽을 때도 불편함을 발견해내는 '문제의식'이 필요하다. 하지만 문제의식은 만들고 싶다고 해서 바로 생기지 않는다. 의식이 형성되기까지는 시간과 노력, 그리고 의지가 필요하다. 가장 먼저 책에서 질문 찾기부터 시작해보자.

○ 개인의 문제를 사회적 문제로 확장하기

책을 적극적으로 읽는 방법 중 하나는 내 삶을 대입해보는 것이다. 책을 읽으며 나와 비슷하거나 다른 점, 또는 자기를 돌아볼 수 있는 지점을 발견하면 질문 형식으로 짧게 메모한다. 다음은 김찬호의 『모멸감』(문학과지성사, 2014)의 일부다.

> 모멸감을 불러일으키는 침해로서 빼놓을 수 없는 것이 간섭이다. 시선과 인터넷이 주로 모르는 사람을 불편하게 한다면, 간섭은 아는 사람들을 불편하게 한다. 한국인들은 다른 사람의 신상에 대한 관심이 지나치다. "오늘 화장이 좀 떴네" "몸매 관리 좀 해라" "옷이 그게 뭐니"처럼 외모에 대해 너무 쉽게 말한다. 나이와 결혼 여부, 출산 등에 대해서도 아무렇지 않게 질문한다. 이 점 역시 외국인들이 한국인과 대화할 때 당혹스러워하는 부분이다.(p.189~190)

저자는 '모멸'이라는 감정의 스펙트럼을 몇 가지로 정의하는데, 앞의 발췌는 시선의 폭력에서 섣부른 참견까지 두루 자행되는 '침해'의 사례다. 내 일상을 돌아보고 이와 비슷한 경험을 찾아보자. 그리고 이런 질문들을 만들어보자.

- 나는 어떤 간섭을 받을 때 모멸을 느꼈는가?
- 주로 나에게 간섭하는 사람들은 누구인가?
- 나는 누군가에게 (어떤) 간섭을 하고 있나?

질문에 맞는 사례를 떠올려본다면 한발 떨어져서 일상을 돌아볼 수 있다. 그러다 보면 지나치게 간섭해왔던 이들의 공통점을 찾거나 나는 남에게 어떤 마음으로 간섭했는지 객관적으로 생각해볼 수 있지 않을까. 평소보다 읽는 시간이 더 소요되고 불편한 기억이 떠오르기도 하지만, 책을 더 가치 있게 읽을 수 있다. 사회학자의 분석이 현실에서 어떻게 재현되는지 내 일상을 통해 확인했기 때문이다.

여기서 한발 더 나아가 질문의 답을 사회적인 맥락에서 고민해보자. 범위가 너무 넓다면 가정, 회사, 소속 단체 등으로 좁혀도 괜찮다. 자신이 느낀 모멸이 사회에서는 어떻게 작용하는지 찾아본다. 어쩌다 그런 일이 벌어졌는지, 근본적인 문제는 무엇인지, 어떤 대안이 있는지를 스스로 생각해보는 것이다. 사례를 바탕으로 고민하기에 평소 관심 없던 분야도 알게 되고 관점도 다양해진다.

○ 키워드로 질문 확장하기

'나'에서 질문의 범위를 좀 더 넓히고 싶다면 책과 관련한 사회
이슈에서 찾아보는 것도 좋다. 문장만 읽어서는 크게 와닿지 않는
것도 사건이나 이야기로 접하면 새롭게 다가온다. 칼럼이나 기사를
찾아보면 책과 맞닿아 있는 이슈, 사건 들을 다양하게 접할 수 있다.
또는 책을 읽고 떠오른 키워드를 검색한다면 새로운 정보에서 생
각할 거리를 발견할지도 모른다. 다음은 김민섭의 『대리사회』(와이
즈베리, 2016) 중 일부다.

> 대학원 과정생 시절에 논문을 쓸 때면 항상 배가 고팠다. 그래도 연구
> 실에서 치킨을 시켜 먹을 수는 없으니 남이 즐겁게 먹는 것이라도 대신
> 보고 싶었다. 인터넷에 '치킨 먹방'이라는 단어를 검색하면 누군가가 치
> 킨을 먹는 영상이 등장했다. 그들은 복스럽게 잘 먹었고, 나는 그것에 적
> 당한 만족을 느꼈다. 그런데 새벽의 연구실이라는 특수한 시공간에서나
> 보던 그러한 방송이 이제는 케이블 방송을 넘어 공중파로까지 진출했다.
> 이것은 정상적이거나 일반적인 현상이라고 할 수 없다.(p.211~212)

인터넷 검색창에 '먹방'이라는 키워드를 검색하면 다양한 기사
와 칼럼을 읽을 수 있다. 다음은 식품영양학과 교수 김기남의 칼럼

'먹방 Mukbang, 새로운 음식문화?'(《대전일보》(2019. 4. 16)) 전문
이다. 연결해서 읽는다면 사회학자 김민섭의 주장이 개인의 경험을
넘어 사회적인 문제로 대두되고 있다는 것을 알 수 있다. 칼럼에서
새로운 질문을 길어 올려보자.

> 카메라 앞 양념치킨, 프라이드치킨, 치즈 뿌린 치킨, 오븐 구이치킨, 파
> 닭, 고추치킨 등등 열 가지 치킨이 상자 채 놓여 있다. 진행자는 하나씩
> 설명을 하며 치킨들을 야무지게 먹기 시작한다. 바삭한 소리를 들려주기
> 도 하고, 뚝뚝 떨어지는 양념을 보여주기도 한다. 먹는 틈틈이 치킨들의
> 맛을 설명하고 브랜드끼리 비교도 한다.
>
> 　1인 방송을 넘어 공영방송에서도 맛집을 찾아 맛있게 먹는 모습을 보여
> 주는 방송들이 예능 프로그램의 상당수를 차지하고, '잘 먹는 것'으로 유명
> 세를 타는 연예인도 생겼다. 2016년 CNN 방송에서 'Mukbang'이라는 용
> 어로 소개를 하면서 이젠 '먹방'은 이미 유행을 넘어 전 세계적 열풍이 됐
> 다. 인터넷 사전에 먹방은 '많은 양의 음식을 재미삼아 먹는 모습을 보여주
> 는 한국에서 유래한 동영상이나 생방송'이라고 정의돼 있기도 하다.
>
> 　얼마 전 '국가 비만 관리 종합대책'으로 TV나 인터넷 방송 등 폭식을
> 조장하는 미디어와 광고에 대한 가이드라인을 개발하고 모니터링 체계
> 를 구축할 예정이라는 발표와 함께 '먹방규제 반대'라는 청와대 청원까지
> 그야말로 찬반 논쟁이 뜨거웠다. 우리나라 성인 비만율은 현재 30%를
> 넘어섰고, 이 추세대로라면 고도비만 비율이 2030년에는 약 2배가 늘
> 어날 것이라고 전망되고 있어 심각한 상황이긴 하다. 1인 방송 먹방에서
> 한 번에 먹는 열량은 대략 추산해 봐도 5000칼로리 내지 1만~2만 칼로
> 리는 돼 보인다. 나트륨 역시 적정섭취수준의 10배는 족히 넘어 보이는

경우도 있다. 또 한밤중 먹방을 보다 참지 못하고 라면을 끓인다거나 치킨 배달을 시키기도 하고, 먹방 진행자들의 건강이 염려스럽기도 하다. 그러나 실제 먹방 시청이 식욕에 어떤 영향을 미치는지, 먹방 시청자들의 식습관이 어떤지에 대한 체계적 연구 결과는 찾을 수가 없었다. 먹방의 시청동기가 1인 가구나 혼밥족의 증가와 함께 '정서적 허기' 때문이라는 지적도 있고, 다이어트에 대한 심리적 압박을 받는 사람들이나 경제적 불황에 대한 '대리 만족'이라는 주장도 있다. 미디어와 접목된 이 먹방을 현대 사회에 등장하는 새로운 음식문화로 받아들여야 할지, 웰빙 열풍으로 맛보다는 건강한 음식과 정성이 담긴 음식을 추구하는 문화에 대한 반발로 보아야 할지 고민이 많다. 하지만 늘 새로움을 갈망하는 인터넷 시장에서 먹방 역시 나름대로 진화를 거듭하고 있다. 단순히 맛있게 먹고 많이 먹고 하는 것 말고도 새로운 음식이나 음식에 대한 유래를 소개해 주기도 하고, 새로운 아이디어를 선보이기도 한다. 외식업계에서 새로운 식품 개발에 활용되기도 한다. 또 먹방의 세계적 유행을 타고 한국 음식도 많이 소개되고 있다고 한다. 물론 왜곡되는 부분도 있다.

표현의 자유와 건강상의 우려 사이에서 먹방에 대한 방향을 잡아야 한다면 '심증'이 아닌 과학적 '물증'에 근거를 두고 이뤄져야 할 것으로 생각된다. 그렇지만 판단력이 부족한 아이들에게 무분별하게 노출이 되는 것은 분명 문제가 있어 보이긴 하다.

- 먹방 규제 찬반 논쟁을 어떻게 보는가?

- 먹방의 시청 동기는 '정서적 허기'와 '대리 만족' 중 어느 쪽이 더

  많을까?

- 표현의 자유와 건강상의 우려 사이에서 먹방의 방향을 '과학적

물증'에 두는 것이 가능한가?

- 전 세계적인 열풍이 될 정도로 사람들이 먹방에 열광하는 이유는 무엇일까?

키워드와 관련한 이슈를 읽다 보면 책이 우리 삶에 얼마나 연결되어 있는지, 근본적인 질문을 던지고 있는지, 생각을 확장시키는 역할을 제대로 하고 있는지 등 책의 위상을 확인할 수 있다. 질문을 만들고 생각을 정리하면 자기 입장이 생기고 하고 싶은 말이 많아진다. 질문하는 습관이 가장 빛을 발할 때는, 같은 주제의 '다른 글'을 읽을 때다. 그간 쌓은 배경지식과 자기 주관을 가지고 읽기에 글을 보는 안목이 달라졌음을 스스로 깨닫게 되지 않을까.

○ 다양한 독자의 입장에서 생각해보기

책을 읽다 보면 어떤 이유에서인지 눈이 머무는 부분이 있다. 특히 불편하게 다가오는 문장이라면 지나치지 말고 표시를 해두자. 불편한 이유를 정리하다 보면 다양한 질문이 나오기 때문이다. 처음에는 '나는 왜 불편한가?'라고 질문한 후 자기 안에서 답을 찾아본다. 그다음에는 '나와 (직업이/ 나이가/ 성격이/ 경험이/ 기질이) 다른 사람도 불편할까?'라는 질문을 던진다. 개인적인 입장에서 질문하기 시작했지만 다양한 독자의 입장으로 나아가기 때문에 책의 내용을 다각도로 바라볼 수 있다.

정신과 의사 정혜신의 『당신이 옳다』(해냄, 2018)를 예로 들어보자. 책은 '적정심리학'이라는 새로운 개념을 제시하며 '진정한' 공감을 통한 치유를 강조한다. 복잡한 이론이나 전문가의 진단보다 현장에서 고통받는 사람들의 이야기를 생생하게 전하고 있어 많은 독자의 공감을 이끌어냈다.

> 내 고통에 진심으로 눈을 포개고 듣고 또 듣는 사람, 내 존재에 집중해서 묻고 또 물어주는 사람, 대답을 채근하지 않고 먹먹하게 기다려주는 사람이라면 누구라도 상관없다. 그 사람이 누구인가는 중요하지 않다. 그렇게 해주는 사람이 중요한 사람이다. 그 '한 사람'이 있으면 사람은 산다.(p.109)
>
> 심리적 CPR이란 결국 그의 '나'가 위치한 바로 그곳을 정확히 찾아서 그 위에 장대비처럼 '공감'을 퍼붓는 일이다. 사람을 구하는 힘의 근원은 '정확한 공감'이다.(p.110)

다음은 이 책을 읽으면서 떠올린 질문이다.

- '장대비처럼' 공감을 퍼부어야 하는 사람의 애로사항도 있지 않을까?

- 심리적 CPR을 원하지 않는 사람들을 어떻게 대해야 할까?
- 저자가 말하는 공감은 전문가만이 할 수 있는 영역 아닐까?
- 저자의 주장에 공감한다면 그 이유는 뭘까?

나의 불편함을 구체화해 질문을 만들고 그 이유를 생각해보자. 모호했던 감정이 하나의 문제의식으로 분명해진다. 질문에 스스로 답하기 위해 책을 찾아보고 다른 사람의 생각을 들어보거나 검색하는 과정에서 내 생각의 가지는 뻗어나간다. 자기 입장이 어느 정도 정리가 되면 타인의 입장에서 같은 질문을 던져보자. 고통받는 이의 곁에 있는 사람들, 너무 고통스러워서 누구의 말도 귀에 들어오지 않는 사람들, 누군가에게 공감할 마음의 여유가 없는 사람들, '진정한' 공감의 필요성을 이야기하는 사람들…. 그들의 입장에서 생각해봄으로써 삶의 다양성을 경험하고 자의적인 생각에서 벗어날 수 있다. 처음에는 의식적으로 질문을 만들지만 습관이 되면 절로 궁금해진다. 문제를 해결해가면서 생각은 깊어진다.

"책을 읽는 이유가 뭔가요?" 강의하다 보면 종종 나오는 질문이다. 뭔가 그럴듯한 대답을 기대하는 질문자의 눈빛. "손 드신 분은 왜 책을 읽으세요?"라고 되물어본다. 다양한 답변이 돌아온다. 배경지식이나 교양을 쌓기 위해서, 힘든 일상 속 위로가 필요해서, 책을 읽으며 성장하는 나를 발견하고 싶어서, 지루한 시간을 달래기 좋아서, 읽기 싫은데 나만 안 읽으면 도태되는 것 같아서…. 다들 자기 상황에 맞게 책을 읽는다. 독서에 정답은 없으니 읽는 이유도 그때그때 달라진다. 사람들의 이야기를 듣고 나서 강연자는 나오지 않은 이유를 하나 추가한다. "저는 변화를 경험하기 위해서 책을 읽습니다."

오랜 기간 독서 모임을 하다 보면 '이 사람에게 이런 점이 있었구나!'라고 느낄 때가 있다. 보통 그의 진면모를 뒤늦게 알게 되거나, 이전과 생각이나 태도가 달라졌음을 인식했을 때다. 후자의 경우 시간과 꾸준함이 있었기에 가능하다. 자영업자 형진 씨는 독서 모임에서 단연 눈에 띄는 인물이었다. 그는 매 시간 토론 도서에 대한 불만과 자신과 다른 생각을 가진 이를 향한 은근한 비난조를 내비쳤다. 사람들과 마찰도 많았고 형진 씨 때문에 고충을 토로하는 사람도 있었다.

그랬던 형진 씨가 어느 날, 홍세화의 『생각의 좌표』(한겨레출판, 2009)를 읽고 생각지도 못한 소감을 전했다. "이 책을 읽고 저의 가치관을 점검해보기로 했습니다." 이어 그는 '내 생각은 어떻게 내 생각이 되었나?'라는 책 속 질문에 대한 대답이라고 했다. 그는 늘 당당하고 자기주장을 굽히지 않는 자기 모습에서 권위적인 아버지의 그늘을 확인했다. 대화가 되지 않는 아버지가 싫어 일찍 독립했는데 어느새 자신도 그대로 닮아가고 있었다며 쓴웃음을 지었다. 형진 씨는 그 후로 말을 아끼고 다른 사람의 이야기를 들었다. 아직도 자신과 다른 생각을 받아들이는 것은 어렵지만, 화부터 내는 습관은 많이 고쳤다. 그는 오랜 습관을 고치기란 쉽지 않지만, 주변 사람들과 관계가 원만해지고 마음에도 여유가 생기는 것을 확인한 후 더욱 노력하게 되었다고 했다.

사람은 쉽게 변하지 않는다. 오랫동안 유지해온 관습, 환경, 습관 등의 영향이 여전히 남아 있는데다 변화의 과정이 그다지 드라마틱하지 않기 때문이다. 하지만 변화는 눈에 보이지 않게 차곡차곡 쌓이다가 어느 한순간 발현된다. 독서 모임에서 그런 사례를 접할 때마다 책 읽기의 가치를 다시 한번 새긴다. 책 한 권을 읽더라도 삶에 작은 변화를 경험하는 것. 우리가 책을 읽는 이유가 아닐까.

○ 실천으로 이어지는 질문

책에서 변화의 계기를 만나려면 어떻게 읽어야 할까? 어렵지 않다. 자기와의 약속을 정하는 것이다. '실천'에 중점을 두고 책을 읽는 보람 씨의 사례는 책과 나를 연결 짓는 방법을 잘 보여준다. 보람 씨는 완독 후 30분 정도 생각의 시간을 갖는다. 표시해둔 부분을 다시 훑어보고 머릿속에 질문을 떠올린다. '이 책을 읽고 나는 무엇을 실천할 수 있을까?' 보람 씨는 방금 마지막 장을 덮은 『아무도 미워하지 않는 개의 죽음』(하재영, 창비, 2018)의 내용을 복기했다. 책은 번식장에서 보호소까지, 버려진 개가 어떻게 살아가다가 '폐기처분'되는지 한국 '개 산업'의 실태를 그린다. "한 사회가 동물을 대하는 방식이 곧 사회의 약자를 대하는 방식이다"라는 문장이 강렬하게 다가왔던 보람 씨. 그는 자신이 우리 사회의 약자에게 무관심했다는 것을 깨달았다.

'이 책을 읽고 나는 무엇을 실천할 수 있을까?' 보람 씨는 백지에 자신이 할 수 있는 일들을 빠르게 써 내려갔다. 유기견 보호소 봉사 활동부터 임시보호, 시위 참가…. 많은 항목 중에서 자기가 당장 실천할 수 있는 것을 추렸다. '동물보호단체 소액 기부'와 '무분별한 육식 자제하기'. 한 달에 2만 원씩 기부하려면 커피 몇 잔 덜 마시면 되고, 고기를 먹되 무한리필 고깃집은 가지 않기로 했다. '여유가 있을 때는 동물복지 계란 먹기'도 계획에 넣었다. 보람 씨는 목표를 크게 세워도 지켜지지 않으면 의미가 없다고 생각했다. 소소한 실천을 하나둘씩 하다 보면 습관이 되기 때문에 실천할 것이 늘어도 크게 부담되지 않는다고 했다.

일상이 바빠 책도 틈틈이 읽는 보람 씨는 독후감을 쓰거나 독서모임에 나갈 여유 시간이 많지 않다. 읽기만 하고 끝내자니 남는 게 별로 없다는 생각이 들어 재미삼아 시작한 '실천'인데, 책을 읽을수록 '내가 잘 살고 있구나'라며 삶의 충만함을 느끼게 되었다. 또한 머리로 읽은 책을 몸으로 실천함으로써 자기만의 입장과 가치관이 정리되는 것도 큰 수확이라고 강조했다. 책이 주는 자극을 몸으로 느끼는 것. 삶의 변화는 책 속 질문에서 시작된다.

○ 나에게 질문을 던진 책

책을 읽고 자신의 과거를 반성하거나 새로운 이정표를 그려보는 것은 '적극적으로' 읽는 행위 중 하나다. 책을 읽는 동안 자기와 직면하는 시간을 가진 것일 터. 그런데 말에 그치는 경우도 많다. 책이 던지는 수많은 질문에 다 응답하기 불가능한데다, 앞에서 말한 것처럼 변화의 속도가 워낙 느려 중도 포기하거나 잊어버리기 십상이다. 모호한 자기반성이나 구체적이지 않은 이정표도 그 이유 중 하나다. 이처럼 책에서 성찰 지점을 발견해도 '자기화'하지 못하면 금방 휘발되고 만다.

책이 던지는 수많은 질문은 우리가 심사숙고해서 자기 삶을 되돌아보고 입장을 정리하는 데 좋은 기준이 된다. 하지만 많은 질문을 소화하려다 생각이 더 복잡해지는 경우도 생긴다. 질문에 대한 자기 답을 찾는 과정이 만만치 않기 때문이다. 과거를 돌아보면서 싫은 감정을 마주하기도 하고 꽤 오랜 시간과 많은 노력이 요구되기도 한다. 그래서 생각을 미루게 되고 책을 읽었다는 '만족'에 머무르게 되는 건 아닐까.

그럴 땐 질문 하나에 집중해보자. 저자가 던지는 핵심 주제도 좋고, 책이 제시하는 여러 화두 중 나에게 가장 필요한 질문을 선택하는 것도 방법이다. 현재 나의 온 신경을 집중시킬 수 있는 물음표 하나를 책에서 찾아보는 것이다. 에세이 『인생 따위 엿이나 먹어라』(바다출판사, 2013)는 소설가 마루야마 겐지가 젊은이들에게 보내는 따끔한 충고로 가득하다. '부모를 버려라, 그래야 어른이다', '국가는 당신에게 관심이 없다', '아직도 모르겠나, 직장인은 노예다', '애절한 사랑 따위, 같잖다'. 차례에서부터 그 기운(?)이 느껴진다. 호불호가 갈리는 작가의 강한 문체를 관통하는 키워드는 '자립'이다. 이 책에서 어떤 질문을 꺼낼 수 있을까.

- 나는 부모로부터 얼마나 자유로운가?
- 정신적·경제적·정치적으로 자립하기 위해 어떤 노력을 해야 하나?
- 이따금 찾아오는 무력감의 원인은 무엇인가?
- 회사에서 나는 어떤 존재인가?

내게 꼭 필요한 질문 하나면 충분하다. 이것을 화두로 삼고 자기와 대화하는 시간을 가지면 된다. 출퇴근 이동 시간에 머릿속으로 생각해보거나 카페에서 차 한 잔 마시면서 SNS에 간단히 기록할 수도 있다. 책과 나를 연결하는 질문만 찾는다면 얼마든지 나에 대한 탐구가 가능하다. 책을 많이 읽는 것보다 한 권을 읽더라도 제대로 읽는 것! 성찰과 사유는 책 속 질문에서 시작된다.

소설에는 이해할 수 없는 인물의 행동이나 설정이 등장하는 경우가 많다. '얘는 대체 왜 이러는 거야?' 인내심을 갖고 끝까지 읽어도 의문은 풀리지 않는다. 비소설 분야처럼 의도가 분명하게 드러나지 않으니 답답한 마음도 든다. 그래서 많은 사람들이 문학을 어려워하는지도. 그럴 때는 책을 덮고 더 이상 생각하지 말자. 그리고 몇 개월 후에 다시 읽어보자. 재독할 때 두 번 놀랄 것이다. 분명 읽은 책인데 완전히 새롭게 읽히는 경험에 깜짝! 처음엔 보이지 않던 복선과 장치(떡밥) 들이 작품 여기저기에 숨어 있는 것을 발견했을 때 유레카! 결말을 알기에 비로소 보이는 떡밥은 책을 다시 읽는 독자만이 누리는 즐거움 아닐까.

하지만 다시 읽어도 이해하기 어려운 점이 있기 마련. 서머싯 몸이 쓴 『달과 6펜스』(민음사, 2000)의 주인공 스트릭랜드를 보자. 소설은 런던에서 잘나가는 증권중개인 스트릭랜드가 마흔이 넘은 나이에 돌연 집을 나가는 장면으로 시작된다. "나는 그림을 그리고 싶소." 가족에게 남긴 짧은 쪽지에는 "한마디 설명도, 미안하다는 말도 없었다". 그림을 그리기 위해 파리로 떠난 스트릭랜드. 자신을 도와주는 화상畵商의 아내와 관계를 맺고 그와 관련해서 일말의 죄책감도 느끼지 않는다. 일부 독자는 원성을 터트린다. 그들은 '스트릭랜드가 왜 이런 극단적인 행동으로 주변 사람을 힘들게 하느냐'고 묻는다. 또한 그에게 도덕적·윤리적 기준을 제시하며 불편함을 드러내기도 한다.

스트릭랜드는 가족의 응원을 받으며 증권중개인과 그림 그리기를 함께할 수 있을까. 많은 사람들이 경제적 고민 없이 꿈을 향해 나아가는 삶을 희망한다. 하지만 작가는 등장인물의 삶이 그렇게 쉽게 굴러가게 놔두지 않는다. 서머싯 몸은 평범한 사람들의 "그 예측 불가함, 그 기이함, 그 무한한 다양성이 끝없는 소재가 되어주는 것"이라고 말한다. 이어 "나는 날카로운 관찰력을 지녀서 남들이 놓치는 것들을 많이 포착한다"고도 했다. 우리가 소설을 읽는 이유도 여기에 있지 않을까. 관습과 상식의 틀을 벗어난 인간의 모습을 마주하면서 느끼는 이 '불편함'의 속성을 파헤치는 것. 그런 과정을 통해 삶의 본질을 통찰하게 되는 것이다. "이런 체험에서 어떤 혜택을 보려면 먼저 열린 마음을 가져야 하고 인간에 대하여 관심을 기울여야 한다." 『서밍 업』(위즈덤하우스, 2018)에 적힌 몸의 말은 우리가 소설을 왜 읽어야 하는지를 잘 말해준다.

○ 책은 인간을 이해하는 도구

소설 속 인물이 '왜 그런 선택을 했을까?'라는 질문을 떠올려보자. 삶의 배경과 맥락을 살펴보고 그렇게 할 수밖에 없는 이유를 찾아보는 것이다. 이 과정을 선행하지 않으면 1차원적인 감정 표출에 그치고 만다. 심판의 기준은 결국 내 고정관념이나 편견에 머물기 때문이다. 복잡다단한 인간의 삶을 내 가치관대로 재단할 때 상대방의 우위에 서는 통쾌함은 있지만 인간을 이해하는 창구를 스스로 막아버리게 된다.

소설 속 인물의 삶을 예민하게 들여다보면서 그런 '선택'으로 가기까지의 과정을 읽어내야 한다. 우연이든 필연이든 인간의 삶은 각각의 논리가 있기 마련이다. 그 논리를 역추적하다 보면 완벽하지는 않아도 인물의 삶을 이해하거나 공감할 수 있다. 그렇다고 해서 나 역시 똑같은 선택을 한다는 의미는 아니다. 다양한 인물을 간접적으로 경험하는 것에 중점을 두면 된다. 이런 경험이 누적되면 비슷한 사람을 현실에서 만나게 되었을 때 한 번 더 그의 입장을 생각해볼 것이다. 그리고 그 앞에서 말과 행동을 하는 데 있어서도 좀 더 신중해지지 않을까. 평생 경험해보지 못할 누군가의 상처, 고통, 절망, 슬픔을 들여다보는 것만으로도 소설은 읽을 가치가 있다.

○ 나를 타자화하기

- 내가 주인공의 삶에 놓인다면 어떤 선택을 할까?
- 주인공과 비슷한 사람을 만났을 때 나는 어떻게 행동할까?

위와 같은 질문을 던져볼 수도 있다. 질문에 대한 답을 찾아나가면서 '나'라는 존재의 가치관과 고정관념을 정리할 수 있다. 책이라는 가상 세계를 통해 독자는 다양한 경험과 선택권을 부여받는다. 현실에서 겪어보지 않은 갈등과 갈림목에 나를 놓아두고 상상의 날개를 펼치게 된다.

책을 읽으며 다른 세계를 살아보는 것은 나를 '타자화'하는 좋은 창구가 될 수 있다. 바쁘게 살다 보면 '나'와 대면하는 시간은 줄어든다. 그러다 어느 순간 '내가 지금 뭘 하고 있는 거지?' 하는 번아웃 상태에 빠져 뒤늦게 자아와 현실의 괴리를 깨닫는다. 비슷한 상황을 책에서 먼저 만났다면 어땠을까. 시련과 실패, 갈등의 다양한 면면을 인식하고 극복 과정을 지켜봤다면? 또는 나한테 정말 필요한 조언을 해주는 작가를 만난다면?

"삶은 고해苦海다"라고 말한 사상가 M. 스캇 펙의 도움을 받는다면 바닥을 치고 다시 회복하는 데 도움이 될 것이다. 그의 저서 『아직도 가야 할 길』(율리시즈, 2011)에 따르면, "진정으로 삶이 힘들다는 것을 알게 되면, 즉 진정으로 그 사실을 이해하고 받아들이게 되면, 삶은 더 이상 힘들지 않게 된다. 일단 받아들이게 되면 삶이 힘들다는 사실은 더 이상 문제가 되지 않기 때문"이다.

○ 소설을 읽으며 품는 질문들

김영하의 단편소설 「최은지와 박인수」는 출판사 사장 '나'와 여직원 최은지, '나'의 친구이자 시한부 인생을 사는 박인수를 주축으로 우리가 살아가면서 감당해야 할 '것'들에 대해 이야기한다.

어느 날, 출판사에서 근무하는 싱글 여성 최은지가 사장인 '나'를 찾아온다. 그리고 묻는다. 애를 낳고도 회사에 다닐 수 있는지. 최은지는 미혼모에게도 출산휴가가 주어지는지, 직원들에게 왕따를 당하지는 않을지 걱정이라고 한다. 이어 '나'에게 이렇게 말한다. "사장님이 제 아이의 대부가 되어주세요." 직원들은 '나'가 아이의 아버지라고 수군거리며 둘의 관계를 의심한다. '나'는 이런 상황을 시한부 인생을 살고 있는 친구 박인수에게 털어놓는다. 박인수는 오욕이든 추문이든 그냥 감당하라고 말한다.

이 소설을 읽고 토론하면 최은지와 '나'의 태도를 부정적으로 보는 시선을 많이 접한다. 하지만 인물을 단순히 어리석다, 성급했다, 이해할 수 없다 정도로 '판단'해버리면 소설이 가지고 있는 다양성을 쉽게 간과해버리고 만다. 이럴 때 우리는 판단에 앞서 '왜 그런 선택을 했을까?'라고 질문하면서 인물의 배경을 살펴야 한다. 그리고 '나라면 어떤 선택을 했을까?'라고 물으며 간접 경험의 세계로 들어간다면 보다 입체적으로 작품을 읽을 수 있다.

최은지와 관련한 질문

- 최은지와 같은 미혼모, 워킹맘이 이 소설을 읽는다면 어떨까?
- 사장에게 '대부'가 되어달라는 말의 의도는 무엇일까?
- 내가 최은지와 같은 상황이라면 어떻게 행동했을까?
- 내가 출판사 직원이라면 최은지를 어떤 시선으로 바라봤을까?

사장인 '나'와 관련한 질문

- 아이의 아버지가 아닌데도 별다른 조치를 하지 않은 이유는 무엇일까?

- 자기 아이의 '대부'가 되어달라는 최은지를 어떻게 대해야 할까?

- 마지막 대사 "위선이여 안녕"은 어떤 의미일까?

- 내가 위선적이라고 느껴질 때는 언제인가?

박인수와 관련한 질문

- 자신의 상황을 털어놓는 '나'에게 관조적인 태도를 보인 이유는 무엇일까?

- 오해를 풀고자 옛 연인을 찾은 박인수를 어떻게 보았는가?

- "인생이라는 법정에서는 모두가 유죄야"라고 말한 이유는 무엇일까?

- 만약 내가 죽음을 앞두고 있다면 '바로잡고 싶은 것'이 있는가?

질문을 만들고 나니 열린 마음으로 인간에게 관심을 가져야 한다는 서머싯 몸의 말과 자연스럽게 연결된다. 타인의 이야기에 관심이 없으면 질문도, 간접 경험도, 나에 대한 이해도 깊게 나아가지 않는다. 우리는 다른 사람과 맺는 관계 속에서 '자기 존재'를 확인하기 때문이다. 때로는 타인의 이야기에 귀 기울이는 순간도 필요하다.

사회를 보는
다양한 관점의
질문 만들기

조남주의 소설 『82년생 김지영』(민음사, 2016)은 한국 가부장제 사회에서 성장한 30대 여성 김지영의 일상을 그린다. 이 소설을 읽고 토론하다 보면 여성 독자들 사이에서도 의견 차이를 쉽게 볼 수 있다. 30대 주부 미연 씨는 사회생활을 접고 육아에 매진했지만 늘 지쳐 있는 자신의 경험을 풀며 김지영에게 공감하고 가슴 아파했다. 하지만 또래의 다른 여성 토론자는 "자신의 나약한 의지를 주변의 탓으로 돌리며 회피하려는 김지영을 30대 여성의 보편적인 모습이라고 보기엔 작위적이다"라고 다른 소감을 전했다. 토론이 끝날 때까지 양쪽의 팽팽한 기싸움이 이어지기도 했다. '김지영'이라는 인물을 바라보는 독자들의 시선은 이처럼 다르다.

이는 독자들이 저마다의 성장 환경, 교육, 가치관 등을 근거로 책을 해석한다는 것을 여실히 보여준다. 책을 혼자 읽으면 다양한 관점을 경험하지 못하고 자기중심적으로 해석해서 중요한 지점들을 놓칠 수 있다. 그래서 질문이 필요하다. 이때 질문은 개인적인 관심이나 궁금증뿐만 아니라 다른 독자들이 품을 만한 것도 포함한다. 그래야 자기와 타인의 울타리를 자유자재로 넘나들 수 있다. 여기서 누군가는 장애물을 만난다. "저는 아무리 읽어도 질문거리가 보이지 않는데요?"

○ 독서량이 쌓여야 질문이 보인다

질문이 떠오르지 않는 데는 여러 이유가 있다. 그중 가장 큰 이유는 책에서 주요하게 다루고 있는 주제에 대한 정보 부족이다. '모르는 분야였는데 이 책을 계기로 새롭게 알게 된 내용이 많았다', '공감 가는 이야기가 많아 푹 빠져서 읽었다', '어려워서 힘들게 겨우 읽었다'라는 독후 소감이 이를 말해준다. 깊은 생각을 필요로 하는 발언보다는 책이 건네는 이야기를 받아들이기만 하거나 그나마도 버거움을 토로하는 경우다. 만약 여기에 속한다면 질문 찾는 연습을 하면서 독서량을 늘려야 한다. 아는 것이 많아야 보이는 것이 있듯, 질문이 자라날 배양토 같은 배경지식이 필요하다.

윤이형의 단편소설 「루카」는 교회 목사인 아버지를 둔 성소수자 '루카'의 삶과 사랑을 그린다. 기독교 집안에서 자란 루카는 자신의 성정체성과 지금까지 이어온 일상을 함께 가져가려 하지만, 녹록하지 않은 현실에 좌절하고 존재를 감춘다. 소설은 그런 아들에게 참회하는 아버지와 루카의 연인 '딸기'가 만나면서 루카의 삶을 되짚는다.

「루카」는 짧지만 많은 주제를 함축하고 있어 여러 관점으로 읽을 수 있다. 소설에서 루카의 생물학적 죽음은 큰 의미가 없다. 죽음으로 상징되는 루카의 삶을 따라가며 그를 둘러싼 사회를 바라봐야 한다. 하지만 성소수자의 삶과 고민, 그들을 바라보는 사회의 다양한 시선을 접해보지 않은 독자라면 자신의 고정관념대로 소설을 읽어버리고 만다. 동거까지 하는 루카와 딸기의 갈등 지점이 명확하게 다가오지 않고, 교회 목사이자 루카의 아버지가 보여주는 행동과 감정에 의아해진다. 성소수자와 그 가족을 대하는 사회의 여러 관점을 알아야 각 인물의 삶이 뚜렷해지고 소설을 깊게 읽을 수 있다.

○ 연계 독서로 독서량 늘리기

작가 사이토 다카시는 『독서력』(웅진지식하우스, 2015)에서 독서력은 '독서 경험'에서 나온다고 했다. 즉 내가 지금까지 읽어온 독서량을 바탕으로 책 읽기에 깊이를 더해간다는 뜻이다. 그는 구체적인 실천 방법으로 '문학작품 100권과 교양서 50권'을 읽으라고 권한다. 독서량이 100권을 넘어야 독서가 '기술'로서 질적인 변화를 일으킨다는 것이다.

독서력을 높이고 싶다면 비소설과 소설을 연계해서 읽는 것이 좋다. 가령 니콜라이 고골의 중편소설 『외투』를 읽기 전 김찬호의 『모멸감』을 읽는다면, 주인공 아까끼예비치의 행동을 이해하는 데 도움을 받을 수 있다. 이런 조합도 좋다. 조지 오웰의 소설을 읽기 전 그의 에세이를 먼저 읽어보는 것이다. 에세이에는 작가의 삶과 철학, 가치관이 담겨 있다. 이런 작가의 개성이 소설에도 반영되기 때문에 인물의 내면을 더 들여다볼 수 있고 문장의 두터운 겹도 해체할 수 있다.

함께 읽으면 좋을 책을 선별하는 것은 어렵지 않다. 책을 읽다 보면 작가가 다른 책을 인용하는 경우가 많은데, 관심 가는 책의 목록을 정리해두고 내가 읽을 수 있는 책부터 천천히 읽어보자. 이런 식으로 읽으면 독서의 흐름을 이어가며 다양한 책을 읽을 수 있다.

○ 다른 관점의 책을 비교하며 읽기

작가 강창래는 『책의 정신』(알마, 2017)에서 "이 세상 모든 책은 하나하나가 다 하나의 편견이다"라고 했다. 즉 우리가 보고 싶은 것만 보고 듣고 싶은 것만 듣는 것처럼 책 역시 저자가 쓰고 싶은 것만 쓴, 편견으로 이루어졌다는 말이다. 그럼에도 저자는 책에 희망을 건다. "편견은 수많은 편견을 접함으로써 해소된다."

작가들도 각자의 경험, 관심사, 시대에 따라 자기 입장이 만들어진다. 강창래의 말처럼, 책도 하나의 편견이니 서로 다른 혹은 평행선상의 관점을 두루 접하며 이를 해소해야 한다. 작가는 글을 쓰며 자신의 주장을 강조하기 위해 여러 근거나 사례를 가져온다. 자기 주장을 강조하다 보면 주장의 이면을 간과하거나 일반화의 오류를 범하기도 한다. 독자에게 이를 걸러내는 눈이 있다면 여러 질문이 나올 수 있다. 이런 질문을 품으려면 같은 주제를 또 다른 관점으로 풀어낸 책을 함께 읽기를 권한다.

앞에서 소개한 정혜신의 『당신이 옳다』를 예로 들어보자. 저자는 트라우마, 상처, 결핍으로 고통을 호소하는 이들을 만난 사례를 풍부하게 소개한다. 그리고 타인의 고통에 제대로 공감하려면 어떻게 해야 하는지를 친절하게 설명한다. 책 후반부로 갈수록 자녀와 관련된 사례가 많이 나오는데, 자녀를 둔 40대 주부 독자의 공감을 많이 이끌어냈다. 높은 점수를 주면서 자녀를 중심으로 한 자신의 일상을 돌아보게 되었다고 하는 평이 많았다.

하지만 일부 독자는 아쉬움을 토로하기도 했다. "세월호 같은 굵직한 현장 사례로 시작해서 자녀 교육 심리학 책으로 끝난 느낌이다." "커뮤니케이션을 하는 데 여러 가지 도움이 되는 팁이 많지만 정신적으로 힘든 일이라서 장기적으로 지속할 수 있을지 의문이다." "이 책은 고통 '받는' 사람에 집중하고 있을 뿐, 그들을 옆에서 지켜봐주고 공감해주는 사람에 대한 배려는 찾아보기 힘들다." 일견 수긍이 가기도 하지만, 한편으로는 독자의 실천 의지에 따라 다르게 비쳐지기도 한다.

사회학자 엄기호의 『고통은 나눌 수 있는가』(나무연필, 2018)는 고통받는 사람 옆을 묵묵히 지키는 사람들에 주목한다. 『당신이 옳다』에서 말한 것처럼 "장대비처럼 '공감'을 퍼붓는" 것을 지속하려면 공감을 퍼붓는 사람들의 '곁'도 중요하기 때문이다. 이들이 피해자들 옆에 계속 머물 수 있게 하려면 그들을 지지해주고 잠시 쉬어가게 할 수 있는 나무 그늘 같은 '곁'이 필요하다. 두 책을 함께 읽는다면 고통은 한 개인의 노력과 희생만으로는 결코 치유될 수 없으며 '연대'의 힘으로 극복할 수 있다는 것을 깨닫게 된다.

비슷한 책만 읽는 것은 내가 가지고 있는 '편견'이 틀리지 않았다는 것을 증명하고 싶은 욕구가 투영된 것이 아닐까. 가뜩이나 힘든데 나에게 공감해주는 책이라도 읽어야 마음의 평안을 얻기 쉬울

테니 말이다. 하지만 그럴수록 내 편견은 단단해진다. 시대를 읽어내지 못하고 내 안에 머문 독서에 그치고 만다. 책을 읽으며 사회를 향해 질문을 던져보자. 명확한 답을 하지 않아도 좋다. 질문을 던져야 사회에 관심을 갖고 세상을 다각도에서 조망할 수 있다.

생각을 정리하는
질문 글쓰기

소설가 김영하는 에세이 『말하다』(문학동네, 2015)에서 "글을 쓴다는 것은 인간에게 허용된 최후의 자유이며, 아무도 침해할 수 없는 마지막 권리"라고 했다. 글쓰기는 틀에 박힌 삶 속에서 숨 쉴 수 있는 아가미이자 '나'로 온전히 살아갈 수 있게 하는 인간의 특권이다. 김영하는 이어 "글을 씀으로써 우리는 세상의 폭력에 맞설 내적인 힘을 기르게 되고 자신의 내면도 직시하게" 된다고 말한다. 정치적인 글쓰기를 지향했던 조지 오웰, 지식 소매상으로서 글을 쓰는 유시민이 세상에 자기 목소리를 내는 것도 이와 같은 맥락일 것이다. 우리는 작가들의 문장에서, 일찍이 글을 써온 사람들을 통해 왜 글을 써야 하는지 많이 들어왔다. 결국 글을 쓰는 행위는 지금 이

순간을 살아가는 '나'의 존재 확인이다.

하지만 많은 사람들이 글쓰기를 어려워한다. 뭘 써야 할지 모르겠다는 글감의 빈곤, 자기 기대에 못 미친 글을 보고 실망하는 자기 검열 등. 다양한 이유로 글쓰기를 주저한다. 학생도 사정은 비슷하다. 매일 비슷한 내용의 일기 쓰기만큼 지루한 숙제도 없다. 느낀 것도 없는데 써야 하는 독후감은 쓰기 전부터 한숨이 나오게 한다. 자기 관점 부족과 자신에 대한 높은 기대치가 글쓰기의 발목을 붙잡는다. 이렇게 시작해보면 어떨까. 현 상황을 직시하고 그런 나를 인정하는 데서 출발하기. 쓸 내용이 없다면 글 한 편을 완성하려 하기보다 좋은 문장을 발췌하고 그 문장에 대한 단상을 써보는 것이다. 자기 검열이 심해 글쓰기가 어렵다면 먼저 눈높이를 낮추고 자신의 부족함을 채우는 것부터 시작해보자.

○ 생각을 자극하는 발췌 글쓰기

글쓰기에 대한 부담을 줄이는 첫 번째 방법은 책을 읽으면서 표시해둔 문장들을 발췌하고 그대로 옮겨 적는 것이다. 독서 초보자, 생각을 문장으로 표현하기 어려운 사람이라면 글쓰기 준비운동으로 꾸준히 하면 좋다. 읽을 때는 아무 생각 없이 표시했지만 옮겨 적는 과정에서 생각의 실마리가 생기기도 한다. 책 내용을 소화하느라 과부하 걸렸던 머릿속이 정리되거나, 완독 후 물리적인 시간을 확보하면서 책과 거리 두기가 가능해지기 때문이다. 다음과 같이 책에 표시해둔 부분을 옮겨 적으면서 그때그때 떠오르는 것들도 함께 메모해둔다면 나중에 단상을 정리할 때 도움이 된다.

> 초상화는 사진과는 다른 양의 시간을 구현한다. 사진은 하나의 순간을 드러내고, 바로 그 순간 개인의 모습이 어떠한지 보여준다. 반면 초상화는 긴 시간에 걸쳐 한 사람의 모습을 담는다. 사진은 선형적으로 흐르는 음악에서 한 부분의 음을 떼어내 들려주는 것과 같다면 초상화는 그 사람이 그동안 보여준 여러 특징과 모습을 겹겹이 농축시켜 한번에 화음처럼 '들려' 준다. (…) 장애인들은 많은 경우 사진 속에 (정치인들과 함께) 등장하지만 '초상화'를 만날 기회는 거의 없다. 장애를 가진 신체는 물리적으로 집 밖으로 나오기 힘들고, 직장이나 학교에서 오래 누군가와 교류하기도 어렵다. 편견이나 차별 의식 등 오래되고 누적된 강력한 고정관념의 지배도 받는다. 그러나 여러 사람이 힘을 모은다면 이런 조건을 바꿔낼 수 있다.
> 『실격당한 자들을 위한 변론』(김원영, 사계절출판사, 2018)

아래는 변호사 김원영의 『실격당한 자들을 위한 변론』을 읽고 남긴 단상이다.

작은 사물을 그릴 때도 오랫동안 집중해서 응시해야 사물의 특징을 정확하게 캐치할 수 있다. 하물며 사람은 오죽할까. 나는 사람의 개별성을 존중해야 한다고 생각했지만 장애인을 바라보는 시선은 '사진 찍기'에 가까웠던 것 같다. 분명 그들에게도 저마다의 자기 역사가 있을 텐데 들여다보려는 노력을 하지 않았다. 이건 나의 불찰이다. 한편으로는 그들을 내 눈앞에서 '사라지게' 만든 사회의 잘못도 크다. 내가 개별성을 드러내기 위해 다양한 시도를 하는 것처럼 장애인들에게도 초상화를 보여줄 수 있는 무대가 필요하다.

한 부분을 옮겨 적은 후에는 여백을 넓게 남겨두자. 그 여백에 자기 생각을 천천히 채워나가면 된다. 누군가에게 보여주는 글이 아니니 잘 쓰지 않아도 된다. 한두 문장만 써도 좋고 딱히 떠오르는 생각이 없다면 그냥 소리 내어 읽고 지나간다. 무엇이든 단기간에 좋아지지 않는다. 처음에는 문장을 따라 쓰는 데 목적을 둔다면 어깨에 힘을 빼고 즐길 수 있다. 이런 경험과 시간이 누적되면 자기 생각을 글로 표현하는 것에 익숙해진다.

○ 책 면지에 별점과 한 단락 글쓰기

책을 읽은 후 입장을 짧게 정리하고 싶다면 책 면지에 별점과 한 단락 정도의 단상을 써보기를 권한다. 비평가들이 영화를 보고 별점을 주듯 우리도 책에 내 나름의 평가를 하는 것이다. 별점을 준

이유와 이 책에서 내가 뽑은 키워드를 소개하는 내용을 쓰면 된다. 이때 단상이 길어지면 안 된다. 내 생각을 분명하게 드러내기 위해 고민하고 짧게 다듬는다. 책의 면지에 쓰는 이유는 나중에 재독한 후 별점과 단상을 비교할 수 있기 때문이다. 생각의 변화를 지켜보는 즐거움도 누리면서 성장하는 자신을 발견할지도 모른다. 아래는 노정석 작가의 『삼파장 형광등 아래서』(정미소, 2019)를 읽고 남긴 별점과 단상이다.

- **별점** : 4점

- **이유** : 작가가 고등학생이라는 것이 놀랍다. 공교육의 현실을 직시하고 할 말은 하되 냉소하지 않고 자기 자리에서 최선을 다하는 작가의 태도가 인상적이다. 수험 공부로 바쁜 와중에도 책을 읽고 시를 썼다. 수험생의 일상을 자유롭게 담은 시를 보니 '시는 어렵다'라는 내 고정관념이 흔들린다. 작가는 영혼이 메마르지 않기 위해 하루 한 시간은 읽고 쓴다고 한다. 바짝 말라비틀어진 내 영혼을 적시려면 난 무엇을 해야 할까.

명확하게 밝히지는 않았지만, 스스로에게 던지는 질문인 '바짝 말라비틀어진 내 영혼을 적시려면 난 무엇을 해야 할까'라는 문장에서 글쓴이의 일상을 짐작해볼 수 있다. 영혼을 적시기 위한 작은 노력이라도 한 후에 이 책을 다시 읽는다면 그땐 또 어떤 단상이 나올까. 과거와 현재의 단상을 비교하는 것은 즐거움을 넘어 삶을 성찰하는 의미 있는 시간이 될 것이다.

○ 내가 만든 질문에 답하기

지금까지 책에서 길어 올린 질문의 중요성을 강조했다. 책에 던지는 질문은 쌍방향의 대화, 생각을 넓히는 마중물이다. 독서가의 종착지는 자기 질문에 대한 답을 글로 써보는 것이다. 확신이 없어도 써보는 경험이 중요하다. 흩어진 생각들을 문장으로 표현하는 자체만으로도 의미가 있다. 글을 쓰면서 생각이 구체화되기도 하니 처음부터 입장을 정하지 않아도 된다. 글을 쓴 후 생각이 명징해지면 주체적으로 사고한 것에 기쁨을 느낄 수 있고, 정리가 덜 되었어도 같은 주제로 나중에 글을 쓸 때 좋은 토대가 될 것이다. 분량은 다섯 문장부터! 여러 문장으로 구성해야만 서사와 논리가 구축되기 때문이다.

> 내가 가장 불안하게 생각하는 점은, 글을 쓰려면 공부를 더 해야 한다는 네 믿음이다. 제발 그러지 말아라, 내 소중한 동생아. 차라리 춤을 배우든지, 장교나 서기 혹은 누구든 네 가까이 있는 사람과 사랑을 하렴. 한 번도 좋고 여러 번도 좋다. 네덜란드에서 공부를 하니 차라리, 그래 차

라리 바보짓을 몇 번이든 하렴. 공부는 사람을 둔하게 만들 뿐이다. 공부하겠다는 말은 듣고 싶지도 않다. (…) 우리는 우리 자신으로 살아 있어야 한다. 그러니 네 스스로 퇴보하길 바라지 않는 이상 공부는 필요하지 않다. 많이 즐기고 많은 재미를 느껴라. (…) 네 건강을 돌보고 힘을 기르고 강하게 살아가는 것, 그것이 최고의 공부다.

_『반 고흐, 영혼의 편지』(빈센트 반 고흐, 신성림 옮김, 위즈덤하우스, 2017)

❷ 공부에 대한 고흐의 두 가지 시선을 나는 어떻게 생각하는가?

❶ 고흐는 아카데미 교육을 받은 고갱에게 열등감이 있었던 것 같다. 고갱에 대한 라이벌 의식, 돈이 없어 교육을 받지 못한 현실 비관, 틀에서 벗어난 자기 그림이 '좀 배웠다는 사람들'에게 인정받지 못하는 데서 오는 분노도 있지 않았을까? 그래서 고흐가 말한 '최고의 공부'가 더 슬프게 느껴졌다. 그나마 선택할 수 있었던 삶에서조차도 가난에 허덕여 건강을 돌보지 못했으니까. 어쩌면 자신이 이루지 못한 것에 대한 회한이나 자조가 담겨 있는지도 모르겠다.

첫 문장이 잘 안 써진다면, 내 기분을 짧게 표현해보자. 그래도 떠오르지 않는다면 '나는 잘 모르겠다'부터 시작한다. 일단 첫 문장을 쓰고 나면 부드럽게 풀리기도 한다. 조금씩 풀리는 생각의 실타래에서 자신도 몰랐던 생각과 만난다. '나'라는 존재를 확인할 수도 있다. 망설이지 말자. 지금 내 기분부터 써보자.

3장

독서 모임을 위한
논제 독서

1장과 2장이 홀로 독서를 하는 독서가들에게 유용한 가이드라면, 3장은 독서 모임을 하는 사람들을 위한 장이다. 독서 모임에서 활용할 수 있는 논제 발제 방법과 요령을 구체적으로 제공한다. 독서 토론 교육에서 직접 사용했던 교육 방식인 'RWS형 비경쟁 독서 토론' 모델을 바탕으로 한다. R(reading)은 독서법, W(writing)는 논제 발제를 위한 글쓰기, S(speech)는 독서 토론 말하기를 뜻한다. 이 모델은 여러 독서 토론 방식 중 하나지만 재미있고 유용하며 강력하다. 이번 장은 다음과 같이 6개의 주제로 정리했다.

첫째, 논제를 위한 질문 탐색이다. 혼자 읽는 독서가 아닌 함께 읽는 독서를 지향한다. 함께 나누기 위한 공통적인 질문인 논제를 설명한다. 책의 주제가 담긴 질문을 만들고, 책을 깊게 이해하기 위해 자료를 조사하고 탐색한다. 저자나 작가에 대한 이해도 빠질 수 없다. 작가에 대한 이해 없이는 작품을 이해할 수 없기 때문이다.

둘째, 논제 글쓰기다. 논제 발제 글쓰기는 실용적인 글쓰기다.

'RWS형 비경쟁 독서 토론' 모델은 글쓰기에서 일정한 형식, 즉 매뉴얼을 갖고 있다. 기본 매뉴얼을 학습하면 누구나 원하는 수준의 논제를 만들 수 있다. 제시된 논제의 유형, 좋은 논제의 기준을 참고하고, 논제문의 서술 규칙으로 점검해본다.

셋째, 분야별 도서에 대한 논제 발제다. 논제 발제를 위해 어떻게 책을 읽어야 하는지 안내한다. 이 과정에서 심화 독서가 이루어진다. 독해력을 높이는 방법을 통해 책의 주제를 쉽게 찾는 요령도 배우게 된다. 분야별 도서의 논제 발제 포인트는 문학, 인문·사회, 자연과학 도서에 대한 독서력을 키워줄 것이다. 논제 사례를 실었으니 참고하길 바란다.

넷째, 논리적 사고력을 기르는 논제 글쓰기다. 논제 글쓰기는 논리적·논증적 글쓰기다. 좋은 논증의 4대 조건을 살펴보고, 논제문의 구성과 서술어 쓰기를 공부한다. 매뉴얼 방식으로 되어 있으니 활용하기도 쉽다. 이런 기준으로 소설과 비소설의 논제를 분석했다.

다섯째, 논제 발제 시 흔히 하는 질문이다. 많은 사례를 모두 다룰 수 없어서 네 가지 경우만 다뤘다. 질문이 책 밖으로 나가는 경우, 답변이 한쪽으로 치우치는 경우, 개인적 관심사로 빠지는 경우, 선택 논제를 만들기 어려운 경우 등을 사례와 더불어 분석하고 피드백하였다.

여섯째, 독서 토론 진행법이다. 독서 토론은 경청에서 시작된다. 진행자나 토론자는 모두 다른 사람의 발언에 집중하여 경청해야 한다. 나아가 토론자로서 다른 사람들에게 도움이 되는 발언을 해야 한다. 마지막으로 독서 토론 진행법에 대한 여러 질문과 답변을 정리했다.

이제부터 이것들을 지도 삼아 독서 모임을 위한 논제 독서의 방향을 설정해보자.

논제를 위한
질문 탐색하기

"질문 찾기가 어려워요!" 도서관 독서 토론 강의에서 수강생들이 자주 말하는 고민이다. 평소 질문하는 것이 익숙한 사람도 있겠지만 그렇지 않은 이들은 질문 찾기가 어렵고 불편하다. 하지 않던 일을 새롭게 시도하다 보면 대부분 그렇지 않던가. 왜 우리는 질문하기를 어려워할까? 공교육의 문제를 지적하는 사람도 있다. 우리의 학교 교육은 입시 교육에 편중되어 있다. 오랫동안 입시 위주의 문제 풀이를 통해 정답을 찾는 공부에 매달렸다. 어떤 주제를 다르게 생각하거나 비틀어 보거나 의문을 가지는 것이 습관화되지 못했다. 그러다 보니 질문하는 의제 설정 능력보다 시험 보기 위한 문제 해결 능력만 키운 건 아닌지 생각하게 한다.

○ 독서 모임에서 논제의 역할

독서 토론에서 '논제'란 책이나 토론의 주제다. 토론을 하다 보면 주제에서 벗어나 사적인 이야기로 나아가는 경우가 많다. 이런 현상을 독서 토론 과정에서 한 참여자가 이렇게 표현했다. "기승전 남편, 기승전 아이, 기승전 시월드로 나갑니다." 함께했던 사람들이 "그래요, 맞아요!"라고 공감하며 웃음을 터뜨렸다. 이런 경우 진행자는 주제 밖으로 나가는 토론자를 다시 안으로 끌어와야 한다. 이는 자칫 감정 문제로 번질 수도 있다. 왜 내 이야기를 막느냐는 것이다. 그럴 때 논제가 도움이 된다. 논제가 있으면 책의 주제에서 벗어나지 않고 깊이 있는 토론을 할 수 있다. 논제가 독서 토론에서 내비게이션 역할을 하기 때문이다. 글을 쓰려면 글감을 모아야 하는 것처럼 좋은 질문을 만드는 데도 재료가 필요하다.

독서 모임을 잘 꾸리고 싶은 사람은 어떻게 하면 좋은 질문을 찾을 수 있을까 고민한다. 참여자의 흥미나 관심, 상황과 연결되는 질문 말이다. 눈높이에 맞는 질문이 참여자의 흥미를 불러일으키기 때문이다. 초등학생과 청소년, 성인 독자의 관심사는 서로 다르다. 이제 학생들에게 '꿈'에 대한 질문은 식상하다. 꿈과 비전마저 강요하는 것이냐는 비판도 있다. 아이들의 꿈마저도 어른들이 심어주려고 한다는 것이다. 오히려 요즘 아이들이 원하는 게 무엇인지 관심을 갖는 것이 어떨까. 잘 모르겠거든 아이들에게 직접 질문하는 것도 좋다. 성인들에게 한동안 인기가 높았던 '성공'이나 '행복'이라는 주제도 유행 지난 옷과 같다. 최근 트렌드가 무엇인지 탐색해야한다. 시대의 고민이 담긴 주제를 찾으려고 노력해야 한다. 그런 질문을 고민하다 보면 자연스레 세상의 문제점이 보이게 된다. 그런주제가 사회적 담론이 되고 화두가 된다. 좋은 질문이 좋은 논제가된다.

물론 질문이 없어도 독서 토론을 할 수 있다. 서울의 한 인문학 독서 모임 사례가 그랬다. 이 모임은 논제 없이 오랫동안 함께 책을읽어왔다. 20년이 넘게 이어져왔으니 긴 역사를 가진 독서 모임이었다. 참여자들의 발언에는 상당한 수준의 독서 내공이 담겨 있었다. 대부분 독서 역량도 돋보였다. 오랜 세월 꾸준히 책을 읽을 수있었던 동력은 서로 격려하며 응원하는 분위기에 있었다. 한 가지아쉬움은 참여자가 소수라는 점이다. 논제 토론의 맛을 아는 경우논제가 없는 토론을 재미없어 하는 참여자들도 있다. 한 경기도 독서 모임은 도서관에서 독서 토론 교육을 받은 후 만들어졌다. 이들은 처음에 논제를 발제해서 토론했다. 매달 두 번씩 1년 넘게 독서토론을 즐겼다. 하지만 일부 참여자들의 열정이 식으면서 숙제 부담 없는 토론을 원했다. 논제 없이 토론하자고 말했다. 재미와 수다를 위한 모임을 원한 것이다. 결국 몇 명은 논제로 토론하는 독서모임으로 옮겨 갔다. 논제가 있는 토론의 즐거움을 선택한 것이다.

○ 좋은 질문이 좋은 토론을 만든다

좋은 질문이란 어떤 것일까? 메이지대학 문학부 교수 사이토 다카시는 『질문의 힘』(루비박스, 2017)에서 '구체적이고 본질적인 질문', '머릿속을 정리해주는 질문', '현재와 과거를 연결하는 질문', '창조적인 질문'을 좋은 질문으로 꼽는다. 독서 토론의 질문은 바로 논제다. "질문이 답이다"라는 말처럼 좋은 질문은 좋은 토론을 만든다. 좋은 질문은 책과 연관성이 높아야 하고, 책의 주제를 담고 있어야 한다. 참여자의 상상력을 불러일으키고 사고를 확장시키고 심화시킬 수 있어야 좋은 질문이 되고 좋은 논제가 된다. 논제가 준비되면 토론의 질적 수준을 높일 수 있다.

논제로 좋은 질문을 생각해보자. 예를 들어 영국 케임브리지대학 경제학과 장하준 교수의 『그들이 말하지 않는 23가지』(부키, 2010)를 읽고 "가난한 나라는 가난한 사람들 때문에 가난한가?"라는 질문을 할 수 있다. 흔히 가난한 사람들 때문에 나라가 가난해진다고 생각하기 쉽다. 하지만 저자는 다른 의견을 내놓는다. "자기 몫을 하지 못하는 것은 가난한 나라의 부자들이다. 상대적으로 낮은 그들의 생산성 때문에 나라가 가난하다"(p.55)고 주장한다. 이 주제는 토론자들에게 자본주의 현실을 새롭게 이해할 수 있는 시각을 제공한다.

○ 좋은 질문을 만들기 위한 자료 조사

좋은 질문을 만들기 위해서는 '조사와 탐색'도 해야 한다. 사전 준비가 철저할수록 보다 충실한 질문, 좋은 논제를 만들 수 있다. 토론 도서에 대한 독후감과 서평을 읽는 것도 좋은 방법이다. 파워블로거나 서평가, 인터넷서점의 독후감과 서평, 비평문을 찾아 읽는 것이다. 그런 글은 책에 대한 중요한 키워드를 발견하는 데 도움을 준다. 전문가뿐 아니라 일반 독자의 글에서도 좋은 질문과 논제의 재료를 찾을 수 있다. 그들의 글에 담겨 있는 주제를 활용하면 좋다. 또 신문 기사에서도 찾을 수 있다. 신문의 북섹션에서 서평을 살펴보는 것이다. 매스컴에 등장하는 사회적 이슈를 책의 주제와 연결한다면 시사성 있는 논제를 만들 수 있다. 인간 소외와 부조리, 사랑과 가족, 교육, 왕따와 자살, 경제적 양극화, 남북문제 등 다양한 주제의 논제를 발견하게 된다.

논제 발제에 도움이 되는 도서

『빌린 책, 산 책, 버린 책 1, 2, 3』(장정일, 마티, 2010~2014)

『장정일의 공부』(장정일, 알에이치코리아, 2015)

『만보객 책 속을 거닐다』(장석주, 예담, 2007)

『취서만필』(장석주, 평단문화사, 2009)

『정희진처럼 읽기』(정희진, 교양인, 2014)

3장 독서 모임을 위한 논제 독서 107

『나를 알기 위해서 쓴다』(정희진, 교양인, 2020)

『나쁜 사람에게 지지 않으려고 쓴다』(정희진, 교양인, 2020)

『청춘의 독서』(유시민, 웅진지식하우스, 2009)

『월경독서』(목수정, 생각정원, 2013)

『책을 읽을 자유』(이현우, 현암사, 2010)

『평범하게 위대한 우리 책 100선』(경기문화재단 엮음, 정한책방, 2019)

『삶을 바꾸는 책 읽기』(정혜윤, 민음사, 2012)

『마음의 서재』(정여울, 천년의상상, 2015)

『지난 10년, 놓쳐서는 안 될 아까운 책』(김민영 외, 부키, 2019)

『느낌의 공동체』(신형철, 문학동네, 2011)

『슬픔을 공부하는 슬픔』(신형철, 한겨레출판, 2018)

『서평 글쓰기 특강』(김민영 외, 북바이북, 2015)

○ 책에서 주제 찾기

  책 분야별로 주제를 찾는 방법은 다르다. 크게 소설과 비소설로
나누어 생각할 수 있다. 비소설의 경우는 주제 찾기가 쉬운 편이다.
주제가 표면에 드러나 있다. 머리말과 맺음말, 차례를 읽으면 저자
가 책을 저술한 의도, 즉 책의 주제를 알 수 있다. 본문의 소제목도
모두 주제어다. 소설의 경우는 상대적으로 주제 찾기가 어렵다. 이

면에 숨어 있기 때문이다. 김용성은 『현대소설작법』(문학과지성사, 2006)에서 소설의 주제를 "작가의 최초의 의도이자 독자의 최후의 해석"이라고 설명한다. 주제란 작가가 작품을 통해 독자에게 전하고자 하는 의도란 얘기다. 모든 소설에는 작가의 메시지가 담겨 있다. 그렇다고 그것만이 소설의 주제가 아니다. 독자가 발견한 것도 소설의 주제가 될 수 있다. "작가님의 소설에는 이런 주제가 많이 보이던데 그런 주제를 의도하셨나요?" "아니요! 그 주제를 생각하고 쓴 건 아니었어요. 그런데 그렇게 말씀하시니 제 작품이 더 풍성해지고 완성도가 높아진 것 같네요. 감사합니다." 한 북콘서트 질의응답 시간에 독자와 작가가 나눈 대화다. 독자의 해석도 중요하다.

문학비평에도 독자의 역할을 강조한 이론이 있다. '독자반응 비평'이 그것이다. 여기에는 두 가지 중요한 관점이 들어 있다. 하나는 문학작품을 이해하는 데 독자의 역할이 중요하다는 관점이다. 다른 하나는 독자는 텍스트가 제시하는 의미를 수동적으로 소비하는 게 아니라 능동적으로 해석하고 만들어낸다는 관점이다. 이것을 설명하는 문학비평 입문서로 로이스 타이슨의 『비평이론의 모든 것』(엘피, 2012)을 추천한다. 소설을 이해하고 해석하는 데 도움이 되는 책이다. 책에는 11개의 비평이론이 들어 있다. 시간이 날 때마다 한 장씩 읽으면 된다. 각 장 끝에는 스콧 피츠제럴드의 『위대한 개츠비』를 각각의 이론으로 비평한 것이 실려 있다. 프랑스 작가이자 평론가 샤를 단치는 『왜 책을 읽는가』(이루, 2013)에서 독자를 '문학가'라고 높여서 말한다. 독자들이 책을 읽으면서 창조적으로 문학 작품을 해석하기 때문이란다.

○ 작가를 이해하면 작품이 보인다

중국 현대소설 작가 위화는 『허삼관 매혈기』(푸른숲, 2007) '서문'에서 독자들의 해석을 강조한다. 모든 작품은 천 명이 읽으면 천 개의 작품이, 만 명이 읽으면 만 개의 작품이, 백만 명이 읽으면 백만 개 이상의 작품이 된다고 말한다. 독자에게도 자기 마음대로 작품을 해석할 자유와 권리가 있다니, 얼마나 멋진 메시지인가. 『파이 이야기』(작가정신, 2004)로 2002년 부커상을 받은 캐나다 작가 얀 마텔도 소설은 '작가가 쓰는 것'과 '독자가 책을 읽는 것'이 합해지는 지점에서 완성된다고 주장한다.

작가의 자서전이나 전기, 평전을 읽으면 작품을 이해하는 데 도움이 된다. 작품 속에 작가의 삶이 투영되기 때문이다. 노벨문학상 수상작가 가브리엘 가르시아 마르케스의 자서전 『이야기하기 위해 살다』를 읽으면 그의 소설 『백년의 고독』의 소재가 무엇인지, '마술적 사실주의'가 어떻게 작품 속에 구현되었는지 알 수 있다. 작가는 카프카의 『변신』을 읽고 '사람이 갑충이 되는 것'에서 『백년의 고

독』을 쓸 수 있는 힘을 얻었다고 고백한다. 소설의 등장인물은 작가의 외할아버지와 외할머니를 비롯한 외갓집 사람들이다. 고향의 전설을 차용하기도 했다. 카프카를 이해하고 싶은 독자에게 권하고 싶은 책이 있다. 구스타프 야누흐의 『카프카와의 대화』(지식을만드는지식, 2013)이다. 17세 문학소년 야누흐가 아버지의 직장 동료였던 작가 카프카를 만나서 대화를 나눈 4년간의 기록이다. 소설가 카프카의 생전 모습과 그의 생각을 생생하게 접할 수 있다. '죽은 작가와의 인터뷰' 같은 책이다.

질문하는 습관이나 논제 발제 능력은 훈련과 경험을 통해서 길러진다. 이를 위해 문학작품의 배경과 작가의 의도를 이해하는 것은 무엇보다 중요하다. 이제 논제의 필요성을 이해했다면 질문을 생각하고 논제를 만들어보면 어떨까. 이 책에서 안내하는 방법대로 연습하면 어느 정도 사용할 수 있을 것이다. 논제 발제 연습을 많이 하면 할수록 점점 질문 찾기가 수월해지고 좋은 논제를 만들 수 있다.

논제 글쓰기와
논제문 만들기

독서 모임보다 글쓰기 모임이 적은 이유는 무엇일까? 책을 읽기
만 할 뿐 글쓰기를 하는 이들은 많지 않기 때문이다. 학교에서 글쓰
기를 배운 적도 없고, 글을 쓴 경험도 거의 없다. 그래서 사람들은
막연하게 글쓰기에 대한 두려움이 있다. 글쓰기 자체에 대한 부담
이다. 문학평론가 장석주는 글쓰기의 3대 적을 "두려움, 내면의 검
열자, 나태"라고 말한다. 처음 글을 쓰려고 하는 사람은 무엇을 어
떻게 써야 할지에 대한 두려움을 갖는다. 글쓰기를 배운 적이 없으
니 그런 두려움을 가지는 게 당연하다. 독서가들은 책을 계속 읽어
왔기 때문에 쓰는 능력은 부족해도 글을 보는 눈은 높다. 이런 사람
은 자신의 글을 평가하는 내부 검열이 심하다. 부끄러워 자신의 글

을 다른 사람에게 내보이길 싫어한다. 오히려 핑곗거리를 찾는다.

이번 꼭지에서는 논제 글쓰기에 대해 말하려 한다. 논제 글쓰기는 한 문단 정도의 간단한 글쓰기다. 누구나 할 수 있으니 용기를 내 도전해보자.

○ 논제 발제는 실용적 글쓰기

논제 발제는 문학적 글쓰기가 아니라 실용적 글쓰기다. 문학적 글쓰기는 상징이나 은유 등 수사법이 많이 사용된다. 묘사를 통해 인간의 감정이나 내면을 드러낸다. 문학은 독자의 감동을 유도하는 창작의 세계다. 이에 반해 실용적 글쓰기는 에세이, 논술, 기획안, 칼럼 등 일반적인 글쓰기에 해당된다. 글에 주장이 담겨 있고, 그것을 관철할 이유와 근거를 바탕으로 한다. 논리적 오류가 없어야 한다. 실용적인 글은 비교적 쉽게 쓸 수 있다.

논제 글쓰기는 책을 읽은 후 독후감이나 서평을 쓰는 것과 다르다. 토론을 위한 논제문을 만들기 위한 글쓰기다. 독서 토론 교육에 참여한 수강생들은 어떻게 하면 논제를 좋은 문장으로 만들 수 있느냐고 묻는다. 질문은 떠오르는데 그것을 논제문으로 쓰기가 어렵다고 말한다. 매뉴얼로 익히면 그다지 어렵지 않다. 이제 본격적으로 독서 모임에서 토론을 하려는 사람들에게 논제 글쓰기 방법을 안내하고자 한다. 독서 모임에서 활용할 수 있는 논제 발제는 어떻게 해야 할까?

○ 독서 토론 논제의 네 가지 유형

독서 토론 논제에는 여러 가지 유형이 있다.

① **감상을 묻는 논제**: 책에 대한 감상을 묻는다. 모든 독자가 책을 읽고 느끼는 감상은 다르다. 참여자들끼리 감상의 차이가 크다면 토론이 활성화된다.

② **이해를 묻는 논제**: 텍스트를 정확하게 이해했는지 묻는 논제다. 텍스트가 어려운 경우나 모호한 내용이라면 다른 참여자의 발언을 통해서 배우는 계기가 되기도 한다. 내용을 파악하는 '사실 논제'의 성격이 강하다.

③ **해석을 묻는 논제**: 책의 내용과 저자의 주장을 독자가 어떻게 받아들이는가를 묻는다. 깊이 있는 독서를 요구하는 논제다. 이 논제는 감상과 이해를 묻는 논제보다 독서 토론을 더 논쟁적으로 이끌어 간다.

④ **책과 저자가 제시하는 질문에 관한 논제**: 저자의 질문이 타당한가를 따진다. '가치 토론'과 '정책 토론'으로 이끈다. 토론에서의

논쟁 가능성이 높다. 긍정과 부정, 찬성과 반대로 물을 수 있다. 책 자체뿐 아니라 책과 현실의 관련성을 염두에 두고 논제를 뽑는다. 창의력이 요구된다. '가치 논제'의 경우 주장하는 가치 판단의 기준과 타당성을 묻는다. '정책 논제'의 경우 문제가 되는 현 상황의 지속성, 중요성, 해결 가능성을 질문한다.

○ **좋은 논제의 일곱 가지 점검 사항**

논제 발제 시 몇 가지 점검 사항이 있다. 논제 발제 후 이것으로 논제 수준을 점검해보자.

① **토론자의 수준에 맞는 논제인가?** 초등학생, 청소년, 성인 등 참여자에 따라 어휘와 문장의 수준을 조절한다.

② **책의 핵심과 연결되어 있는 논제인가?** 책의 주제를 담고 있어야 좋은 논제다.

③ **창의적인 논제인가?** 다른 사람이 미처 생각하지 못한 것을 묻는 논제다. 토론자들이 '와! 이 논제로 토론하고 싶다'는 생각이 들게 하는 참신한 논제다.

④ **간결하고 쉬운 논제인가?** 문장을 말하는 게 아니다. 논제문을 읽는 즉시 답변을 할 수 있는 쉽고 명확한 논제를 의미한다. 무엇

을 묻는지 질문에 분명하게 드러나 있어야 좋은 논제다.

⑤ **깊이 있는 논제인가?** 다양한 답변이 나올 수 있고, 깊이 있는 답변이 나올 수 있는 논제다. 토론하며 '심화 논제'를 만들어서 더 깊게 토론할 수 있게 한다.

⑥ **발췌는 구체적인가?** 한 단락 이상 발췌하면 되는데 필요하다면 두세 단락도 좋다. 발췌문이 길다고 생각되면 '중략' 등을 사용하여 중요하지 않은 부분을 생략해도 된다.

⑦ **발췌문과 질문의 밀도가 높은가?** 논제문은 발췌문의 요약본이다. 따라서 방법을 알면 쓰는 게 그리 어렵지 않다.

○ **논제문 쓰기의 다섯 가지 규칙**

논제문을 쓸 때 주의해야 할 몇 가지 서술 규칙이 있다.

① **발제자의 해석, 관점, 느낌은 배제한다.** 발제자의 생각과 감정이 들어가면 토론자에게 영향을 준다. 책의 본문을 중심으로 중립적 서술을 해야 한다.

> 잘못된 예

저자는 "＿＿＿＿＿＿＿"라고 주장하는데요. 이는 ＿＿＿＿＿＿라는 의미라 할 수 있습니다.

저자는 " _____ "라고 주장하는데요. 이어 " _____ "라는 생각도 덧붙입니다. 여러분은 저자의 이런 주장에 공감하시나요?

② **모호한 문장이나 동어 반복을 피하고 정확한 문장으로 간결하게 써야 한다.** 구체적으로 서술하고, 문장의 주술 호응이 맞게 하고, 자연스러운 문맥으로 쓴다.

저자는 " _____ "라는 주장을 거듭하며, 또 이런 점에서는 _____ 라는 식으로 자신의 주장을 거듭 펼쳐 생각을 정리하는데요.

저자는 " _____ "라고 주장합니다. 또는 _____ 라는 생각도 이어가는데요.

③ **문장부호를 정확히 사용한다.** 인용할 때는 큰따옴표(" ")나 작은따옴표(' ')를 적절하게 사용하여 본문에서 발췌한 것임을 밝힌다. 큰따옴표는 글 가운데서 직접 대화를 표시할 때, 남의 말을

인용할 때 사용한다. 작은따옴표는 따온 말 가운데 다시 따온 말이 들어 있을 때, 마음속으로 한 말을 적을 때에 쓴다. 문장에서 중요한 부분을 두드러지게 하기 위해 드러냄표 대신에 쓰기도 한다. 발췌문을 인용할 때 쪽수 표시는 인용한 문장 뒤에 한다. 동일한 쪽에서 여러 번 인용했을 때는 인용한 마지막 문장 뒤에 한 번만 하고, 발췌문 이외의 부분에서 인용한 것은 문장 뒤에 쪽수를 표시한다(예: p.25). 쪽수는 한 칸을 띄우지 않고 붙여 쓴다. 두 쪽이 연결될 때 'p'는 하나만 쓴다(예: p.29~30).

잘못된 예

저자는 '도시 재건축은 지금 이대로는 안 된다'라며 새삼 "환경" 문제를 언급합니다.

잘된 예

저자는 "도시 재건축은 지금 이대로는 안 된다"(p.78)라며 새삼 '환경' 문제를 언급합니다.

④ **최소 4~6개의 문장으로 쓴다.** 책을 읽지 않은 비독서 참여자를 고려한다. 뜬금없이 질문만 배치해서는 안 된다. 40퍼센트 이상은 발췌문을 직접 인용한다. 발제자의 생각이나 해석을 방지하기 위함이다. 글은 이해하기 쉽게 서술한다.

책은 "_____"라는 주장을 펼치는데요. 여러분은 이런 주장을 어떻게 보셨나요?

저자의 관심사는 _____ 에 머무릅니다. 이와 관련해 _____ (팩트)라는 키워드를 꺼내는데요. 저자는 "_____"라는 주장을 펼쳐나가기도 합니다. 여러분은 이런 주장을 어떻게 보셨나요?

⑤ 논제 하나에 질문은 하나만 배치한다.

저자는 "_____"라고 말하는데요. 여러분은 이런 경험이 있으신가요? 있다면 그럴 때 자신만의 극복 방법을 소개해주세요.

"_____"라고 말하는데요. 여러분은 이와 유사한 경험이 있으신가요?

분야별 도서의
논제 발제하기

논제 발제 과정은 '책 읽기 → 발췌하기 → 논제문 쓰기'로 이루
어진다. 먼저 책 읽기를 점검해보자. 어떤 분야의 책을 주로 읽는
가? 책은 분야별로 골고루 읽어야 좋다는 것을 알면서도 좋아하는
책만 읽는다. 사실 좋아하는 분야의 책도 충분히 읽지 못하는 게 현
실이지 않은가. 이것을 극복할 수 있는 좋은 방법이 '함께 읽기'다.
독서 모임에서 책을 인문학·사회과학·자연과학 등 분야별로 다양
하게 선정하면 된다. 이렇게 하면 편독 습관을 고칠 수 있다.

독서 토론 도서의 분야 배분은 어떻게 하면 좋을까? 50퍼센트는
소설로, 30퍼센트는 인문·사회(철학, 역사, 인문, 사회) 도서로, 20퍼
센트는 자연과학 도서로 배분하기를 추천한다. 매달 2회 독서 토론

을 한다면 3개월에 6권으로 토론하는 것이다. 소설이 3권, 인문·사회 도서 2권, 자연과학 도서 1권이다. 1년이라면 24권으로 소설이 12권, 인문·사회 도서 8권, 자연과학 도서 4권이 된다. 토론 도서 순서는 소설과 비소설(분야별)을 번갈아 배치하면 좋다. 소설은 국내와 해외 소설의 비중을 50 대 50으로 한다. 국내외 소설을 선정할 때는 고전과 신간의 균형을 맞춘다. 1년치 도서를 한 번에 선정하기보다는 3개월마다 하는 것이 좋다. 새롭게 발견되는 좋은 책을 놓치지 않기 위해서다.

1년 모임을 위한 독서 토론 도서의 분야별 배분

구분(비중)	소설(50%)		비소설(50%)		합계
	국내(25%)	해외(25%)	인문·사회 (30%)	자연과학 (20%)	
권수	6	6	8	4	24

○ 논제 발제를 통한 깊게 읽기

논제를 만들면 글쓰기 실력뿐 아니라 독서력도 향상된다. 쓰기와 읽기가 동시에 이루어지기 때문이다. 독자로서의 책 읽기가 지적인 '즐거움'을 추구하는 1차 독서라면, 토론 참여자로서의 책 읽기는 '토론을 준비'하는 2차 독서다. 독후 소감도 준비하고 인상적인 부분도 메모한다. 토론할 때 무엇을 말할지 준비하는 것이다. 논제에 대한 생각을 정리하여 토론에 참여한다. 여기서 혼자 읽기를 넘어 함께 읽기로 진화한다. 논제 발제를 위한 책 읽기는 심화된 3차 독서다. 논제를 만들기 위해서는 책을 한 번 읽는 것으로는 부족하다. 또 읽어야 한다. 거듭 정독하라는 말이 아니다. 첫 번째 읽을 때 정독한다. 중요하게 여겨지는 부분에 밑줄을 긋거나 포스트잇을 붙이고 메모한다. 두 번째 읽기부터는 밑줄 친 부분이나 포스트잇을 붙인 부분만 읽으면서 질문을 만든다. 먼저 발췌문을 필사하고, 발췌문을 바탕으로 논제문을 만든다. 논제 발제는 이런 과정을 통해서 이루어진다. 논제 독서는 읽기와 쓰기, 말하기가 통합된 독서 토론 모델이다.

○ 독해력을 높이는 일곱 가지 방법

어떻게 하면 책을 읽을 때 독해력을 높일 수 있을까? 독해력은 주제 파악 능력이다. 장하늘은 『독해 기술』(다산초당, 2006)에서 '주제 파악의 기술'을 이렇게 소개한다. "① 실용문에서 주제는 문장의 처음(두괄식)에 온다. ② 논설문은 처음과 끝(양괄식)에 놓이는 경우가 많다. ③ 문장에서 자주 반복되는 말이 주제다. ④ 비교·대조 단락(대립 단락)이나 대등·열거 단락(병렬 단락)에서는 앞뒤 양쪽에서 찾아라. ⑤ 긴 문장에서는 종속절이 아닌 주절에서 찾아라. ⑥ 논리적 문장(설명, 논설, 평론문)에서는 주제가 드러나고, 예술적 문장(시, 소설, 수필, 희곡)에서는 감춰지므로 다른 말에서 찾아라. ⑦ 점층적인 문장에서는 '중요한 점', '좁혀진 점', '핵심적인 점'에 주제가 놓인다." 주제를 찾는 데 도움이 되는 조언이니 참고하길 바란다.

○ 분야별 도서의 논제 발제 포인트

분야별 도서에서 논제를 발제할 때 참고할 사항은 무엇일까? 어떤 분야든 책의 주제로 논제를 만든다. 소설의 경우, 작품에서 주제와 문학적 가치를 발견하며 평가한다. 인식적·정서적·미적 가치 등이다. 인문·사회과학 도서는 현실의 문제에 초점을 맞춘다. 사회 문제와 시민 의식은 서로 밀접하게 연결되어 있다. 정치 문제는 경제문제로 귀속된다. 어떤 경제 정책이 공평하고 공정한 정책인가를 질문해야 한다. 역사는 언제나 현재사다. 역사는 단순히 과거의 이야기를 다루는 것이 아니라 현재와의 관계 속에서 의미를 찾아야 한다. 따라서 역사를 보는 시각과 관점이 중요하다. 과학의 발달과 기술의 발전이 인간에게 행복을 가져다주었는가를 성찰해야 한다. 과학에도 인문 정신이 필요하다. 이런 다양한 문제와 주제를 생각하며 만든 질문이 논제다.

분야별 도서의 논제 발제 시 참고 사항

분야	논제 포인트	참고 사항
문학	· 핵심 주제 · 갈등 요소	· 인식적 · 정서적 · 미적 가치를 분석한다. · 배경지식을 통해 텍스트를 이해한다. · 서평과 비평으로 주제를 포착한다.
사회 (정치, 경제)	· 사회문제 · 시민 의식	· 시민의 삶 속에서 현실 정치를 평가한다. · 사회문제에 대해 질문한다. · 문화 현상을 진단하고 해석한다.
인문 (철학, 역사, 심리)	· 집필 의도 · 핵심 주제	· 철학적 주제를 성찰한다. · 역사를 분석하고 의미를 탐색한다. · 인간 심리를 이해하고 사회와 연결한다.
자연과학 (예술 포함)	· 작가와 작품 분석 · 과학의 이해와 통찰	· 예술가들의 삶을 추적한다. · 작품을 분석하고 의미를 파악한다. · 과학 발전과 인간의 삶을 조망한다.

○ 함께하면 더 좋은 논제 만들기

독서 모임에서 참여자들이 함께 논제를 만들어 토론하면 어떨까? 배우지 않았기에 어려울 수 있다. 그럼에도 시도하는 독서 모임이 있다. 참여자들이 돌아가면서 논제를 만든다고 한다. 함께 논제를 만드는 독서 모임도 있다. 이들 중 어떤 방식이 더 좋을까? 함께하는 것을 추천한다. 참여자들이 몇 개월 만에 한 번 논제를 만드는 경우 어렵고 힘들 수밖에 없다. 매번 함께하면 점점 익숙해져서 나중에는 쉬워진다. 한 사람의 생각보다 여러 사람의 생각이 들어 있는 논제가 낫다. 참여자들의 취향과 스타일, 좋아하는 분야와 주제 들이 담길 수 있다. 혼자 하는 것보다 함께하면 다양한 질문을 만들 수 있다.

함께할 경우, 각자 2개의 논제를 준비하면 된다. 자유 논제 1개와 선택 논제 1개다. 전체 논제 발제에 대한 부담도 없다. 10명이 발제했다면 자유 논제 10개, 선택 논제 10개로 모두 20개의 논제가 된다. 서로 겹치는 주제를 제외한다고 해도 10개의 논제를 만드는 것은 그리 어렵지 않다. 게다가 각기 다른 참여자가 뽑은 다양한 논제이지 않은가. 매번 토론할 때마다 각자 논제를 생각하면서 발제하는 것이니 참여자들의 독서력과 논제 발제 능력도 덩달아 향상된다. 이런 이유로 함께 논제를 발제하라고 권한다. 함께하면 힘이 세다.

○ 발췌문 인용과 논제문 쓰기

책을 충분히 읽었다면 발췌를 한다. 발췌문은 두 가지 역할을 한다. 하나는 책을 읽지 못하고 참석하는 토론자에게 내용을 알 수 있게 해준다. 다른 하나는 책을 완독한 토론자를 일깨운다. 읽었지만 내용을 기억할 수가 없는 토론자에게 내용을 상기시켜준다. 발췌 문장은 너무 길면 좋지 않다. 발췌문을 낭독하는 시간이 길어질수록 본문을 이해하기 어렵게 된다. 한 문단 혹은 두 문단 정도가 좋다. 길어지면 중요하지 않은 부분을 생략하고, '(중략)'이나 '(…)'으로 표시한다.

다음으로 논제문을 작성한다. 소설의 경우 서사적으로 써야 한다. 사건과 사건이 원인과 결과로 연결되는 것이 소설의 서사다. 이것을 '기승전결'의 구조로 작성한다. 비소설의 경우는 논리적 맥락을 놓쳐서는 안 된다. 주장을 하고 그 주장의 이유나 근거를 서술해야 한다. 이것이 논리의 서사다. 참여자의 이해를 돕기 위해 수치와 사례, 자료를 보충해도 좋다. 이렇게 만든 논제는 함께 토론하고 싶은 사회적 담론이자 화두가 된다. 발췌문과 논제문 사례를 살펴보자.

사례1

『**고령화 가족**』(천명관 지음, 문학동네, 2010) / 소설

평균 나이 49세의 나이 든 자식들이 각자 인생길에서 낙오하여 고령의 엄마 집으로 모여들었다. 늙은 어머니는 실패자인 자식들을 두 팔 벌려 환영한다. 아무런 비난이나 판단이 없다. 어머니에게는 큰아들 한모가, 아버지에게는 막내딸 미연이가 피 한 방울 섞이지 않은 남남이다. 자칫 미움의 대상이 될 수 있었음에도 아이들이 눈치채지 못하게 차별하지 않고 키운다. 가정에서 '부모의 역할'이 무엇인지 생각하게 하는 부분이다.

느이 아버지하고 나 사이에 사랑은 없었어도 인간적인 정리는 있었다. 아무리 죽은 지 십 년이 넘었다지만 그 사람이 평생 나한테 모질게 한 적이 없는데 말도 없이 가버릴 수는 없는 법이다.

엄마가 말한 인간적인 정리란 게 무엇이었을까? 밖에서 낳아 데리고 온 아이를 제 자식처럼 받아준 게 정리였을까, 아니면 배 다른 자식을 제 자식처럼 거둬 먹인 게 정리였을까? 하긴 두 사람이 서로 잡아먹을 듯 싸울 때조차도 아버지는 엄마의 과거를 입에 올린 적이 없었다. 또한 미연을 다른 형제들과 층하를 둔 적도 없었고 그 점은 엄마도 마찬가지여서 자기 배로 낳은 자식이 아니라고 해서 오함마를 우리와 차별한 적이 없었다. 혹 페미니스트의 시각에서 엄마의 이런 모습을 본다면 남편이 죽은 지 십 년이 지나도 굴종의 사슬에서 벗어나지 못하는 가부장이데올로기의 희생자처럼 비춰질 수도 있겠지만 그런 부부간의 정리마저 없었다면 아마도 우리 집은 이미 콩가루가 되어 산산이 흩어지고 말았을 것이다.(p.238~239)

논제문

아버지는 어머니가 밖에서 낳아 데려온 아이를 제 자식처럼 키웠습니다. 어머니도 자기 배로 낳은 자식이 아닌 큰아들을 자신이 낳은 아들과 차별하지 않았습니다. 부부 싸움을 할 때도 아버지는 어머니의 그런 과거를 입에 올린 적이 없었습니다. 어머니는 "느이 아버지하고 나 사이에 사랑은 없었어도 인간적인 정리는 있었"고 "평생 나한테 모질게 한 적이 없"다고 말합니다. 화자는 아버지와 어머니의 관계에 대해 "그런 부부간의 정리마저 없었다면 아마도 우리 집은 콩가루가 되어 산산이 흩어지고 말았을 것"(p.238)이라고 평가하는데요. 여러분은 이 부분을 어떻게 읽으셨나요?

사례2

『**아픔이 길이 되려면**』(김승섭 지음, 동아시아, 2017) / 사회 비평

저자는 사회역학자로서 데이터를 통해 질병의 사회적·정치적 원인을 밝히고 있다. 사회적 상처인 혐오, 차별, 고용불안 등이 어떻게 우리 몸을 아프게 하는지, 개인의 몸에 사회가 어떻게 투영되는지를 함께 이야기한다. 저자는 "사회적 환경과 완전히 단절되어 진행되는 병이란 존재할 수 없"다고 말하면서, "사회적 원인을 가진 질병은 사회적 해결책이 필요"하다고 이야기한다. 최첨단 의료 기술의 발전으로 유전자 수준에서 병을 예측하고 치료하는 게 가능해지더라도, 사회의 변화 없이 개인은 건강해질 수 없다고 말이다. 저자는 오프라인뿐 아니라 온라인에서 맺어지는 사회적 관계망에도 주목하고 있다.

> 사회적 관계망의 어떤 요소들이 인간 몸에 어떻게 영향을 끼치는지에 대한 여러 설명이 등장하고, 사회적 관계망과 유사한 사회자본 같은 개

념은 어떻게 같고 또 어떻게 다른지에 대한 논의가 계속되고 있습니다. 그리고 그러한 관계망을 활용해서 사람들이 좀 더 건강하게 살 수 있는 길을 계속 모색하고 있습니다. 오늘날 오프라인은 물론이고 페이스북이나 트위터를 포함한 온라인에서의 사회적 관계망이 우리 삶에 끼치는 영향력은 점점 커져가고 있으니까요. 그 영향력은 때로는 긍정적이고 때로는 부정적이기도 합니다. 주변인들의 영향을 많이 받는 청소년집단에서 발생하는 '인터넷 왕따' 같은 행동들은 정신건강을 악화하는 주요한 원인이기도 하고요.

한국사회가 양극화하는 가운데 사회적 관계망도 역시 양극화하고 있습니다. 관계망에서 좋은 자원들이 특정 집단에 집중되는 경향이 점점 더 심화되고 있으니까요. 이러한 상황을 정확히 진단하는 것을 넘어 이를 어떻게 극복해나갈지를 보여주는 연구가 향후에 진행되리라 기대해봅니다.(p.267)

논제문

사회역학자들은 사회적 관계망이 건강에 어떤 영향을 주는지에 대해 주목합니다. 저자도 "사회적 관계망을 활용해서 사람들이 좀 더 건강하게 오래 살 수 있는 길을 모색"하고 있다고 밝힙니다. 이러한 사회적 관계망은 오늘날 "오프라인은 물론이고 페이스북이나 트위터를 포함한 온라인에서의 사회적 관계망이 우리 삶에 끼치는 영향력은 점점 커져가고 있"(p.267)다고 하는데요. 여러분은 어느 쪽에 영향을 더 받는 편인가요?

- 오프라인

- 온라인

발췌문은 토론자가 논제를 이해할 수 있도록 도와준다. 독서 토론에 책을 읽지 못하고 온 참여자, 책을 완전히 이해하지 못한 참여자, 발췌 부분을 깊게 생각하지 않고 지나친 참여자에게 도움이 된다. 이처럼 발췌문은 논제문의 보조 자료다. 논제문과 발췌문을 드라마나 영화에 비유한다면 논제문은 주인공이고 발췌문은 빛나는 조연이다. 책을 읽으면서 어느 곳을 발췌하느냐에 따라 논제의 주제가 달라진다. 토론하고 싶은 주제와 질문을 발견한 부분이 발췌문이 된다. 발췌문이 광산에서 발견한 원석이라면 논제문은 가공 후 빛나는 보석이다. 발췌문과 논제문은 독서 토론 논제의 양 날개다. 한쪽 날개만으로는 제대로 날 수가 없다. 논제문 쓰기는 다음 꼭지에서 구체적으로 연습해보자.

논리적
사고력을 기르는
논제 글쓰기

논제문은 느낌이나 감상을 적거나 단순히 정보를 나열하는 글이 아니다. 발제자가 책의 내용을 질문하는 글이다. 일종의 논술문이다. 따라서 논제문은 기본 구조와 형식을 가지고 있다. 논리적이고 논증적인 구조다. '논리'와 '논증'은 비슷한 단어다. 이것을 풀어보면 '논리論理'는 '논(주장)하고 이유와 근거를 대는' 것이고 '논증論證'은 '논(주장)하고 증명하는' 것이다. 여기서 주장을 결론이라고 하고, 이유와 근거를 전제라고 한다. 바꾸어 말하면 결론은 주제 문장이고, 전제문은 뒷받침 문장이다. 논제 글쓰기는 이처럼 논증적으로 써야 하기에 논리적 사고력을 길러준다.

○ 좋은 논증의 네 가지 조건

논리적인 글은 일정한 형식을 갖추고 있어야 한다. 좋은 논증의 네 가지 조건이 바로 그것이다. 먼저 전제와 결론은 서로 밀접한 관련이 있어야 한다. 관련성의 기준은 전제의 참·거짓이 결론의 참·거짓에 영향을 미치는가에 달려 있다. 두 번째 조건은 전제는 참이어야 한다는 것이다. 전제가 참이면 결론도 참이고, 전제가 참이 아니면 당연히 결론은 참이 아니게 된다. 세 번째 조건은 전제는 결론을 뒷받침하기에 충분해야 한다는 것이다. 전제가 많다고 결론에 대한 충분한 근거가 되는 것은 아니다. 결정적인 근거를 제시해야 한다. 네 번째로 좋은 논증은 반드시 반박이 가능해야 한다. 완전 무결한 논증은 존재하지 않는다. 따라서 글을 쓸 때 예상되는 반박을 미리 잠재우는 전제문을 써주면 좋다. 좋은 논증의 네 가지 조건은 논제문을 발제한 후 점검할 사항이기도 하다.

○ 논제문의 논증적 구조

논제문은 질문 형식의 글이다. 논제는 토론 참여자들이 책의 주제를 중심으로 소통과 공감을 나눌 수 있도록 안내하는 길잡이다. 글쓰기에 두려움을 느끼는 초보자도 논제문 쓰기는 그리 어렵지 않다. 앞서 말했듯 기본 틀만 이해하면 누구나 쓸 수 있다. 논제 글쓰기는 한 단락 정도의 글쓰기다. 한 단락이라면 어느 정도일까? 장하늘은 『글쓰기 표현사전』(다산초당, 2009)에서 "한 단락을 세 문장 이상 다섯 줄 정도"라고 말한다. 이 정도면 길지 않으면서 독자가 읽기에 적당한 분량이다.

논제문은 미괄식으로 주제 문장을 마지막에 배치한다. 마지막 문장이 논제의 질문이다. 예를 들면 이렇다. 자유 논제에서는 마지막 문장이 논제의 질문이다. "여러분은 주인공의 이런 태도를 어떻게 생각하시나요?" 이 질문 앞에 있는 '최종 토론 문장'이 주제문이다. 이 주제 문장의 뒷받침 문장인 전제문의 내용은 '주인공의 태도'를 설명하는 문장으로 채워져야 한다. 다른 내용을 쓰면 논리적 흐름이 깨진다. 선택 논제도 마찬가지다. 마지막 문장에서 "여러분은 주인공의 이런 행동에 공감하십니까?"라고 묻는다면 전제문은 '주인공의 행동'을 설명하는 문장들이어야 한다.

○ 논제문의 기본 구성

논제문의 기본 구성은 '자유 논제'나 '선택 논제'나 비슷하다. '최종 토론 문장'을 바탕으로 질문 문장을 만든다. 자유 논제는 하나의 질문으로, 선택 논제는 선택지로 묻는다. 선택 논제는 보통 두 개의 선택지를 갖는다.

네 문장일 경우

문장 ①	
문장 ②	
문장 ③	최종 토론 문장이다.
문장 ④	꼬리말 문장이다. "문장 ③을 어떻게 읽으셨나요?" 또는 "문장 ③에 공감하시나요?" 또는 "문장 ③의 A와 B 중 무엇이 더 중요하다고 보시나요?" 등으로 묻는다.

다섯 문장일 경우

문장 ①	
문장 ②	
문장 ③	
문장 ④	최종 토론 문장이다.
문장 ⑤	꼬리말 문장이다. "문장 ④를 어떻게 읽으셨나요?" 또는 "문장 ④에 공감하시나요?" 또는 "문장 ④의 A와 B 중 무엇이 더 중요하다고 보시나요?" 등으로 묻는다.

여섯 문장일 경우

문장 ①	
문장 ②	
문장 ③	
문장 ④	
문장 ⑤	최종 토론 문장이다.
문장 ⑥	꼬리말 문장이다. "문장 ⑤를 어떻게 읽으셨나요?" 또는 "문장 ⑤에 공감하시나요?" 또는 "문장 ⑤의 A와 B 중 무엇이 더 중요하다고 보시나요?" 등으로 묻는다.

○ 질문의 서술어 쓰기

자유 논제에서 질문의 서술어는 "어떻게 보셨습니까?", "어떻게 다가왔나요?", "어떻게 읽으셨나요?" 등을 사용하면 된다. "왜", "무슨", "어떤"은 쓰지 않는다. 이것을 쓰면 정답을 유도하는 인상을 줄 수 있다. 선택 논제에서 목적어는 비소설의 경우 "저자의 이런 주장/ 견해/ 생각/ 입장"을, 소설의 경우 "등장인물의 태도/ 생각/ 심정/ 행동"을 쓴다. 선택 논제의 선택지는 최대 세 가지 이내로 하여 "무엇이 가장/ 무엇이 보다 더"를 사용한다. 서술어는 주제와 대상에 따라 "인상적인가/ 공감하는가/ 중요하다고 보는가" 등 다양하게 쓸 수 있다.

선택 논제의 서술어는 긍정문으로 쓴다. 선택지는 "공감한다"와 "공감하기 어렵다"로 한다. 'RWS형 비경쟁 독서 토론'에서는 "공감하지 않는다"와 "공감하지 못한다"는 사용하지 않는다. 반대를 뜻하기 때문이다. 선택 논제는 참여자들의 가치관 토론인 경우가 많다. 가치관은 사람마다 다르다. 누가 옳고 그르다고 말하기 어렵다. 어느 정도 가치관의 차이를 감안하고 토론하는 것이다. 예외적으로 정책 논제의 경우 선택지를 "찬성"과 "반대"로 한다. 예를 들면 "정부가 북한 주민에게 쌀과 의약품을 지원하려 하려는데 찬성하시나요?"와 같은 질문이다. 정부 지원에 찬성하면 "찬성", 반대하면 "반대"를 선택하면 된다.

분야별 도서의 논제 발제 시 유의 사항

자유 논제문	선택 논제문	

· 어떻게 보셨습니까?
· 어떻게 다가왔나요?
· 어떻게 읽으셨나요?
· 어떻게 생각하시나요?
 	
※ '왜 / 무슨'은 쓰지 않는다.
	비소설 선택 논제
	· 저자의 이런 주장 / 생각 /
	  입장에 공감하시나요?
	
	소설 선택 논제
	· 인물의 이런 태도 / 심정 /
	  행동에 공감하시나요?
	
	참여자 선택 사항
	· 공감한다.
	· 공감하기 어렵다.
		· 무엇이 가장 _ _ _ _ _ _
		
		· 무엇이 보다 더 _ _ _ _ _

○ 소설과 비소설의 논제 만들기

<kbd>사례1</kbd>

『**딸에 대하여**』(김혜진 지음, 민음사, 2017) / 소설

이 소설은 혐오와 배제의 폭력에 노출된 여성들에 관한 이야기다. 엄마인 '나'와 딸, 그리고 딸의 동성 연인이 경제적 이유로 동거를 시작한다. 못내 외면하고 싶은 딸애의 사생활 앞에 '노출'된 엄마와 세상과 불화하는 삶이 일상이 되어버린 딸. 이들의 불편한 동거가 이어지며 엄마의 일상은 예기치 못한 방향으로 흘러간다. 작가

는 소설에서 성소수자, 무연고자 등 약자를 대상으로 작동하는 폭력의 메커니즘을 날 선 언어와 긴장감 넘치는 장면으로 구현하며 우리 내면의 이중 잣대를 적나라하게 해부한다.

자유 논제

어느 날 화자는 딸 일행이 데모하고 있는 대학교로 찾아갑니다. "사람의 진을 빼게 하는 한여름의 습하고 뜨거운 날씨"(p.93)입니다. 학교 정문이 보이는 간이 가게에서 시원한 물 한 병을 사서 마십니다. 나이 든 가게 주인 여자가 밖으로 나와 화자 옆에 앉아서 말합니다. 학교 앞에서 데모하는 사람들에 대해 "다들 무슨 불평, 불만이 그렇게 많은지. 우는소리 하면 다 들어줄 거라고 생각하는 것도 문제"(p.94)라고 말합니다. 왜 데모하느냐는 화자의 질문에 그녀는 "가타부타 말도 없이 학교가 강사를 잘랐다는데. 요즘은 다들 먹고살기 힘들잖아요. 아니, 학교라고 이 사람 저 사람 다 거둬 먹일 수 있나, 안 그래요?"(p.86)라며 반문하는데요. 여러분은 가게 여자의 이런 주장을 듣고 어떤 생각이 들었나요?

> 덥지도 않은 모양이에요. 이 땡볕에 종일 저러고 서 있는 게.
> 낮고 좁은 문을 나온 주인 여자가 중얼거린다.
> 하기야 요즘엔 어디나 저런 사람들 천지잖아요. 얼마 전엔 구청에 갔

더니 그 앞도 난리더라고요. 다들 무슨 불평, 불만이 그렇게 많은지. 우는 소리 하면 다 들어줄 거라고 생각하는 것도 문제예요. 다들 감사하게 생각할 줄은 모르고.(p.94)

왜 우리 때만 해도 안 그랬잖아요. 안 되면 안 되는 줄 알고 되면 고마워하고 그럴 줄 알았잖아요. 법 없이도 살았죠. 근데 요즘 사람들은 떼쓰고 억지 부릴 줄만 알아요. 저 아까운 시간을 저렇게 길에 다 내버리고 있다고요.(p.75)

몰라요. 가타부타 말도 없이 학교가 강사를 잘랐다는데. 요즘은 다들 먹고살기 힘들잖아요. 아니, 학교라고 이 사람 저 사람 다 거둬 먹일 수 있나, 안 그래요? 저거 있기 전에도 몇 사람이 비슷한 걸 했었는데. 그땐 학교 안에 경찰도 들어가고 난리도 아니었어요. 아유, 세상이 어떻게 되려고 이러는지. 허구한 날 저러고 있으니 이젠 별로 궁금하지도 않네요.(p.96)

분석

성소수자인 강사가 대학에서 잘려 학교 앞에서 다른 사람들과 연대하여 데모한다. 그곳에 간 화자는 건너편 가게 앞에서 냉수를 마시며 그들을 바라본다. 가게에서 나온 주인 여자가 화자에게 데모하는 사람들에 대한 자기 견해를 말한다. 작가는 가게 여자를 통해 '권리를 찾기 위해 데모하는 사람들'에 대한 편견을 보여준다. 이런 사회적 편견에 대해 토론하는 논제다.

『82년생 김지영』(조남주 지음. 민음사. 2016) / 소설

공포, 피로, 당황, 놀람, 혼란, 좌절 속에서 고통받는 한국 여성의 인생 현장 보고서다. 1982년생 '김지영 씨'의 기억을 바탕으로 한 고백을 한 축으로, 고백을 뒷받침하는 각종 통계 자료와 기사 들을 또 다른 축으로 삼아 30대 한국 여성들의 보편적인 일상을 재현한다. 1999년 남녀 차별을 금지하는 법안이 제정되고 이후 여성부가 출범함으로써 성 평등을 위한 제도적 장치가 마련되었다. 제도적으로는 차별이 사라졌지만, 내면화된 성차별적 요소가 사회에서 은밀하게 작동하고 있음을 보여준다.

회사에 기획팀이 꾸려져 남자 신입 사원 두 명을 합류시킵니다. '장기 프로젝트'이기 때문입니다. 그동안 평판이 좋았던 김지영과 강혜수는 제외되는데요. 대표는 기획팀 업무 특성상 일과 육아를 병행하기 힘들다고 생각해 여직원들을 배제합니다. "못 버틸 직원이 버틸 수 있는 여건을 만드는 것보다, 버틸 직원을 더 키우는 것이 효율적이라는 게 대표의 판단"입니다. 나아가 "까다로운 클라이언트를 여직원에게 맡긴 것"도 "오래 남아 할 일이 많은 남자들에게 군이 힘들고 진이 빠지는 일을 시키지 않"(p.123)기 위해서인데요.

여러분은 대표의 이런 결정에 공감하시나요?

> 남자 신입 사원들이 선발된 이유는 장기 프로젝트이기 때문이다. 대표
> 는 업무 강도와 특성상 일과 결혼 생활, 특히 육아를 병행하기가 힘들다
> 는 것을 잘 알고 있고, 그래서 여직원들을 오래갈 동료로 여기지 않는다.
> 그렇다고 사원 복지에 힘쓸 계획은 없다. 못 버틸 직원이 버틸 수 있는 여
> 건을 만드는 것보다, 버틸 직원을 더 키우는 것이 효율적이라는 게 대표
> 의 판단이다. 그동안 김지영 씨와 강혜수 씨에게 까다로운 클라이언트를
> 맡긴 것도 같은 이유였다. 두 사람을 더 신뢰해서가 아니라, 오래 남아 할
> 일이 많은 남자들에게 굳이 힘들고 진 빠지는 일을 시키지 않은 것이
> 다.(p.123)

– 공감한다.

– 공감하기 어렵다.

분석

직장에서 벌어지는 남녀 차별 상황을 성찰하게 한다. 장기 프로젝
트에 여자 직원, 특히 기혼 여성을 배제하는 사장의 결정을 판단해
보는 질문이다. 단순히 기혼 여성에 대한 남녀 차별적 결정인가, 아
니면 현실적인 상황과 조건을 충분히 고려한 판단인가를 토론하기
위함이다. 토론의 강도가 높은 현실적인 논제다.

『**나를 지키며 일하는 법**』(강상중 지음, 사계절출판사, 2017) / 인문 교양

재일 한국인 2세로서 최초로 도쿄대학 교수가 된 저자가 말하는 직업관이다. 일본 NHK TV 프로그램 〈직업 특강〉에서 저자가 '인생 철학으로서의 직업론'이란 제목으로 강의했던 내용을 수정, 보완한 것이다. 취업 때문에 고민하는 청년들, 자아실현은커녕 격무에 시달리며 '나'를 잃어가는 직장인들에게 현실적인 조언을 들려준다. 저자는 직업의 안정성, 나아가 삶의 안정성까지 위협받고 있는 역경의 시대에 '나'를 지키며 일하기 위해서는 일이란 무엇인지, 왜 이 일을 하는지, 일을 통해 어떤 삶을 살고 싶은지 끊임없이 물어야 한다고 강조한다.

선택 논제

저자는 "변화의 시대를 찾아가는 우리는 어떤 자세로 일과 마주하면 좋을까"를 질문합니다. 그러면서 세 가지 처방전을 제시합니다. "이 세 가지가 이 험난한 시대를 살아내기 위한 처방전은 아"니라고 말하면서도 "일을 할 때 특히 중요한 자세"(p.17)라고 강조합니다. 이것은 '일의 의미를 생각해볼 것', '다양한 콘셉트를 가질 것', '인문학을 배울 것'인데요. 첫 번째로는 "높은 급여와 인정만을 바랄 것이 아니라 나 자신이 그 일을 통해 무엇을 얻을 것인지"를, 두

번째로는 "여러 각도에서 다양한 방식으로 상황을 볼 수 있는 '복안複眼의 시점'을 갖는 것"(p.19)을, 세 번째로는 인문학을 통해 "현대에도 활용할 수 있는 수많은 예지와 교훈이 가득 담겨 있음을 깨닫"(p.23)는 것을 강조합니다. 여러분에게 셋 중에서 가장 필요한 것은 무엇인가요?

이 변화의 시대를 찾아가는 우리는 어떤 자세로 일과 마주하면 좋을까요? 저는 이 책에서 세 가지를 말하고자 합니다. 물론 이 세 가지가 이 험난한 시대를 살아내기 위한 처방전은 아닙니다. 그보다는 일을 할 때 특히 중요한 자세이자 이 책의 전체를 꿰뚫는 요점입니다. 그 세 가지는 바로 '일의 의미를 생각해볼 것', '다양한 시점을 가질 것', '인문학을 배울 것'인데, 이들은 서로 밀접하게 관련되어 있습니다.

먼저 나에게 일이란 과연 어떤 의미인지 진지하게 생각해보아야 합니다. 앞에서 언급한 것처럼 예전에는 일의 의미를 묻지 않아도 나름대로 괜찮은 급여를 받을 수 있었고, 정년도 보장되니 만족할 수 있었습니다. 하지만 시대가 변했습니다. 높은 급여와 인정만을 바랄 것이 아니라 나 자신이 그 일을 통해 무엇을 얻고자 하는지, 내가 그 일과 어떤 관계를 맺고 있는지 분명하게 인식해야 하는 시대가 온 것입니다.(p.17~18)

어떤 직종에 취업하여 무슨 일을 하든 이 불확실한 시대를 살아가기 위해서는 여러 각도에서 다양한 방식으로 상황을 볼 수 있는 '복안複眼의 시점'을 갖는 것이 매우 중요합니다. 이것이 저의 두 번째 제언입니다.(p.19)

이런 역경의 시대이기 때문에 더욱 우리는 고전이나 역사 같은 인문학에서 배워야 합니다. 인류가 지나온 기나 긴 역사의 발자취, 그중에서도 오늘날까지 전해진 고전을 읽어보면 분명히 현대에도 활용할 수 있는 수많은 예지와 교훈이 가득 담겨 있음을 깨닫게 될 것입니다. 인문학은 매우 긴 시간을 다루기 때문입니다.(p.22~23)

- 일의 의미를 생각해볼 것
- 다양한 시점을 가질 것
- 인문학을 배울 것

분석

이 논제는 취업 때문에 고민하는 청년들, 격무에 시달리며 '나'를 잃어가는 직장인들에게 현실적인 조언을 하는 저자를 통해 자신을 돌아보는 질문이다. 저자가 제시하는 세 가지 방안으로 현재 자신에게 가장 필요한 것이 무엇인가를 생각해보는 선택 논제다.

논제 발제 시
흔히 하는 질문

처음 논제를 발제할 때는 어렵기도 하고 쉽게 실수를 하기도 한다. 어떤 일이든 배울 때는 다 그렇지 않은가. 계속 하다 보면 요령이 생기고 잘 할 수 있게 된다. 여기서는 논제 발제 시 흔히 하는 질문 몇 가지를 살펴보려고 한다. 논제 질문이 책 밖으로 나간다(소설), 논제 답변이 한쪽으로 치우친다, 개인적 관심사로 논제를 만든다, 선택 논제를 만들기가 어렵다 등이다. 사례 논제 분석을 통해서 논제 발제 시 문제점과 유의 사항을 생각해보자.

○ 논제 질문이 책 밖으로 나간다

김금희의 소설 『경애의 마음』(창비, 2018)의 사례다. 경애와 상수는 반도미싱 영업부의 팀장과 팀원으로 만났다. 1999년 인천 호프집 화재 사건에서 이들은 소중한 친구 '은총'을 잃었다. 경애는 연인과 헤어져 힘든 상황에서 연애 상담 페이스북 '언니는 죄가 없다'의 '언니'를 만나 무기력을 견뎌낼 수 있었다. 상수가 바로 '언죄다'의 운영자 '언니'였다. 다음 논제문은 주인공 상수와 친구 은총이 해고 노동자들의 집회를 보고 '해고 노동자에 대한 생각'을 나누는 장면이다. 이 논제문에서 어떤 부분이 문제일까?

자유 논제

은총은 "화를 내는 일이 드물었는데 딱 한번 상수를 몰아붙인 적"이 있었습니다. 자동차공장 해고 노동자들의 집회를 보고 상수가 한 말 때문입니다. "해고는 불가피한 일 아니야?" 그때 은총은 "너는 소중한 걸 잃는다는 게 뭔지 모르는구나"라며 탄식합니다. 이어서 "그런 걸 빼앗겨서 분노해본 적이 없나봐"(p.210)라고 말하는데요. 여러분은 소중한 것을 잃은 경험이 있나요?

> 은총은 화를 내는 일이 드물었는데, 딱 한번 상수를 몰아붙인 적이 있었다. 그 무렵 인천에 가보면 해고된 자동차공장의 사람들이 긴 행렬을

> 이루고 집회를 하는 경우가 많았는데, 어느날 상수는 해고는 불가피한
> 일 아니야?라고 말했다. 그즈음 아버지가 텔레비전을 보며 하는 대부분
> 의 논평이 불가피하다는 것이었기 때문이었다. 그때 은총은 "너는 소중
> 한 걸 잃는다는 게 뭔지 모르는구나"라고 탄식했다.
> 　그런 걸 빼앗겨서 분노해본 적이 없나봐.(p.209~210)

　논제문은 발췌문을 기본으로 해 잘 정리했다. 앞에서 설명한 것
처럼 발췌문을 요약하여 논제문을 만들었다. 인용문에 큰따옴표 처
리도 잘 했다. 문제는 마지막 질문에 있다. "여러분은 소중한 것을
잃은 경험이 있나요?" 물론 이 질문도 논제가 될 수는 있다. 하지만
그런 논제는 책을 읽지 않고도 쉽게 만들 수 있는 '경험 논제'다.

　소설의 경우 주제에 집중하기를 권한다. "소설로 묻고 소설로 답
하는" 논제를 뽑으라는 말이다. 소설 토론에서는 '해석'과 '비평'이
중요하다. 소설에 담긴 인식적 가치, 정서적 가치, 미적 가치를 찾아
내어 해석하고 비평하는 것이다. 문학평론가 신형철은 『정확한 사
랑의 실험』(마음산책, 2014)에서 '해석'을 강조한다. 그런 면에서 독
서 토론 참여자들은 문학의 해석자이자 비평가다.

　그렇다면 질문은 어떻게 수정하면 좋을까? '최종 문장'에 초점을
맞춘다. 발췌문의 마지막 문장은 은총의 탄식과 발언인 "너는 소중
한 걸 잃는다는 게 뭔지 모르는구나"와 "그런 걸 빼앗겨서 분노해

본 적이 없나봐"이다. 이 발췌문을 활용하여 해석하는 질문을 이렇게 만든다. "여러분은 은총의 발언을 어떻게 생각하시나요?"

○ 논제 답변이 한쪽으로 치우친다

아주대학교 사회학과 노명우 교수는『세상물정의 사회학』(사계절 출판사, 2013)에서 평범한 사람들의 삶과 일상의 문제를 고민한다. 상식, 명품, 프랜차이즈, 불안, 종교, 이웃, 성공, 수치심, 취미, 섹스, 자살, 노동 등의 주제로 세속의 풍경을 평가한다. 저자는 복잡하게 얽힌 사회 현실 속에서 좋은 삶의 길을 찾고 있다. 다음 논제는 선택 논제로 발제한 것이다. 무엇이 문제인지 살펴보자.

선택 논제

칸트에 따르면 교육은 그 자체가 목표가 아니라 인간이 보다 선한 목적에 접근하도록 돕는 것이라고 하였습니다. 여러분은 칸트의 이런 생각에 공감하십니까?

> 칸트가 보기에 인간의 동물적 야만성을 규제하는 훈육에서 시작하는 교육의 최종 목표는 이러해야 한다. "인간은 교육을 통해서 어떤 목적 또는 여러 가지 목적들에 숙달되고 숙련된 유능한 인간이 되어야 할 뿐만 아니라, 또한 더 중요한 것은 교육을 통하여 오로지 선한 목적들을 삶 속에서

지향하고 선택할 수 있는 마음의 성향을 길러야 한다. 여기서 말하는 선한 목적들이란 필연적으로 모든 사람들에 의해서 동의되고 승인될 뿐만 아니라 또한 동시에 모든 사람들에 의해서 추구되는 목적들을 뜻한다.(p.242)

– 공감한다.

– 공감하기 어렵다.

이 사례는 선택 논제의 기본 형식을 갖추고 있다. 논제문, 발췌문, 선택지 등이다. 이 논제의 주제가 '교육'이라는 것도 바로 알 수 있다. 하지만 문제는 논제문 자체에 있다. 논제문의 문장 수가 너무 적다. 딱 두 문장이다. 첫 문장은 칸트의 주장에 대한 요약이고, 두 번째 문장은 질문이다. 초보 발제자들이 쉽게 택하는 방식으로 '저자의 견해나 주장'을 질문으로 만든 것이다. "여러분은 칸트의 이런 생각에 공감하십니까?" 이것을 고쳐보자.

칸트에 따르면 교육의 최종 목적은 "동물적 야만성을 규제하는 훈육에서 시작"한다고 합니다. 인간은 교육을 통해서 "어떤 목적 또는 여러 가지 목적들에 숙달되고 숙련된 유능한 인간"이 되어야 하고, "선한 목적들을 삶 속에서 지향하고 선택할 수 있는 마음의 성향을 길러야 한다"고 주장합니다. 여기서 "선한 목적들이란 필연으로로 모든 사람들에 의해서 동의되고 승인될 뿐만 아니라 또한 동시에 모든 사람들에 의해서 추구되는 목적들"(p.242)이라고 말하는데요. 여러분은 교육에 대한 칸트의 이런 주장에 공감하십니까?

칸트가 교육을 어떻게 설명하는지 발췌문을 중심으로 네 문장 이상 써줘야 한다. 앞에서 내용을 풀어주고 마지막에 '질문'을 만드는 것이다. 이처럼 논제는 간결하고 쉬워야 한다. 문장이 간결하고 쉬워야 한다는 의미가 아니라 질문 자체가 명쾌해야 한다는 의미다. 참여자들이 논제문만 읽고 바로 토론할 수 있어야 좋은 논제다. 위의 사례처럼 발췌문이 한 단락 분량이라면 그것을 요약하여 논제를 만들면 된다. '교육'이라는 주제를 가지고 말이다.

논제를 만든 후 '실익'이 있는지 점검한다. 참여자의 선택 비율이 어떻게 나오는가 짐작해보는 것이다. 50 대 50에 가깝게 나올 수 있다면 얼마나 좋을까. 모임에 따라 30 대 70, 40 대 60 등 다양하게 나온다. 즉 참여자의 성향에 따라 달라진다. 이 논제처럼 누가 봐도 칸트의 주장이 진리라서 '공감' 쪽으로 몰릴 수밖에 없다면 어떻게 할까? 그럴 경우 선택 논제를 포기하고 자유 논제로 변경한다. 이렇게 말이다. "여러분은 칸트의 이런 주장을 어떻게 생각하나요?"

○ 개인 관심사로 논제를 만든다

개인의 관심사로 논제가 만들어지는 수도 있다. 누군들 자신의 관심사를 주제로 토론하고 싶지 않겠는가. 처음 논제 발제를 할 때는 논제력을 키우는 과정이라고 생각하면 좋겠다. 한 지방 교육청에서 교사들을 교육할 때다. 김려령의 『우아한 거짓말』(창비, 2009)이 선정 도서였다. 이 소설은 청소년소설에서 흔히 볼 수 있는 따돌림이나 자살, 친구 문제 등을 소재로 한다. 하지만 작가는 등장인물들을 가해자와 피해자로 구분하는 것을 넘어서 인간관계의 역학 자체를 깊이 다룬다.

제출한 논제에는 교사들이 알고 싶은 것, 관심 있는 것 들이 많았다. 논제를 발제할 때 먼저 토론자가 누구인지를 고려해야 한다. 논제 발제 후 한발 물러나서 이런 질문을 해보면 좋다. '토론자들이 좋아할 논제인가?' 이것이 발제한 논제를 객관화하는 작업이다. 토론 대상이 청소년이라면 그들의 눈높이에 맞는 논제여야 한다. 그들의 고민과 관심에 초점을 맞춰야 한다. 대상으로부터 토론하고 싶은 질문을 미리 받아보는 것도 좋다.

자유 논제

화연은 험담으로 천지를 괴롭힙니다. 이런 험담은 학교뿐 아니라 조직, 단체에서도 쉽게 들을 수 있는데요. 연예인 사생활 뒷담화와 악플, 그로 인한 자살도 심각한 사회문제가 되고 있습니다. 사람들은 왜 험담을 즐기는 걸까요? 하는 사람과 듣는 사람 모두의 심리를 들여다봅시다.

> "부인하고 딸들까지 있는데, 무슨 자살을 하냐? 그러니까 천지가 음침하잖아."
> 화연은 인상을 찌푸리며 매우 안쓰러운 표정으로 말했지만, 결국은 천지 아빠와 천지를 험담하고 있을 뿐이었다. 자신의 말에 동조를 구하듯 큰 소리로 웃어젖힌 것도 말만큼이나 야비한 행동이었다.(p.50~51)
>
> 불쾌하고 불편했던 생일 파티. 미라는 그날 이후로 화연과 가볍게 인사만 할 뿐 친하게 지내지는 않았다.
> "너 그날, 천지 아빠 얘기할 때 끔찍했어. 되게 신나는 일처럼 말했거든."(p.51)

'화연'이 주인공 '천지'를 자기 생일에 초대하면서 일부러 시간을 다르게 알려주어 놀리는 부분이다. 그것을 본 '미라'가 나중에 화연에게 한 말을 발췌문으로 인용했다. 이 논제를 발췌문과 논제문으로 나눠 분석해보자. 먼저 발췌 내용이 부족하다. 이야기가 끊긴다. 발췌문을 보충하여 이야기의 흐름을 보강해야 한다. 화연이 늦게 도착한 '천지를 놀리는 부분'과 그것을 본 '미라가 화연과 화연 부모의 행동을 생각하는 부분'을 보강하는 것이 좋다.

다음으로 논제문이다. 발제자는 발췌문의 내용으로 논제를 만든 것이 아니라 험담하는 사람의 심리 문제로 일반화하여 만들었다. 즉 논제의 초점이 자신의 관심사인 '연예인 사생활 뒷담화와 악플'로 이동한다. 질문도 하나가 아닌 '험담하는 사람과 듣는 사람의 심리' 두 개다. 이 발췌문으로 논제를 다시 만든다면 미라에게 초점을 맞추는 것이 좋다. 기존의 발췌문으로 다시 논제문을 만들었다.

> 화연의 생일날이었습니다. 화연은 "부인하고 딸들까지 있는데, 무슨 자살을 하냐? 그러니까 천지가 음침하잖아"(p.50)라며 아직 도착하지 않은 천지를 험담합니다. 이것을 본 미라는 그날 이후로 화연과 어울리지 않습니다. 나중에 "너 그날, 천지 아빠 얘기할 때 끔찍했어. 되게 신나는 일처럼 말했거든"(p.51)이라고 말하는데요. 여러분은 미라의 이런 발언을 어떻게 생각하나요?

○ 선택 논제를 만들기가 어렵다

토론자들의 가치관은 선택 논제에서 드러난다. 선택 논제에는 둘 중 하나, 혹은 셋 중 하나를 선택하는 논제와 어떤 담론에 대한 생각과 관점을 나누는 '가치관 논제'가 있다. '가치관'이란 옳고 그름, 바람직함과 바람직하지 못함, 해야 할 것과 하지 말아야 할 것 등에 대한 각자의 믿음이다. 어떤 대상을 평가하는 근본적인 태도나 관점이라고도 한다. 가치관에는 '개인적 가치관'과 '사회적 가치관'이 있는데, 개인적 가치관은 개인의 선호에 따라 달라지지만, 사회적 가치관은 개인적 가치관보다 범위가 넓고 공적인 성격을 지닌다.

논제를 발제하는 능력은 사고력에 비례한다. 사고력을 키우기 위해 '논증'식으로 훈련한다. 주장을 하면 반드시 그 이유와 근거를 대는 방식이다. 책의 주제를 놓고 찬성이나 반대의 입장에서 상대를 공략해보자. 다른 시각으로 비틀어보거나 반대편에서 비판한다. 연습용 책으로 유시민의 『나의 한국현대사』(돌베개, 2014)를 추천한다. 1959년부터 2014년까지 저자가 바라본 한국현대사 책이다. 이 책은 많은 논쟁 주제를 가지고 있다. 여섯 장으로 이루어졌는데 각 장마다 토론할 수 있는 사회적·역사적 주제가 많다. 같은 사건에 대해 저자와 다르게 해석하고 반대로 주장을 펴본다면 좋은 공부가 될 것이다. 다음은 그중 민감한 주제인 '국가보안법 폐지'로 만든 논제다. 참고해보자.

선택 논제

저자는 "국가폭력에 억울하게 희생당한 사람들의 진정을 받았을 때 무려 8,600여 건의 진상규명 진정이 접수되었는데 그중 200여 건이 간첩사건, 반공법과 국가보안법 위반사건"(p.372)이었다고 합니다. 진실화해위원회는 "피해자들이 진상규명을 요청한 사건 대부분에서 불법감금, 고문, 증거조작이 이루어진 사실을 확인하고 법원의 재심과 국가배상을 권고"했고, 재심 신청으로 "법원은 거의 모든 재심사건에서 무죄선고와 더불어 국가배상 판결을 내렸"(p.373)습니다. 이 중 국가보안법은 국가의 안전을 위태롭게 하는 반국가활동을 규제함으로써 국가의 안전과 국민의 생존 및 자유를 확보한다는 목적으로 1948년에 만든 법률입니다. 하지만 앞선 사례처럼 피해자가 많아서 이 법을 개정하거나 폐지하자는 주장이 있습니다. 여러분은 이런 주장에 찬성하시나요?

> 2005년 진실화해위원회가 일제강점기에서 한국전쟁을 거쳐 민주화 시대에 이르기까지 국가폭력에 억울하게 희생당한 사람들의 진정을 받았을 때 무려 8,600여 건의 진상규명 진정이 접수되었는데 그중 200여 건이 간첩사건, 반공법과 국가보안법 위반사건 관련 진정이었다.
> 진실화해위원회는 피해자들이 진상규명을 요청한 사건 대부분에서 불법감금, 고문, 증거조작이 이루어진 사실을 확인하고 법원의 재심과 국가배상을 권고했으며, 피해자들은 진실화해위원회의 조사 결과를 근거로 삼아 재심을 신청했다. 법원은 거의 모든 재심사건에서 무죄선고와 더불어 국가배상 판결을 내렸다.(p.372~373)

- 찬성한다.
- 반대한다.

다치바나 다카시는 『도쿄대생은 바보가 되었는가』(청어람미디어, 2002)에서 세상의 문제점을 발견할 수 있는 사람을 '교양인'이라 부른다. 독서와 토론을 통해서 세상의 문제를 발견할 수 있는 눈, 비판적 시각, 시대를 읽는 통찰력을 기를 수 있다. 이런 안목을 '인문정신'이라 부르면 어떨까. 책을 읽은 후의 나, 토론 후의 나는 이전의 내가 아니다. 그런 과정에서 생각이 바뀌고 삶이 변화한다.

독서 토론에
임하는 자세

드디어 독서 모임에서 토론을 진행하는 단계에 돌입했다. 토론의 진행자는 어떻게 정하는 게 좋을까? 진행 순서는 모임 도서를 선정하는 것처럼 미리 정하는 것이 좋다. 독서 모임의 참여자가 10명이라면 10명의 순서가 정해지는 것이다. 순서가 정해지면 진행자는 여유를 가지고 준비할 수 있다. 바쁜 일이 있어 참석이 어려울 때는 가능한 다음 번 진행자와 바꾸면 된다. 매회 진행자는 참여자들의 논제를 모아서 정리된 논제를 인터넷의 밴드나 카페, 카톡방 등에 공지한다. 진행자는 논제를 보면서 진행 준비를 한다. 자신이 모든 논제를 발제한 것이 아니기에 의문이 드는 것은 발제자에게 발제 의도를 물어서 확실하게 파악하는 게 좋다. 참여자들은 공지된 논제를 각자 출력해서 가져온다. 참여자들이 토론을 하기 위해 도서관이나 북카페에 모였다면 토론을 시작한다. 독서 토론을 할 때 몇 가지 명심할 사항이 있다.

○ 독서 토론은 경청에서 시작된다

독서 토론은 말하기와 듣기의 조합이다. 좋은 토론자가 되려면 경청에서부터 시작하는 것이 좋다. 토론에서는 내 카드를 보이는 것보다 상대의 카드를 먼저 보고 적절히 대응하는 게 효과적이다. 다른 토론자의 주장을 파악하면서 내용을 점검한다. 토론자의 주장이 객관적인지, 감정이 앞서고 독선적이지 않은지, 구체적인 사례나 자료 등 충분한 근거를 들어 말하는지, 지나치게 우회적으로 말하거나 같은 말을 반복적으로 하지 않는지, 주장하는 바가 다의적으로 해석될 수 있게 말하지 않는지, 간결하고 명확하게 말하는지 등. 독서 토론에서는 다른 토론자의 말을 잘 들어야 내 주장도 잘 말할 수 있다.

커뮤니케이션 전문가인 크리스텔 프티콜랭은 대화에서 '경청하는 능력'을 강조한다. 독서 토론에서도 마찬가지다. 다른 참여자가 말할 때 집중하고 고개를 끄덕이며 반응을 보여라. 토론자는 다른 사람의 경청 태도로 인해 기분이 좋아진다. 자연스럽게 자신이 특별한 존재라고 인식한다. 자기 말을 잘 들어주는 사람에게 호감과 유대감을 느낀다. 누구나 그런 사람을 좋아한다. 독서 토론에서 진행자나 토론자 모두에게 경청 능력은 중요한 덕목이다.

> 경청하는 능력을 함양하면 많은 점에서 우리에게 큰 도움이 된다. 첫째로 경청은 자신감과 자긍심을 높여주고 둘째로는 자신의 감정을 조절하는 능력을 키워준다. 경청할 때 멀찌감치 물러서서 자신의 세계와 상대의 세계를 구분할 수 있기 때문이다. 또한 경청하면 집중력과 주의력 및 기억력도 놀랍게 향상되며 오해를 피하고 대화 상대에게 충분한 만족감을 주기 때문에 관계의 질도 크게 개선된다.
> _『나도 내 말을 잘 들어주는 사람이 좋다』(강주헌 옮김, 나무생각, 2016)

○ **다른 토론자에게 도움을 주는 말하기**

토론자는 어떻게 말하는 것이 좋을까? 토론자의 발언은 다른 사람들에게 '도움'을 주어야 한다. 도움이 되어야 토론에서 '담론'이 형성되고 논의가 '확장'된다. '나'를 위한 해소, 수다, 하소연을 그만두고 '모두'를 위한 '도움말'을 해야 한다. 이런 훈련이 되어 있지 않으면 토론이 수다로 흐르고 잡담으로 침몰한다. 배려하는 마음으로 듣고 있지만 돌아서면 남는 게 없다. 이렇게 되면 다시 가고 싶은 독서 모임이 아니라 가도 그만 안 가도 그만인 모임이 되고 만다.

"제가 이런 분야의 책을 많이 안 읽어서 그런지 책장이 넘어가지 않아 지루하고 답답했어요." '수다형' 토론자의 발언이다. 자신의 감상과 느낌을 말하지만 어느 부분이 어떻게 문제가 되는지 밝히지 않는다. "이런 분야가 처음인 독자를 위해 조금 쉽게, 구체적인 예시를 쓰면 어떨까요? 본문의 ○○페이지를 보면 이렇게 나와 있어요." '도움형' 토론자는 문제점을 지적하면서 구체적인 예시를 든다. 이것이 도움형과 수다형의 차이다. 거듭 말하지만 주장을 하면 그 뒤에 이유와 근거를 대는 방식으로 발언을 전개해야 한다.

독서 토론에서 도움형 토론자가 되려면 어떻게 해야 할까? 먼저 알찬 콘텐츠를 위해 자료를 찾아보고 미리 공부한다. 책을 읽으면서 발언할 내용을 메모하거나 정리하여 토론에 참석하는 것이다. 둘째로 구체적인 이유와 근거를 대며 논리적으로 말하려고 노력한다. 이것이 도움형 말하기다. 이유와 근거가 없는 발언은 수다나 선언, 선포일 따름이다. 셋째로 명쾌하고 일목요연하게 말하는 훈련을 해야 한다. '1분 스피치'를 활용하면 좋다. 스마트폰 타이머를 이용해 1분 동안 스피치 연습을 한다. 이것을 스마트폰으로 녹음하여 들어보면서 부족한 점을 보완하는 것도 좋다.

○ 원활한 독서 토론을 위한 진행 규칙

독서 토론은 책을 중심으로 한 대화다. 일방적인 것이 아니고 여러 사람이 같은 주제로 함께 이야기하는 것이다. 그래서 독서 토론에는 기본 규칙이 필요하다. 진행자는 독서 토론을 시작하면서 진행 규칙 두 가지를 공지한다. 첫째는 발언 시간. "정해진 시간에 토론을 해야 하기 때문에 1인당 발언 시간은 2분입니다. 발언이 길어지면 중간에 자를 수도 있습니다. 이해해주시기 바랍니다." 말 잘하는 소수가 시간을 독점하는 현상을 미연에 방지하기 위함이다. 둘째는 발언 신청. "발언하실 분은 손을 들고 요청해주세요. 부탁드립니다." 참여자가 토론에 열중하다 보면 다른 사람을 제치고 두 사람이 서로 주고받기 식으로 토론하게 된다. 이렇게 되면 다른 참여자의 시간을 두 사람이 빼앗는 것이다. 진행자의 가장 중요한 책무는 '시간 관리'다. 그래서 진행자는 모든 참여자에게 발언의 기회와 시간을 골고루 배분해야 한다.

다음은 독서 토론 진행자들이 자주 하는 고민이다. 이를 참고해 원활한 독서 토론 진행을 준비해보자.

❓ 토론 시작과 마무리 멘트는 어떻게 준비하면 좋을까요?

❗ 진행자가 준비하면 좋을 스피치가 있다. 오프닝 스피치, 책브리핑 스피치, 클로징 스피치다. 먼저 오프닝 스피치는 라디오 방송에서 진행자가 프로그램을 시작할 때 사용하는 멘트와 같다. 라디오 방송에서는 방송작가가 그것을 써준다. 토론 진행자는 자

신이 직접 준비해야 한다. 예를 들면 이런 멘트를 준비하는 것이다. "고대 그리스 테베에 있는 도서관에는 이런 문구가 쓰여 있다고 합니다. '도서관은 영혼의 치료소다.' 그렇습니다. 오늘 영혼의 치료소인 도서관에 와 독서 토론을 하면서 우리의 영혼은 더욱 맑고 건강해질 것이라 생각합니다." 두 번째로 책브리핑이 있다. 진행자는 책을 읽지 않고 오는 참여자를 위해 작가나 저자, 책에 대해 간략하게 1분 스피치로 소개한다. 마지막으로 클로징 스피치를 통해 토론을 마무리한다. 참여자의 발언 중에서 좋았던 것을 활용해도 좋고 별도로 오프닝 스피치처럼 좋은 문장을 준비했다가 사용해도 멋진 마무리 멘트가 된다.

❓ 발언자의 말을 언제 끊어야 할지 모르겠어요.

❗토론자의 발언이 길어지면 진행자는 마음이 불안하다. 한 사람의 발언이 길어지면 다른 사람이 사용할 시간이 짧아지는데, 언제 말을 잘라야 할까 고민하게 된다. 앞서 설명한 대로 토론 전에 시간 규칙을 말하면 된다. 처음에는 남의 말을 자르는 것이 쉽지 않다. 하지만 자꾸 하다 보면 익숙해진다. 정중하게 부탁하면 토론자가 마음 상하는 일도 크게 없을 것이다. 또 하나의 팁은 이렇게 말하는 것이다. "만일 길어지면 제가 신호를 보내겠습니다. 네, 네, 네에! 하고 길게 반응하면 바로 끊는구나 하고 이해해주

세요." 다른 방식으로는 "일단 거기까지 듣고요. 다른 분들에게 발언 기회를 먼저 드리고, 다음에 발언 기회를 드리겠습니다"라고 하면서 발언을 중단시킬 수 있다. 다시 말하지만 시간 관리는 진행자의 중요한 책무다.

❷ 발언자의 말을 어떻게 요약정리 하나요?

❗ 진행을 하다 보면 누구나 자신의 생각을 말하고 싶어진다. 사실 진행보다 토론하는 게 훨씬 재미있다. 처음 진행하다 보면 더욱 그런 충동을 이기기 어렵다. 입이 근질거린다. 충동에 굴복하여 토론자가 되어버리기도 한다. 진행자의 이런 증세를 '패널 신드롬'이라 부른다. 진행자는 참여자들이 원활하게 토론을 할 수 있도록 돕는 사람이다. 때로는 중언부언하는 토론자를 도와서 발언을 정리하는 경우도 있다. "이렇다는 얘기지요?" 문제는 토론자의 발언을 일일이 요약정리 하는 게 진행자의 역할이라고 생각하는 것이다. 토론자가 발언을 잘하는데 굳이 그것을 정리할 필요는 없다. 그렇게 되면 오히려 시간을 낭비하게 된다. 또 토론자의 기분을 상하게 할 수도 있다. 자신이 발언을 잘하는데 왜 다시 정리하느냐, 왜 자신의 발언과 다르게 요약하느냐며 기분 나빠할 수도 있기 때문이다.

❓ 논제가 있어도 토론이 자꾸 산으로 가요.

❗ 책보다 사적인 이야기를 많이 하는 경우는 책을 읽지 않고 온 참여자에게 많이 나타나는 현상이다. 책을 읽지 못했기에 자기주장을 뒷받침하는 이유와 근거를 경험 사례에서 가져온다. 사례를 들어 말할 때는 특별한 사례를 일반화하는 오류에 빠지기 쉽다. 그런 성향의 참여자라면 수다형 토론자다. "내 생각을 들어줘. 나도 최선을 다했단 말이야. 난 이렇게 느꼈다니까"라며 다른 이의 시선과 관심을 받고 싶어 한다. '인정 욕구'가 강한 사람이다. 때로는 재미와 해소, 수다에 집중하는 사람도 있다. 물론 독서 토론을 하며 감정의 해소와 마음의 치유가 일어나기도 한다. 하지만 정도가 지나치면 진행자는 이야기의 방향을 책으로 돌려야 한다. "주제가 책 밖으로 너무 나가는 것 같은데요. 자, 이제 논제에 집중하기로 하지요!" 논제가 있으니 잠시 사적인 이야기로 흘러도 되돌리기가 쉽다. 논제는 독서 토론의 내비게이션이니까.

❓ 토론을 하다 토론자끼리 싸움을 해요.

❗ 독서 토론이 과열되면 나타나는 현상이다. 자기주장이 강한 참여자들이 이런 문제를 일으킨다. 자신의 감정에 빠져서 다른 사람들을 잠시 잊는다. 계속 둘이 치고받는다. 다른 사람들의 발언 기회와 시간도 침해한다. 토론을 시작할 때 진행 규칙을 말하지

않으면 이런 문제가 발생했을 때 해결하기 쉽지 않다. 규칙을 공지한 모임에서도 가끔 그런 일이 생긴다. 손을 들고 발언을 신청하지 않고 말하더라도, 매끄러운 진행을 위해서 그냥 넘어가기도 한다. 하지만 토론자끼리 격해지면 규칙을 상기시키며 제지해야 한다. 개인 간 대화에서 피해야 할 두 가지 주제는 '종교'와 '정치' 문제다. 싸움이 일어나기 때문이다. 그러나 독서 토론에서는 어떤 민감한 주제로도 대화가 가능하다. 규칙이 있기 때문이다. '신의 존재'를 주제로 토론한다고 가정하자. 기독교인은 신이 존재한다는 것을, 무신론자라면 신이 존재하지 않음을 주장할 것이다. 발언 시간은 2분이다. 발언자는 그 시간 안에 다른 토론자를 설득해야 한다. 도구는 오직 '말'뿐이다. 만약 발언이 길어지면 진행자의 제지를 받는다.

❓ 책을 읽지 않고 온 참여자가 많아도 토론할 수 있나요?

❗ 물론 토론할 수 있다. 독서 모임을 하다 보면 가끔 이런 일이 있다. 책을 읽지 않고 오는 참여자가 많은 경우다. 진행자는 그런 경우에도 대비해야 한다. '멘토링 방식'의 독서 토론을 진행하는 것이다. 멘토링 방식이란 책을 설명하고 토론하는 것이다. 책브리핑을 위해 준비한 1분 스피치를 길게 풀어서 말한다. 또 참여자 중 독서 내공이 있는 사람에게 부탁할 수도 있다. 논제에 대한 이

해를 돕기 위한 설명도 마찬가지다. 독서 모임에서는 가능 자원을 활용하는 것도 능력이다. 용산의 한 도서관에서 김려령의 『그 사람을 본 적이 있나요?』(문학동네, 2011)로 중학생 독서 토론을 진행한 적이 있다. 토론 참여자에게 책이 공지가 되지 않아 모두 읽지 않고 참석했다. 어찌할 것인가 당황스러웠다. 확인해보니 한 달에 두 권에서 네 권까지 책을 읽는 학생들이었다. 책을 브리핑하고 토론을 시작했다. 독서력이 있는 학생들이어서인지 토론을 무난히 마칠 수 있었다. 학생들은 토론 후 소감에서 이렇게 말했다. "책을 읽지 않고도 이렇게 토론이 재미있는데, 책을 읽고 했다면 훨씬 더 재미있었을 거예요. 집에 가서 책을 읽어볼게요." 그렇다. 때로는 바빠서 책을 읽지 못하고 독서 모임에 오는 참여자들도 있다. 왜 그들이 모임에 참석하겠는가. 그런 사람들을 위해 진행자는 준비해야 한다.

❓ 진행자보다 책을 더 잘 읽는 참여자 때문에 기가 죽어요.

❗ 독서 모임 참여자 중에는 수십 년 동안 책을 읽어서 독서 내공이 상당한 사람도 있다. 지적이며 아는 것도 많다. 이들을 보면 은근히 기가 죽는다. 책에 대한 평가와 해석이 탁월하여 그의 발언을 받아 적고 싶을 때도 있다. 하지만 그런 사람은 조심해야 한다. 한 도서관에서 그런 사례를 들었다. 독서 모임 참여자 중에 대학

교수가 있었다고 한다. 전문가이니 아는 게 얼마나 많았겠는가. 하지만 독서 토론을 할 때마다 너무 길게 말하여 다른 참여자들에게서 토론을 하러 온 건지, 강의를 들으러 온 건지 모르겠다는 불평이 나왔다고 한다. 많이 알수록 남을 배려하는 마음이 중요하다. 누구나 자기 말을 하려고 토론에 참석한다. 누구나 함께 나누는 자리이기 때문이다. 진행자는 그런 토론자에게 기죽을 필요 없다. 오히려 어려운 부분이나 오독한 부분을 설명해달라고 부탁하자. 좋은 해석과 비판이 나오면 칭찬해주면 된다. 독서 모임의 수준을 올리는 좋은 자원이지 않은가. 진행자는 막강한 힘을 가지고 있다. 발언권을 주고 회수할 수 있는 권한, 발언 시간을 관리할 수 있는 권력(!) 말이다.

4장

독서 교육을 위한
논제 독서

4장은 부모와 교사를 위한 가이드다. 독서 교육의 중요성이 부각되며 책 놀이나 정답 맞추기식 질문 등의 독후 활동에 초점이 모아져왔다. 그러나 이러한 독서는 책을 깊이 이해하고 사고를 확장하며 삶과 연결된 성찰에까지 이르지 못한다는 한계가 있다. 독서법에 대한 관심이 갈수록 증가하고 있지만 정작 어떻게 접근하고 어떤 질문을 해야 하는지 난감해하는 이들이 많다. 학교와 도서관 등 독서 교육 현장에서 만난 부모와 교사 역시 이런 고민을 안고 있었다.

이 장에는 가정과 학교에서 독서 교육에 적용할 수 있도록 다양한 질문 만들기 방법을 실었다. 독서의 기초를 다지는 초등학생, 자아를 형성하고 세계관을 세워가는 중·고등학생과 함께 질문하는 독서를 할 때 고려해야 할 점을 여러 각도에서 살폈다. 학생들과 토론한 논제와 발언도 담았다. 사례는 질문을 통해 아이들이 생각을 자유롭게 말하고 사고를 넓혀가는 과정을 보여준다. 독서력은 같은 연령이라 해도 독서 습관, 관심 분야 등에 따라 개인차가 있다. 가이드를 참고로 자녀와 학생의 특성을 고려하여 적용한다면, 질문하는 독서로 성장하는 아이들을 만날 수 있으리라 기대한다.

책과 친해지는
질문하기

거실 벽면을 책으로 가득 채운 집을 보면 어떤 생각이 먼저 들까? '가족이 책을 좋아하는구나!'보다 '부모가 독서 교육에 관심이 많구나'라는 생각이 먼저 떠오르는 건 왜일까? 책 읽는 인구는 적지만, 독서 교육을 중시하는 부모는 증가하는 듯 보인다. 관련 서적과 강의가 연일 이어지며 독서 교육에 관한 관심을 부추긴다. 초등학교에서는 수업 시작 전 책 읽기 시간을 먼저 두기도 한다. 2018년부터는 중·고등학교에서도 국어 시간에 '한 학기 한 책 읽기'를 실시하고 있다. 그럼에도 책 읽는 환경 아래 아이들의 반응은 각양각색이다. 어떻게 하면 책과 친한 아이들로 자랄 수 있을까?

아이에게 부모가 먼저 책 읽는 모습을 보여주는 것은 이미 많은 독서 관련 책에서 권하는 방법이다. 자연스럽게 책 읽는 분위기를 만들어 독서를 생활화하려는 의도다. 책을 읽는 데까지 도착한 아이를 보는 부모는 흐뭇하다. 그러나 중요한 건 지금부터다. 책을 특별히 좋아하는 아이가 아니라면 오래도록 책 속에 머무르기란 쉽지 않다. 이럴 때 재미있는 질문 한두 개만 있다면 아이의 관심을 집중시킬 수 있다. 책으로 들어가는 지름길이다.

○ 책 내용으로 대화 시작하기

아이와 책을 엮어줄 질문을 찾으며 고민에 빠지게 된다. 질문이 상투적이거나 정답을 맞춰야 할 것 같은 부담을 준다면 아이는 오히려 책에서 멀어질 수도 있다. 그럴 땐 질문하고 답을 요구하는 대신 책을 중심에 놓고 대화하자. 아이가 좋아하는 책이라면 대화가 이어질 가능성은 높아진다. 진심으로 궁금해하는 표정과 말투를 보태면 아이는 자신에게 쏟아지는 관심에 신이 나서 더 적극적으로 반응할 것이다. 질문은 인상적인 장면에서부터 출발한다. 그리고 아이가 왜 그 장면을 골랐는지 들어보자. 방법은 어렵지 않다. "책 재미있어?"라며 가볍게 시작하면 된다. 친절하고 다정하게 대화를 이어가자. "제일 재밌던 장면이 어떤 걸까 궁금한걸"이라고.

일본 작가 기무라 유이치의 그림책 『폭풍우 치는 밤에』(아이세움,

2005)로 나누었던 대화를 소개한다. 거센 폭풍우가 몰아치는 날 비를 피해 어두컴컴한 오두막 안으로 피신한 늑대와 염소의 이야기다. 깜깜한 탓에 서로를 보지 못하고 목소리로만 친구가 되는 하룻밤이 긴장감 있으면서도 따뜻하게 그려진 작품이다. 책을 한 번 읽고 일어나려 하는 지아에게 물었다.

"책 재미있어? 어떤 장면이 제일 재밌어?"
"늑대는 염소를 잡아먹고 사는데 서로 못 보니까 누구인지 모르고 얘기하면서 친구가 된 게 재밌었어요."

재미있는 부분을 얘기했다면 아이가 꺼낸 키워드를 포착하여 조금 더 세심하게 접근할 차례다.

"염소랑 늑대랑 어떻게 친구가 되었는지 궁금한걸."
"늑대랑 염소랑 자기들 엄마 얘기를 하는데요. 엄마들의 말이랑 행동이 비슷한 게 많았어요."

내용을 모르는 척 이야기해달라는 표시를 해보았다. 지아는 신나게 설명했다. 아이가 책의 내용을 어느 정도 파악했다고 여겨질 때쯤 스스로 생각해볼 만한 질문을 건넸다.

"염소랑 늑대랑 친구가 되는 모습을 보면서 어떤 생각을 했어?"

"늑대가 염소와 친구가 되면 잡아먹지 않고 지켜줄 것 같아요."

읽고 있는 책에 대한 관심을 보여주며 인상 깊게 읽은 부분을 같이 들여다보는 동안 홀로 하는 독서에서 함께 읽기로 나아간다. 흥미롭게 읽은 지점이 있다면 왜 그렇게 읽었는지 대화하는 동안 아이는 나름대로 생각을 정리한다. 아이와 주고받는 질문은 곧 토론의 논제라고 볼 수 있다. 이 장면을 논제 형식에 맞추어 발제한다면 다음과 같다.

염소와 늑대는 배가 고파 '산들산들 산의 말랑말랑 골짜기'에 있는 먹이에 대해 이야기합니다. 둘은 "거기 먹이가 별나게 맛있지 않아요?"라는 질문에 "네, 냄새도 좋고요"라 답하며 공감합니다. 늑대가 "엄마한테 '더 먹어라. 더 먹어' 하는 소리를 자주 들었답니다"라 말하자 염소는 "어머! 저도 그래요"라며 맞장구를 치죠. 이에 늑대는 "맞아, 맞아. 우리 집에서도 똑같이 말했어요"라고 말하고 그들은 "하하하, 우리는 닮은 데가 정말로 많네요"라며 웃습니다. 둘은 다음 날 "폭풍우 치는 밤에 친구가 됐어요"라 말하며 다시 만나자고 하는데요. 여러분은 '친구'가 되어가는 염소와 늑대의 모습을 어떻게 보았나요?

○ 책과 실제 생활 연결하기

'친구'와 '우정'이라는 키워드를 발견하고 의미를 생각해봤다면 아이의 생활 속으로 질문을 가져올 수도 있다. 『폭풍우 치는 밤에』를 읽은 아이가 염소와 늑대의 '우정'을 관심 있게 보았다면 책 속 인물의 관계를 아이와 친구의 관계로 확장해보는 것이다. 예를 들어, "OO는 처음 친구를 사귈 때 어떻게 하니?"라고 물어보자. 이미 책 이야기로 생각과 마음의 문이 열린 아이들은 자연스럽게 자신의 이야기를 꺼낸다. 실제 여러 아이들이 함께하는 토론에서 같은 질문을 했을 때 다양한 답변을 들을 수 있었다.

- 친구가 착하면 같이 놀고, 재밌고 웃기면 좋아요.
- 놀면서 친해져요.
- 취미가 비슷하고 착한 친구를 사귀어요.
- 취미가 비슷한 아이들도 좋고요. 신기한 취미를 가진 친구도 좋 아요.
- 얘기하다 보면 자연스럽게 친구가 돼요.
- 축구하면서 친해져요.

생각을 정리해보고 공감을 한 아이들은 책을 보다 친근하게 받아들이게 된다. 자신과 동떨어진 이야기가 아님을 발견하는 경험은 다른 책으로도 이어져 책 속에서 현실 세계의 모습을 찾아내는 즐거움을 선물한다. 역사서나 과학서와 같은 비소설에도 실제 생활과 연결할 수 있는 내용이 있을 것이다. 이런 지점을 찾아내 아이의 경험을 대입시켜보자. 아이들은 그렇게 책과 한 발짝 더 가까워진다.

○ 등장인물에게 질문하기

'책을 중심으로 질문하고 생각하기'에 흥미가 생긴 아이들이라면 '함께 질문 만들기'를 시도하자. 아이들은 질문거리를 만들면서 생각을 확장하고 상상력을 키운다. 등장인물에게 묻고 싶은 것부터 친구들과 얘기해보고 싶은 장면, 혼자 읽고 잘 이해되지 않는 부분 등 여러 질문을 생각해볼 수 있다. 『폭풍우 치는 밤에』를 읽고 인상 깊은 장면과 실제 자신의 경험까지 얘기했다면 이제 질문의 주도권을 아이에게 넘겨보자. 아이들은 늑대에게 이런 질문을 던졌다.

- 다음 날 약속 장소에 나갈 거니?
- 염소랑 뭐 하고 놀 거야?
- 친구들에게 새 친구를 어떻게 소개할 거야?

아이들은 질문을 하며 등장인물에게 보다 가까이 다가간다. 책이 주는 물음에 답을 찾는 일이 숙제처럼 느껴지는 아이라면 스스로 질문거리를 만들며 능동적 독서를 할 수 있도록 유도해보자. 자신이 만든 질문에 답해봄으로써 책과 교감하는 기분도 느낀다. 등장인물이 되어 답을 생각해보며 그들의 입장에 서볼 수 있다. 혼자 생각했던 질문을 부모나 형제, 친구 들과 함께 이야기하며 사고의 확장도 경험한다. 질문을 만드는 과정을 통해 책의 가치와 작가의 메시지까지 발견하게 되는 건 덤이다.

책과 친해지는 단계별 질문 만들기

단계	질문의 방향	질문
1단계	관심 유도	책 재미있어?
2단계	인상 깊은 장면	어떤 부분이 제일 재밌었어?
3단계	장면과 연결된 사건	어떤 이야기인지 궁금하네. 들려줄래?
4단계	키워드 포착	○○는 어떤 생각을 했어?
5단계	자신과 연결	○○는 그런 경우에 어떻게 하니?
6단계	등장인물과의 대화	주인공에게 물어보고 싶은 게 있니?

눈높이에 맞는
질문하기

　한글을 익혀 혼자서 책 읽기가 가능해지는 1학년부터 추상적 사고를 할 수 있는 6학년까지 초등 시기는 평생 독서의 기초를 다지는 때다. 책을 재미있게 읽은 경험은 독서를 지속시키는 동력이 된다. 초등학생 때 독서를 즐겼더라도 학교 공부량이 급격히 많아지는 중학생 이후에는 책과 멀어지는 경우가 많다. 때문에 적은 양의 책이라도 깊이 있게 읽는 게 더욱 중요하다. 책을 읽으며 생각의 꼬리를 물고 나가 깊은 사고에 다다랐던 성취감은 보다 높은 단계의 독서로 이끈다.

　7~11세에는 사고 과정에 논리가 나타나기 시작한다. 12세부터는 사고방식에 질서가 잡히고 유연한 사고가 가능해진다. 추상적인

개념을 이해할 수 있고 상징을 읽어내기 시작한다. 이후 성인이 되기 전까지의 과도기인 청년기에는 정체성과 타인에 대한 인지가 일어난다. 보편적 발달 과정과 아이의 특성을 고려한 적절한 질문으로 생각의 깊이와 폭을 확장시켜준다면, 재미와 의미를 모두 잡을 수 있는 독서가 될 것이다.

아이의 눈높이에 맞는 질문을 만들기 위해서는 부모나 교사가 먼저 책을 꼼꼼히 읽고 주요 지점을 살펴야 한다. 작품의 주제와 키워드를 찾고 아이의 독서력을 살펴 질문과 연결해보자. 이 작업이 어렵다면 작품 해설을 참조해도 좋다. 책이 전달하고자 하는 가치를 발견하고 자신의 사유로 확장시킬 수 있는 질문이 있을 때 독서는 더욱 풍성해진다.

○ **초등 저학년(1~2학년): 흥미를 지속시키며 주제에 다가가는 질문**

초등 1~2학년은 스스로 읽기를 터득하고 그림책에서 글밥이 많은 책으로 넘어가는 시기다. 책을 혼자 읽으며 재미있는 부분을 발견하기도 하고 궁금한 부분에서는 조금 더 머물며 생각할 시간을 가질 수도 있다. 좋아하는 그림책이라면 여러 번 반복해 읽으며 통째로 외우기까지 한다. 상상의 세계를 넓혀가고 스스로 질문을 만들어 친구들과 나누는 즐거움도 발견한다. 책의 키워드와 주제를 찾아가기 시작하는 때이기도 하다. 저학년 아이들에게는 말랑말랑한 두뇌를 기분 좋게 자극하면서도 주제에 자연스럽게 접근할 수 있는 질문을 하는 게 좋다.

네덜란드의 그림책 작가 레오 리오니의 작품 중 칼데콧상 수상작인 『알렉산더와 장난감 쥐』(시공주니어, 2019)를 예로 살펴보자. 생쥐 '알렉산더'는 사람들에게 사랑받는 태엽 쥐 '윌리'를 만나 친구가 된 후 자신도 장난감 쥐가 되기를 바란다. 그러나 주인에게 버림받아 상자에 던져진 후 꼼짝없이 버려질 날만 기다리게 된 윌리. 알렉산더는 이런 친구를 보고 자신이 장난감 쥐가 되는 대신 윌리를 진짜 쥐로 만들어달라는 소원을 빈다. 친구와의 관계, 관심과 사랑, 스스로 움직일 수 있는 자유 등을 생각해볼 수 있는 책이다. 좀 더 깊이 들어가보면 사람들이 애정을 주던 대상을 쉽게 버리는 모습과 상대방을 배려하는 섬세한 마음까지도 살펴볼 수 있는 작품이다.

이 책을 1~2학년 아이들에게 읽히고 소감을 물어보면 대부분 "재미있었어요" 혹은 "별로예요"라는 답이 돌아온다. 인상 깊었던 그림이나 장면을 얘기하는 아이들도 더러 있다. 두 인물의 첫 만남에서 알렉산더에게 "모두 나를 사랑해"라고 말하는 윌리를 얄밉게 보는 경우도 있다. 다채로운 색감의 그림에만 관심을 두는 아이들도 있다. 이런 아이들에게서 "책을 어떻게 읽었니?"라는 질문만으로 주제를 끌어내기는 쉽지 않다. 그렇다면 어떤 질문을 해야 흥미를 지속시키며 주제에 다가갈 수 있을까?

알렉산더는 윌리에게 "우리, 부엌에 가서 음식 부스러기 찾아 먹을까?"라고 묻습니다. 윌리는 '사람들이 태엽을 감아 줘야만 움직일 수 있'기 때문에 못 간다고 대답하죠. 그래도 '모두 나를 사랑'하니까 '상관없'다고 말하는데요. 알렉산더는 윌리가 부러워 "나도 윌리처럼 장난감 쥐여서 사람들이 안아 주고 사랑해 주면 얼마나 좋을까!"라고 생각합니다. 여러분이 알렉산더라면 장난감 쥐가 되고 싶을까요?

- 전 그대로 있을 거예요. 맘대로 움직이지 못하는 건 싫어요.
- 사람들한테 매번 빗자루로 얻어맞고 도망 다니는 알렉산더는 주인에게 사랑받는 윌리가 얼마나 부러웠을까요. 마음대로 움직이지 못해도 한 번쯤은 관심받아보고 싶을 것 같아요.
- 사랑받고는 싶지만 하고 싶은 걸 자유롭게 하지 못하는 건 더 싫어요. 먹을 걸 구하기 어렵고 좀 지저분한 곳에 살더라도 내가 가고 싶은 곳에 마음껏 가는 게 좋아요. 누군가가 조종해야만 움직이는 건 견딜 수 없을 것 같아요.

생쥐들의 귀여운 모습과 아름다운 색감의 그림에 쏠려 있던 관심은 마음껏 움직일 수 있는 쥐 알렉산더에게로 옮겨갔다. 생각을 말하는 동안 서서히 자유라는 키워드에 접근해갔다. 아이들은 이야기의 흐름과 세부 장면 속에서 주제를 짚어낼 역량을 충분히 갖고 있다. "이 책의 주제는 무엇인가요?"라는 상투적인 질문은 이제 접어두자. 작품을 세심하게 살펴보고 핵심이 드러난 주요 지점을 포착하여 질문을 건네면 아이들은 자연스럽게 주제를 찾아나간다. 정답을 요구하는 질문은 책의 세계로 들어가기 시작한 아이들에게 독서의 즐거움 대신 공부 수단으로서의 이미지만을 남길 뿐이다. 아이들에게 책의 의미와 재미를 모두 주고자 한다면 한두 장면이라도 좋으니 주제의 발견을 유도하는 질문을 건네보자.

○ 초등 중학년(3~4학년): 생각의 폭과 깊이를 확장하는 질문

3~4학년은 글밥이 많은 책에 익숙해지는 시기다. 읽기 독립도 거의 이루어져 스스로 책을 찾고 혼자 읽기도 수월해진다. 책에 대한 취향도 드러나기 시작한다. 이야기책을 좋아하는 아이, 인물 이야기나 과학책을 즐겨 읽는 아이 등 개인의 취향이 생긴다. 다양한 분야의 책을 고루 읽고 균형 있는 사고를 하기를 원하는 어른들의 바람과 달리 좋아하는 분야의 책으로만 더 가까이 가려고 한다. 이때 광활한 책 세계의 입구에 서 있는 아이에게 곳곳을 탐색하며

유연하고 종합적인 사고의 길을 안내해주는 것이 질문의 역할이다. 두꺼운 글 책이 아니어도 된다. 편안하게 읽을 수 있지만 생각거리를 품고 있는 그림책에서도 생각을 확장하는 질문을 찾을 수 있다.

벨기에 그림책 작가 라스칼이 쓴 『오리건의 여행』(미래아이, 2017)의 경우를 보자. 도시화로 인해 온통 회색빛으로 변한 미국 동부 피츠버그에서 가문비나무 숲이 있는 서부 오리건까지 대륙을 횡단하는 난쟁이 어릿광대 '듀크'와 재주 부리는 곰 '오리건'의 이야기다. 아이들에게 친근한 곰 캐릭터, 잿빛의 동부에서 총천연색의 서부로 가는 여정의 색감 변화, 고흐의 작품을 연상케 하는 아름다운 그림 등이 아이에서부터 성인에게까지 흥미롭게 다가가는 책이다. 책을 읽은 많은 아이들이 "듀크와 오리건이 미국을 여행하는 게 힘들어 보였지만 재밌었어요"라며 호감을 표한다. 표면적으로 드러나는 여행의 이면에는 미국의 산업화 과정과 그 속에서 잃어버린 진정한 자유를 그리고 있지만, 미국 근현대사의 배경지식이 필요해 아이들이 혼자서 읽을 때 핵심을 놓치기 쉬운 책이기도 하다. 이럴 때엔 기초 지식이 부족하더라도 단서가 될 작은 지점에서부터 출발해보자. 『오리건의 여행』에서는 길에 버려져 있는 낡은 시보레 자동차를 포착했다.

듀크와 오리건은 '스타 서커스단'을 나와 커다란 숲을 찾아갑니다. 그들은 '반 고흐의 그림 같은 들판을 헤치고' 나아가다가 '우박이 내리면 맞으며' 걷고, '옥수수 밭에서는 잔치'를 벌이기도 합니다. 떠돌이 장사꾼, 여배우가 될 거라는 슈퍼마켓 종업원, 이 빠진 깃털 장식을 한 인디언 추장의 차를 차례로 얻어 타고 '아이언 호스'라는 곳에 거의 다 왔을 때 '너무 지쳐 더 갈 수가 없었'는데요. 듀크는 그가 태어난 해에 만들어진, '길가에 버려진 시보레 자동차 안'에서 밤을 보내며 "그래도 내 모습이 그 차보다는 나았어"라고 생각합니다. 여러분은 듀크의 이런 생각을 어떻게 보았나요?

- 차는 더럽고 자기는 안 더러워져서 자신이 더 낫다고 생각한 것 같아요.
- 차는 못 쓰게 되면 버리면 되지만 사람은 생명이 있으니까 그러면 안 돼요.
- 차는 버려져서 쓸모없어졌지만 자기는 난쟁이라도 서커스 일을 할 수 있었으니까 차보다 낫다고 느꼈을 것 같아요. 그리고 오리건이랑 여행을 떠날 수도 있었으니까요.

아이들은 버려진 차와 자신의 모습을 비교하는 듀크의 생각을 읽어내기 위해 고민했다. 난쟁이라는 불리한 조건으로 원치 않는 일을 했지만 자신이 바라는 것을 찾아 길을 나선 듀크에게서 정체성이라는 의미를 발견해갔다. 서커스단의 광대에서 자유로운 인간이 되어가는 과정을 겪으며 신세를 한탄하거나 낙담하지 않는 듀크의 마음도 읽어낸다. 아이들은 질문을 통해 긍정적이고 주체적인 삶의 태도는 어떤 것일까를 생각해보았다.

이렇듯 아이들은 생각하는 과정을 통해 한 단계 더 깊은 사고로 나아가게 된다. 앞의 사례처럼 여러 사람들이 함께하는 토론이라면 생각의 징검다리가 더 촘촘히 연결될 수 있다. 아이 홀로 하는 독서라면 작품을 조금 더 세심하게 살펴보고 고리가 되는 질문을 제시해보자. 사고의 지평은 질문과 함께 확장된다.

○ 초등 고학년(5~6학년): 숨은 메시지를 발견하는 질문

추상적 사고와 생각의 깊이가 더해지는 5~6학년은 자신만의 사유를 시작할 수 있는 때다. 어린이 눈높이에 맞춘 소설, 과학, 역사, 철학 등 다양한 분야의 책을 읽을 수 있으며 고전에까지 다가갈 수 있다. 진리를 찾아가고 인간의 보편적인 심리에 공감력이 커지는 5~6학년은 적절한 질문이 있다면 어렵게 느껴지는 작품도 읽어내며 입체적 사고도 가능하다.

노벨문학상과 퓰리처상을 수상한 어니스트 헤밍웨이의 대표작 『노인과 바다』(푸른숲주니어, 2013)는 초등학생들에게도 친숙한 제

목의 작품이다. 용기와 집념으로 분투하는 불굴의 정신과 인간의 존엄성을 느낄 수 있는 소설이다. 그러나 '고전'이라는 단어가 주는 무게감과 '고전은 지루할 것 같다'는 선입견으로 아이들의 외면을 받는 책이기도 하다. 한 노인이 바다 한가운데서 잡은 커다란 물고기 한 마리를 육지로 가져오기 위해 상어들과 사투하는 과정이 이 소설의 줄거리다. 특정 사건을 중심으로 벌어지는 다양한 에피소드가 없는, 아이들이 읽기 어려워하는 소설 중 하나다. 이럴 땐 어떤 사건이나 등장인물의 특정 행동에 담긴 다양한 의미를 찾아 질문으로 제시해보자.

노인은 물고기를 잡으러 나가려고 배를 띄우며 바다에 대해 생각합니다. 바다는 '온화하고 아름다웠'지만 '갑자기 잔인해'지기도 합니다. 몇몇 어부들은 바다를 '경쟁 상대나 싸워야 하는 곳, 심지어 적'(p.34)으로 대하기도 했습니다. 하지만 노인은 바다가 '큰 혜택을 줄 때도 있고 주지 않을 때도 있다'(p.35)고 생각하죠. 행여나 바다가 '난폭해지거나 심술을 부릴 때면 바다도 어쩔 수 없기 때문'(p.35)이라고 믿는데요. 바다를 대하는 노인의 태도를 어떻게 보았나요?

- 노인이 바다를 인간으로 보는 것 같아요. 바다에 대해 긍정적으

로 생각하는 것 같아요.

- 바다가 자신에게 혜택을 준다고 긍정적으로 생각하는 노인의 모습이 아름다워 보여요.

- 다른 어부들이 바다를 적이라고 생각하면 다른 직업을 갖지 왜 적이라고 생각하는 바다에서 일하는지 의문이 들어요.

- 노인은 바다에서 꼭 물고기를 잡아와야 한다는 이기적인 생각을 하지 않아요. 바다와 싸워야 한다는 생각 대신 자연을 탓하지 않고 그대로 받아들이는 노인이 멋져 보여요.

아이들은 노인이 바다를 대하는 태도를 살피며 '어떤 자세로 살 것인가'를 묻는 헤밍웨이의 메시지를 서서히 따라갔다. 이야기가 진행되는 동안 거대한 자연 앞에서 자신에게 닥친 고난을 받아들이고 의연하게 견디는 주인공의 모습에서 "파멸당할 수는 있을지 언정 패배하지는 않는" 인간을 읽어냈다. 글을 읽고 줄거리를 파악하고 주제를 찾아내는 것은 책에 조금만 관심을 기울이면 대부분 할 수 있다. 그러나 가공의 시공간 안에서 등장인물이 펼쳐가는 생각이나 행동 속에 작가가 심어놓은 상징을 찾는 일은 보다 복합적인 사고를 요구한다. 독서를 오랫동안 해온 성인이라도 혼자서 이 과정에까지 이르기는 쉽지 않다. 부모와 교사가 먼저 공부하는 자세로 작품을 살펴보고 고차원의 생각을 이끌어낼 수 있는 질문을 제시한다면 아이들의 사고력과 독서력은 한층 깊어질 것이다. 이런 과정 중에 작가가 작품 속에 숨겨놓은 의미를 보물찾기 하듯 발견하는 즐거움도 느낄 수 있다. 질문은 진정한 독서의 길에 들어서는 출발점이다.

○ 중·고등학생: 자신과 외부 세계를 성찰할 수 있는 질문

청소년기는 내면의 일렁임이 가장 클 때다. 아이들은 신체적·정신적 변화를 통과하며 불안정한 모습을 보인다. 부모와 교사의 통제가 어느 정도 가능했던 초등학생 때와 달리 주체적으로 행동하고자 한다. 지금껏 조용히 자라왔던 내면의 자아를 직면하며 혼란의 터널을 지난다. 곁에서 보는 부모와 교사는 서서히 닫히는 소통의 통로에 초조함과 답답함이 더해간다.

『교육심리학』(신명희 외, 학지사, 2018)에 따르면 "최근에는 대부분의 청년기 문제가 청년들의 자아와 사회 간의 긴장 또는 사회적 역할 압박에서 야기된다는 데 의견이 일치하고 있다"고 한다. 정체성의 혼돈을 겪으며 사회 속에서 자아 정체성을 확립해가는 중요한 시기의 아이들. 부모와 교사는 이들에게 어떤 도움을 줄 수 있을까? 청소년정신과 전문의인 서천석 박사는 사춘기 아이들과는 짧고 간단하게 공감한 다음 가급적 아이가 길게 이야기하도록 기회

를 많이 주라고 조언한다. 간단해 보이지만 막상 아이에게서 긴 이야기를 끌어내기란 쉽지 않다. 이럴 때 책을 통한 질문은 신의 한 수가 된다.

한 고등학교의 1학년생 50여 명과 함께 그림책 『빨간 벽』(브리타 데켄트럽, 봄봄출판사, 2018)을 읽었다. 책은 용감하게 진실을 찾아 나선 생쥐의 이야기를 담았다. 눈 닿는 데까지 뻗어 있던 빨간 벽 안에는 벽의 존재를 의심 없이 받아들이던 동물들이 살고 있다. 그 너머의 세상이 궁금했던 생쥐는 어느 날 벽을 넘어 온 파랑새와 함께 바깥으로 날아가 상상도 못 하던 아름다운 세상을 발견한다. 돌아보니 벽은 사라지고 없다. 파랑새는 말한다. 벽은 처음부터 없었다고. 친구들에게 돌아간 생쥐는 다른 동물들까지도 벽 너머로 이끈다.

저마다의 개성을 드러내며 발랄하게 웃고 떠들거나 조용히 자신만의 세계로 침잠하여 고개 숙인 아이들이 한데 모인 교실. 아이들에게서 어떤 생각이 나올지 선뜻 짐작하기 어려웠다. 토론에 잘 참여할 수 있을지도 내심 걱정이 되었다. 고등학생들에게 그림책은 신선하게 다가갔다. 즉석에서 읽기에도 부담 없는 분량과 예쁜 색감의 그림에 아이들은 곧 시선을 모았다. 낭독 후 이어진 논제 토론. 그림책으로 무슨 토론이 될까, 의구심을 비췄던 아이들은 논제에 관심을 보이며 적극적으로 참여하기 시작했다.

꼬마 생쥐는 어느 날 벽 너머에서 날아 온 파랑새에게 "날 벽 너머로 데려가 줄 수 있니?"라고 청합니다. 그는 파랑새와 함께 벽을 넘어 날아가 '상상도 못 하던 색색 가지 아름다운 세상을 발견'합니다. 꼬마 생쥐는 파랑새에게 "여기는 껌껌하고 으스스할 거라고 생각했어. 내 친구들이 그렇게 얘기했거든"이라고 말하는데요. 이에 파랑새는 다른 친구들은 '두려운 마음'으로 보았지만 꼬마 생쥐는 '궁금해하면서' 봤기 때문이라고 설명합니다. 이어 "어떤 벽은 다른 이들이 만들어 놓지만 대부분은 네 스스로 만들게 돼"라고 하는데요. 여러분은 파랑새의 말을 어떻게 읽으셨나요?

- 우리는 입시라는 벽에 둘러싸인 것 같아요. 벽 너머를 보고 싶어도 아침부터 저녁까지 바깥을 볼 여유가 없어요.

- 벽 안에서 3년을 지내야 하는데 제 젊음이 아까워요. 공부가 아니라도 하고 싶은 일은 많지만 벽을 넘어가는 게 현실적으로 얼마나 힘든지 알고 있어요.

- 아직은 어른들이 만들어놓은 벽 안에서 순응해야 하는지도 몰라요. 하지만 어른들의 세상도 모두 옳지만은 않아요. 잘못된 판단과 고정관념 들을 볼 때마다 솔직히 답답하기도 해요.

- 우리 주변에는 사회가 쌓아놓은 벽들이 많아요. 그렇지만 그것들이 모두 뛰어넘을 수 없는 벽은 아니에요.

- 이 책에서 진실을 찾아 나선 용감한 생쥐는 순수한 어린이 같아요. 벽 바깥의 세상이 온통 어둠이거나 위험하다거나 아무것도 없다고 체념하고 벽을 당연한 것으로 받아들이는 건 어른들의 시선이죠.
- 남들이 만들어놓은 벽은 분명 높고 단단해요. 세상에는 그걸 허무는 이들이 반드시 있고 그들은 세상을 바꾸어갔어요. 스티브 잡스처럼요.

아이들은 그림책에서 발견한 논제 하나를 두고 세상과 자신을 객관적으로 해석해나갔다. 기성세대가 구축해놓은 울타리를 인지하고 자신들에게 주어진 역할을 살폈다. 자신의 욕망을 존중하고 스스로를 성찰하며 미래를 그려나갔다. 내면의 상처를 발견하고 공감하는 과정을 통해 치유의 느낌을 경험했다. 심리학 박사 엘킨드는 청소년기 특유의 사회·인지적 특성을 '자아중심성'이라 칭했다. 자신은 특별한 존재라는 착각에 빠져들며 타인의 관심과 집중을 받는다고 믿을 만큼 강한 자의식을 보이게 된다는 것이다. 동시에 외부로부터의 반응을 통해 자신의 행동과 역량을 균형적으로 평가할 수도 있다. 자신 안에서 끊임없이 꿈틀대는 꿈, 요동치는 정서적 불안정, 사회와의 관계 맺기의 두려움 등을 잘 다독여 독립적인 한 인간으로 성장해가는 아이들. 이들에게 우리가 만들어줘야 할 지지대는 생각하는 힘과 자유로운 발언의 기회일 터다.

눈높이에 맞는 학년별 질문 만들기

학년	질문의 방향	질문 포인트
초등 1~2학년	흥미를 지속시키며 주제에 다가가는 질문	아이가 관심을 보이는 부분과 주제를 연결시켜 질문하기
초등 3~4학년	생각의 폭과 깊이를 확장하는 질문	주제를 뒷받침하는 단서를 포착해 질문하기
초등 5~6학년	숨은 메시지를 발견하는 질문	비유와 상징을 찾아 질문하기
중·고등학생	자신과 외부 세계를 성찰할 수 있는 질문	자신을 대입해보고 세상과의 관계를 생각하게 하는 지점에서 질문하기

비판적 사고력을
키워주는
질문하기

주체적이고 행복한 삶을 바라지 않는 사람이 있을까. 누구든 복잡한 세상 속에서 진실을 골라내고 휘둘리지 않으며 당당히 자신만의 길을 걸어가기를 원한다. 그런데 행복한 삶이란 어떤 것일까? 독일의 철학자 페터 비에리는 『자기 결정』(은행나무, 2015)에서 행복하고 존엄한 삶은 '내가 결정하는 삶'이라 했다. 스스로의 삶을 결정하는 데 있어 기본 전제는 자기 자신과 자신을 둘러싼 세계에 대한 이해다. 자신의 마음과 정신이 어떠한지 잘 알고 있을 때, 세상의 가치관이 어떻게 형성되었는지 비판적으로 볼 수 있을 때에만 외부의 영향에 휘둘리지 않고 자신만의 삶을 이끌어갈 수 있다. 세상을 자신의 시선으로 해석하고, 자신을 둘러싼 현실을 비판적으로 지각할 수 있는 능력을 기르는 것은 삶의 건강한 기초가 된다. 비판적 사고는 질문하고 다양한 생각을 나누며 깊이 사고해가는 과정에서 무르익는 열매다. 책 속에는 현실 세계를 비추는 다양한 상황과 인물이 있다. 그들이 겪는 갈등과 복잡다단한 심리를 읽으며 공감하고 질문하는 과정 속에서 비판적 사고는 자라난다. 그렇다면 어떤 질문이 비판적 독서를 가능하게 할까?

○ **개인의 태도와 행동을 객관적으로 보기**

'비판'은 현상이나 사물의 옳고 그름을 판단하여 밝히는 일이다. 개별 대상이 갖는 의미와 가치를 살펴보고 세상과 맺는 관계를 알아가는 과정이다. 비판적 사고는 복잡하고 예측 불가능한 상황에 마주쳤을 때 현명한 판단을 가능하게 한다. 소설 속 인물들이 처하는 다양한 상황은 비판적 사고의 훌륭한 연습장이다. 등장인물의 입장에 서보기도 하고, 그들의 태도와 행동을 제삼자의 입장에서 객관적으로 평가해볼 수도 있다.

메리 셸리가 1818년 발표한 고전 『프랑켄슈타인』(푸른숲주니어, 2007)의 상황을 한번 보자. 『프랑켄슈타인』은 괴물의 흉측한 외모를 연상시키며 괴기소설로 널리 알려져 있다. 공포영화로도 제작되어 대중에게 두려움이라는 이미지로 다가간다. 이 때문에 프랑켄슈

타인이 괴물의 이름이라고 많은 이들에게 인식되어 있지만 원작 속 프랑켄슈타인은 괴물을 만들어낸 박사다. 이 소설은 인간의 창조와 불멸에 대한 욕망과 과학기술이 만들어내는 윤리적·사회적 문제를 다룬다. 어머니의 죽음에 슬퍼하던 '빅터 프랑켄슈타인' 박사는 생명을 만들어내면 죽음까지 통제할 수 있으리라는 희망으로 생명체를 창조하는 실험을 한다. 실험 중 정신을 잃은 그는 친구의 집에서 며칠을 보내고, 창조물을 보기 위해 실험실로 돌아가 생명체가 배양되고 있는 물탱크를 확인한다. 빅터는 자신의 팔목을 잡은 생명체의 얼굴을 본 순간 너무나 흉측하고 끔찍해 손을 뿌리치고 달아난다. 윤리적 갈등 상황에 처한 빅터의 행동을 살펴보자.

실험 중 정신을 잃은 빅터는 헨리의 집에서 사흘간 열병을 앓습니다. 그는 깨어나자마자 자신의 실험실로 돌아가 물탱크를 확인하는데요. 그 안에서 배양되어 자라난 생명체는 빅터의 팔목을 꽉 움켜잡습니다. 그러나 그는 '흉측한 형상으로 인간의 모습을 흉내 내고 있어서 끔찍하기 이를 데 없는'(p.63) 괴물의 손을 뿌리치고 도망가버립니다. 빅터의 이런 행동을 어떻게 보았나요?

다음은 초등 고학년 학생들이 내놓은 대답이다.

- 빅터는 2주 동안 괴물이 죽었을 거라 생각했을 텐데 얼마나 놀랐을까 싶었어요. 이런 상황에서라면 저라도 도망치거나 소리를 지를 것 같아요.
- 빅터에게 책임이 있다고 생각해요. 얼마나 자랐는지 보러갔을 때 괴물이 손을 잡은 순간 이상한 얼굴이었어도 끝까지 책임져야 한다고 생각해요.
- 괴물이 무섭게 생겼다고 마음대로 만들었다가 마음대로 버리는 모습에서 애완동물을 대하는 현대인들의 모습이 보였어요.
- 빅터는 나빠요. 우리 엄마가 나를 낳아놓고 이상하게 생겼다고 버리고 도망간다면 너무 슬플 거예요.
- 아이를 낳았으면 제대로 키워야 하는데 버릴 거면 뭐 하러 낳았는지 모르겠어요. 책임지고 키워야 해요.

빅터가 괴물을 뿌리치고 도망가는 행동에서 아이들은 빅터에게 자신을 대입해보기도 하고, 괴물의 입장이 되어보기도 한다. 200년 전 허구의 세계에서 현대인의 모습을 발견하기도 한다. 괴물과 빅터의 관계를 자신과 부모의 관계와 연결해보고 책임의 문제로 확장할 수도 있다. 인물의 행동 하나가 자신과 주변, 나아가 사회의 문제까지 생각해보게 만든 것이다. 이처럼 책에서 개인의 행동과 사회적 책임이 교차하는 지점을 포착하여 질문을 던져보자. 아이들은 문제의 중심에 서기도 하고 한발 물러나 객관적인 시선으로 보기도 하며 비판적 사고력을 키워가게 된다.

○ 가치 판단의 기준 찾기

아이들은 부모, 친구, 선생님 등 주변 사람들과의 관계를 통해 자신의 가치 체계를 그려간다. 자라는 동안 점점 더 넓은 세상을 보고 전에 보지 못한 다양한 사람들을 접하며 혼란의 시기를 거친다. 서로 다른 관점 사이에서 고민하고 갈등하며 자신만의 가치관을 세우게 된다. 그리고 그 가치관이 거의 모든 행동 패턴을 결정한다. 어쩌면 인생이라는 배의 방향키를 쥐고 있는 선장은 가치관일지도 모른다. 목적하는 곳까지 순항하기 위해 바람과 파도와 같은 외부 환경이 순조롭게 펼쳐지면 좋겠으나 인생의 항로에는 언제나 수많은 변수가 기다리고 있다. 예상하지 못한 암초를 만나거나 거센 파도가 몰아칠 때 좌초하지 않고 올바른 방향을 잡아줄 수 있는 역할을 하는 판단력은 단단하게 다져진 가치 기준이 있을 때 그 기능을 발휘한다. 고정관념에 함몰되지 않고 다양한 시각으로 세계를 보며 자신만의 가치를 발견해나가는 일은 어렵지 않다. 좋은 책과 잘 포착된 질문이 있다면 말이다.

독자의 가치 판단을 고민해보게 하는 지점을 빅토르 위고의 장편소설『장 발장』(삼성출판사, 2016)에서 찾아보자. '장 발장'은 배고픈 조카에게 주기 위해 빵을 훔친 죄로 19년의 감옥살이를 하다가 나온다. 그는 '마들렌'이라는 가명으로 살던 중 위험에 처한 사람을 구한 일로 시장 자리에까지 오른다. 평탄한 듯 보이던 그에게 갈등 상황이 벌어진다. 장 발장으로 오해를 받아 재판을 받고 있는 '샹 마티유'라는 인물이 등장한 것이다. 이제 장 발장은 억울한 피고를 위해 자신의 정체를 밝힐지, 시장직을 유지하기 위해 잠자코 있을지 결정해야 한다. 장 발장은 진실을 택했다. 이 지점에서 아이들의 생각을 들어보았다.

> 장 발장은 포르슈방을 구한 일로 '많은 사람들에게 사랑과 존경'(p.43)을 받고 '시민들이 간곡히 부탁하는 바람에' 시장이 됩니다. 어느 날 그는 자신으로 오해받고 붙잡혀 재판을 받고 있는 샹 마티유에 대해 전해 듣는데요. 자신과 '생김새가 닮았다는 이유 하나로'(p.56) 평생 감옥에서 살 수도 있는 샹 마티유를 생각하니 '가슴이 무거'워졌습니다. 갈등하던 장 발장은 마침내 재판정으로 가서 "장 발장은 바로 접니다"(p.63)라며 '피고를 석방해'달라고 청하는데요. 여러분은 장 발장의 이런 행동을 어떻게 보았나요?

> - 장 발장 자신도 결정하기 어려웠을 것 같아요. 샹 마티유 한 사람

만 놔두면 장 발장은 시장이니까 다른 어려운 사람들을 도와줄
수도 있었을 텐데요. 근데 그렇다고 하더라도 자기 때문에 샹이
감옥살이를 하게 둘 수는 없으니까요.

- 장 발장이 솔직하게 알리지 않고 살아간다면 결국에는 자신의 삶
은 그에게 피해를 준 것밖에 없구나라고 생각하게 될 것 같아요.

- 말하지 않으면 존경받고 풍요롭게 살았을 거예요. 하지만 샹은
억울함과 비난에 시달렸을 거고요. 장 발장이 행복한 시간을 보
낼 때 샹이 그렇게 산다면, 장 발장이 선행을 한다고 해도 진짜
선행일까 의문이 생겨요.

- 자신을 밝히지 않으면 장 발장 자신도 마음속으로 계속 불편할
것 같아요. 솔직하게 밝히면 안타까움도 씻어내고 마음도 시원해
질 것 같아요.

만약 현실에서 장 발장과 같은 상황에 놓이게 된다면 어떻게 할
까? 아이들은 '진실'이라는 가치를 중심에 두고 의견을 나눴다. 당
장의 처벌이 두려워 고백하지 못하더라도 살아가는 내내 마음의 불
편함은 지우기 힘들 것이라는 생각에 도착했다. 가치 기준은 예측
불가능하고 급변하는 사회를 살아가는 아이들에게 구심점이 된다.
삶을 의미 있게 만들어가는 동력이다. 『장 발장』의 경우 진실을 밝
힐 수 있는 용기는 부끄럽지 않은 삶을 가능하게 한다. 중심에 두는

가치는 저마다 다르다. 다양한 가치들을 발견하고 체화하는 일이야
말로 아이들에게 가장 필요한 교육인지도 모른다. 책에 제시된 다
양한 가치의 지점을 찾아 질문을 던져보자. 진정으로 중요한 것이
무엇인지 생각해보는 시간은 아이들을 더욱 단단하게 만들어준다.

○ 사회와 정의에 대해 살펴보기

　사람은 태어나면서부터 타인과의 관계 속에 자리하고 성장해가
며 점점 더 큰 사회를 만나게 된다. 작게는 학교에서부터 시작해 직
장, 국가에 이르기까지 공동체 안에서 살아간다. 가치관과 입장이
각기 다른 이들과의 건강한 관계 맺기는 안락한 삶의 기본 요소다.
구성원 개개인의 합리적인 사고와 상호 존중의 태도가 어우러질
때 사회는 보다 살기 좋은 곳이 된다. 정의, 공동선과 같은 사회적
미덕은 저절로 생겨나는 것이 아니다. 옳고 그름에 대한 현명한 판
단, 부당함에 대한 용기 있는 비판이 정의로운 사회를 만든다. 성숙
한 시민으로서의 역할을 배울 수 있는 기회 또한 질문에서 찾을 수
있다.

　정치적 대립을 우화하여 흥미롭게 묘사한 조지 오웰의 『동물 농
장』(푸른숲주니어, 2011)은 정의와 좋은 사회에 대해 깊이 생각해보
게 한다. 인간의 지배에 맞서 평등한 사회를 건설하기 위해 힘을 합

친 동물들의 이야기다. 그러나 수장들 사이에서 벌어지는 권력투쟁과 복종하는 동물들의 태도는 삶을 더욱 피폐하게 만들고 만다. 동물이 주인공이지만 인간 사회를 그대로 투영하고 있어 정의를 어떻게 실현할 수 있는지 고찰해볼 수 있는 작품이다. 아이들에게는 낯선 정치적 대립이 나타나기도 하지만 눈높이에 맞춘 질문이 있으면 논의가 가능하다.

동물들 중에서 '가장 똑똑하다고 인정받고'(p.26) 있던 돼지들은 농장을 차지한 뒤 마구간을 자신들의 본부로 사용했습니다. 밤이면 이곳에 모여 책을 펴고 대장간 일과 목공 일 등 여러 필요한 기술을 연구했습니다. 그러던 어느 날, 돼지들은 과수원 풀밭에 떨어져 있던 사과를 자신들이 먹을 것이니 '모두 주워 마구 창고에 갖다 놓으라는 명령'(p.49)을 하는데요. '돼지들은 두뇌 노동자'이므로 '우유를 마시고 사과를 먹는 것은 한마디로 여러분을 위해서'이기 때문이라고 합니다. 동물들은 '돼지들의 건강이 얼마나 중요한지 명백'해졌으므로 '더 이상 아무런 불평 없이 동의'(p.50)하는데요. 여러분은 동물들의 이런 행동을 어떻게 보았나요?

- 동물들에게 사과를 못 먹게 하는 것은 다른 동물을 차별하는 행동이에요.

- 동물들이 멍청해 보여요. 돼지들의 설명에 아무 항의 없이 동의한 부분은 아쉽기도 했어요. 동물들이 아는 게 많았으면 좋았을 텐데요.
- 동물들이 별생각 없이 그런가 보다 하고 지나가는 부분이 답답했어요. 자기 생각을 말하고 토론했으면 사과와 우유를 얻어낼 수 있었을 거예요.
- 사과를 돼지가 다 먹는다고 해도 동물들이 일을 안 하면 돼지도 못 먹을 거예요. 동물들은 이런 조건을 얘기하면서 돼지들에게 사과를 나눠달라고 요구할 수 있어요.
- 글을 못 읽는 동물이 대부분이었잖아요. 배운 적도 없고 지식을 알리려고 한 적도 없으므로 그런 상황에서는 어쩔 수 없었을 거라고 생각해요.
- 동물들이 뭔가 이상하다고 생각했으면 파업을 하든가, 권리를 주장하는 행동을 보여줬으면 좋았을 거예요.

아이들은 자신들의 언어로 부당함을 비판하고 소시민인 동물들이 해야 할 행동을 제시했다. 정치인의 올바른 태도, 민주 시민으로서의 자세를 스스로 찾아나갔다. 책 속에서 사회와 정의, 공동체 구성원의 모습을 살피고 질문해보자. 아이들 스스로 생각하고 비판하며 더 나은 방법을 찾을 기회를 주는 것이다. 그리고 실제 사회에서

일어난 유사한 일을 찾아 연결시켜보자. 도덕책의 교훈적인 이야기
보다 더 생생하게 현실적으로 문제에 접근할 수 있다. 무지한 대중
이 아닌 깨어 있는 시민으로 성장하는 아이들이 많아질 때 우리 사
회는 더 정의롭고 아름다운 곳이 된다.

비판적 사고력을 키울 수 있는 질문의 방향

질문의 방향	질문 포인트
개인의 태도와 행동 객관적으로 보기	· 책 속 인물들의 태도와 행동 살펴보기 · 인물의 입장에도 서보고 주변인의 시선으로도 생각해보기
가치 판단의 기준 찾기	· 진실, 사랑, 용기, 공동체, 배려, 나눔, 행복, 양심, 존엄, 인류애, 생명, 책임과 의무 등 가치를 고민해볼 수 있는 지점 포착하기 · 찾아낸 가치에 대한 생각 나누기
사회와 정의 살펴보기	· 사회 현상을 비추는 장면 찾아보기 · 실제로 일어난 일들과 연결시켜보기

창의성을
키워주는
질문하기

4차 산업혁명 시대, 아이들은 창의성을 요구받는다. 사람의 일이 인공지능으로 넘어가고 있는 현상은 패스트푸드점의 키오스크 주문 시스템만 봐도 쉽게 알 수 있다. 깊은 사고가 필요하지 않은 단순한 업무를 저비용 고효율의 기계가 대신하는 추세다. 아이들이 익혀야 할 것은 인간만이 할 수 있는 창의적 사고 방법이다. 세계 3대 미래학자 중 하나인 리처드 왓슨은 『인공지능 시대가 두려운 사람들에게』(원더박스, 2017)에서 "우리는 사람들이 끊임없이 질문하고, 답이 없는 문제를 고민하고, 창의적으로 사고하고, 다른 사람과 공감하면서 행동하도록 가르쳐야 한다. 우리는 고도로 추상적인 논리력, 수평적 사고, 대인 기술을 가르쳐야 한다"라고 조언한다.

그가 제시한 첫 번째 방법은 '질문'이다. 좋은 질문은 생각의 물꼬를 트고 물줄기를 사고의 구석구석까지 전달하는 역할을 한다. 질문은 생각의 흐름을 유연하게 하고 창의성이라는 목적지에 도달하게 하는 전도체다. 아이들의 내면에는 가능성의 씨앗이 끊임없이 움트고 있다.

○ 가상의 공간에서 상상력 펼치기

책으로 상상력을 자극하는 가장 쉬운 방법은 무엇일까? 현실에서 불가능한 내가 되어보기. 어른들도 가끔 이런 상상을 하며 짜릿함을 느끼지 않는가. "내가 만약 주인공의 입장이라면 어떻게 할까?"와 같은 질문은 책 속으로 들어가 인물들의 상황을 간접적으로 경험하게 한다. 등장인물이 되어보는 것은 아이들에게 책 읽기의 특별한 즐거움이 될 수 있다. 현실과는 완전히 다른 시공간에서 어떤 제약도 없이 무엇이든 마음껏 해보기. 상상의 가지들이 뻗어나가는 순간이다. 물론 책이 아니더라도 어떤 상황을 가정하고 공상의 나래를 펼 수 있다. 그러나 창의적 사고에까지 이르기에는 한계가 있다. 책을 통한 질문은 공상이나 몽상과는 다르다. 책에는 맥락이 있고 특정 상황이 제시되므로 사고와 논리를 더한 창의적 생각을 유도할 수 있다.

초등학교 1~2학년 아이들이 즐겨 읽는 『종이 봉지 공주』(로버트 먼치, 비룡소, 1998)의 경우를 보자. 성을 부수고 옷가지를 몽땅 태워 버린 뒤, 결혼을 약속한 왕자까지 잡아간 용을 찾아 나선 공주의 당당하고 현명한 태도가 인상적인 작품이다. 아이들은 종이 봉지 하나만 걸치고 용의 성으로 가서 몇 개의 질문만으로 용을 쓰러뜨린 공주의 현명함을 칭찬하고는 한다. 이 상황을 이용하여 자신이 공주라면 어떤 질문을 할지 물어볼 수 있다.

어느 날, '무서운 용 한 마리'가 나타나 '공주의 성을 부수고, 뜨거운 불길을 내뿜어 공주의 옷을 몽땅 태워 버'렸습니다. 용이 로널드 왕자를 잡아가자 공주는 '종이 봉지를 주워 입고 용을 찾아 나섰'습니다. 용은 공주에게 "난 지금 몹시 바빠. 그러니까 내일 다시 와"라고 말하며 문을 쾅 닫았는데요. 공주는 '문고리를 잡고 다시 문을 쿵쿵 두드'리며 "잠깐만! 네가 이 세상에서 가장 머리가 좋고, 가장 용감한 용이라던데, 정말이니?"라고 묻습니다. 여러분이 공주라면 용에게 어떤 질문을 하고 싶나요?

아이들의 대답이 상상이 되는가? 초등 1~2학년과 함께한 토론에서 기발한 생각들이 쏟아져 나왔다.

- 용아, 문 사이에 있어주면 안 될까?라고 물어볼 거예요. 용이 문 사이에 있을 때 문을 쾅 닫아서 용을 쓰러뜨리려고요.
- 용이 도넛이 되면 먹어버리게 도넛으로도 변신할 수 있어?라고 물을래요.
- 전 용한테 재주넘기를 해보라고 할 거예요. 용이 밖에 나와서 재주를 넘는 동안 저는 안에 들어가서 문을 잠글 거예요. 그리고 왕자랑 탈출하려고요.
- 용에게 불을 만들게 하고 불 사이를 지나가보라고 할 거예요. 용에게 불이 붙으면 성 방향으로 가게 만들어서 성도 불태우게 만들 거예요.

마치 눈앞에 용이라도 나타난 양 진지하게 질문을 던져보는 아이들. 독서의 즐거움은 이런 데 있을 터다. 경험해보지 못한 세계에서 마음껏 다른 누군가가 되어보는 것. 그 재미를 아는 아이들이 또 다른 책을 집어 드는 일은 당연한 수순이 아닐까. 다소 엉뚱해 보이기도 하는 생각에서 세상에 대한 관심과 호기심도 엿볼 수 있다. 현실에서 불가능한 가상의 공간을 만들고 그 안에서 어떤 상상이든 해보는 경험은 창의력을 키우는 밑거름이 된다. 주인공이 된 아이들은 부모의 간섭이나 교사의 훈계에서 벗어나 주도적으로 상황을 이끌어가는 뿌듯함을 느끼기도 한다. 문제를 스스로 해결해가는 방법을 자연스럽게 터득할 수도 있다.

○ 상징과 은유를 활용한 질문 만들기

　심리학자 브루노 베텔하임은 『옛이야기의 매력』(시공주니어, 1998)에서 옛이야기가 세계 속에서 스스로를 이해하는 것과 어떤 관련이 있는지 설명한다. 그에 따르면 영국의 대표 작가 찰스 디킨스는 '옛이야기 속의 매력적인 인물과 사건 들이 자신의 창조적 재능에 결정적인 영향을 미쳤음을 기꺼이 인정'했다고 한다. 문학은 작가적 상상력의 결정체인 동시에 세계를 비추는 거울이다. 소설이나 그림책에는 많은 상징과 은유가 들어 있다. 상상의 범위가 보다 넓은 그림책에서는 현실에서 불가능한 상황을 더욱 많이 만날 수 있다. 아이들은 이야기에 사용된 상징과 은유를 해석해가는 동안 허구와 현실의 연결점을 찾는다. 책 속에 머무르던 생각이 점차 확장되어 창조적 사고로까지 향하게 된다.

　칼데콧 아너상을 받은 레오 리오니의 그림책 『프레드릭』(시공주니어, 2013)의 경우를 보자. 주인공인 들쥐 '프레드릭'은 가족이 겨울을 나기 위해 옥수수와 짚을 모으는 동안 가만히 앉아 자신만의 양식을 모은다. 그가 모은 것은 햇살과 색깔 그리고 이야기다. 가족들이 모아두었던 음식이 겨우내 모두 동나자 프레드릭은 자신의 양식으로 시를 만들어 들려준다. '햇살과 색깔, 이야기'를 소재로 가족들의 마음을 따뜻하게 만들어준 프레드릭. 아이들은 '햇살과 색깔, 이야기'라는 상징을 어떻게 생각했을까?

들쥐들이 겨울을 준비하기 위해 '옥수수와 나무 열매와 밀과 짚을' 모으는 동안 프레드릭은 '햇살', '색깔', '이야기'를 모았습니다. 겨울이 되어 '짚도 다 떨어져 버렸고, 옥수수 역시 아스라한 추억이 되어 버'리자 들쥐들은 프레드릭에게 "네 양식들은 어떻게 되었니, 프레드릭?"이라고 묻는데요. 프레드릭은 커다란 돌 위로 기어 올라가 자신이 모은 것을 공개합니다. 여러분이 프레드릭이라면 셋 중 무엇을 더 많이 모았을까요?

- 전 햇빛을 모을래요. 햇빛을 모아두었다가 꺼내면 따뜻해질 것 같아요. 그런 따뜻한 사람이 되고 싶어요.
- 색깔을 모으고 싶어요. 알록달록한 색깔을 보면 기분이 좋아지고 힘이 나거든요. 다른 가족들도 저랑 같은 기분이 들었으면 좋겠어요.
- 겨울은 마지막 계절이니까 봄부터 겨울까지 어땠는지에 대한 이야기를 모을래요.

그림책 속 햇빛과 색깔, 이야기는 여러 의미로 해석될 수 있다. 아이들은 이 세 가지를 순수하게 그대로 받아들이기도 하고, 이들을 활용하여 자신만의 이야기를 만들려는 시도를 하기도 했다. 정답 맞추기식 문제가 아닌, 오답이 없는 질문은 아이들의 상상을 생각지 못했던 곳까지 데려간다. 만약 '프레드릭이 말하는 햇빛, 색깔, 이야기가 무엇을 뜻할까요?'라는 질문을 했다면 아이들에게서는 어떤 대답이 나왔을까? 정답지가 요구하는 답을 찾기 위해 생각은 좁은 울타리 안에서 맴돌고 말았을지 모른다. 아이들의 내면을 살피고 자신의 이야기로 만들 수 있는 질문에서부터 아이들의 서사는 시작된다.

○ 주제를 이끌어내는 질문과 뒷이야기 만들기

아이들과 토론을 하다 보면 열린 결말을 아쉬워하는 경우도 만나게 된다. "그리고 행복하게 살았습니다"라고 마무리하는 이야기에 익숙해진 아이들이라면 더더욱 선명한 결말을 원한다. 명쾌하지만 상상의 여지를 주지 않는 끝맺음이다. 열린 결말을 제공하는 책이라도 아이들은 주제와 연결되지 않은, 논리 없는 공상을 이어가기도 한다. 창의성은 맥락 없는 엉뚱함과 다르다. 그것은 정확한 정보와 깊은 사고의 결합물로써 새로운 차원으로의 도약이다. 마음껏 상상하되 논리적 흐름을 이어가 이야기를 만들 수 있도록 질문으로 유도해보자.

프랑스 작가인 타이 마르크 르탄의 『알몸으로 학교 간 날』(아름다운사람들, 2009)은 차이와 배려에 대해 진지하게 생각하게 하면서도 재미있는 상상이 가능한 그림책이다. 책은 학교생활을 소재로 하여 당황스런 상황에 놓인 주인공의 모습을 그린다. 주인공 '피에르'는 늦잠을 잔 어느 날 알몸에 빨간 장화만 신고 학교에 가게 된다. 친구들과 선생님은 그런 피에르를 평상시와 비슷하게 대하지만 피에르는 편치 않다. 피에르는 오전 수업 후 친구들이 빨간 장화 이야기를 할까 봐 덤불 뒤에 숨었다가 자신과 같은 차림의 옆 반 아이 '마리'를 만난다. 교실로 돌아온 피에르는 자신 있게 노래를 부르고 감탄하며 손뼉 치는 아이들에게 자랑스럽게 인사한다.

이 책을 읽은 많은 아이들은 피에르의 발가벗은 모습을 인상적이면서도 재미있는 장면으로 기억한다. 때로는 자신이 주인공인 것처럼 부끄러움을 느끼기도 한다. 책을 한 번 읽고 그냥 덮어버렸다면 '옷을 벗었는데도 어떻게 저렇게 자랑스러워할 수 있지?'라는 의구심만 남기고 말 수도 있다. 이럴 때 의문을 해소할 수 있는 징검다리 질문을 제시하고 이후의 이야기를 상상해볼 기회를 줘보자.

피에르는 쉬는 시간에 '친구들이 또 빨간 장화 이야기를 할까 봐' 혼자 큰 덤불 뒤에 숨었습니다. 그는 '나뭇잎을 따서 몸을 가려야겠다는 생각'이 들어 '풀줄기'를 찾고 있었는데요. 그때 자기처럼 '알몸'인 여자아이 마리를 만나 '각자 나뭇잎을 붙'이고 서로에게 "고마워"라고 말하며 웃었습니다. 교실로 돌아온 피에르는 '자신 있게 손을 들'고 '교단 위로 올라가 노래를 불렀'는데요. 피에르에게 '감탄'하며 '손뼉'을 치는 아이들에게 '아주 자랑스럽게' 인사를 합니다. 여러분은 피에르의 이런 행동을 어떻게 보았나요?

- 마리도 알몸이어서 피에르가 교단 위에서 노래할 용기를 얻은 것 같아요.
- 마리는 옆 반 친구인데 마리도 자기 혼자 알몸인 게 부끄러워서 풀숲으로 들어간 것 같아요
- 피에르가 마리를 보고 자신감이 생긴 것처럼 마리도 그랬을 것 같아요.
- 피에르가 마리를 만났을 때 '알몸인 게 나 혼자가 아니라 다행이야'라고 생각해서 더 자랑스럽게 노래한 것 같아요.

아이들은 알몸에 장화만 신은 마리를 만나는 장면을 통해 마치 자신이 옷을 벗고 있는 듯 움츠러들었던 마음까지 녹이고 있었다. 비슷한 처지의 다른 이를 통해 위안과 용기를 얻는 주인공의 심정에 다가간다. 이렇게 작품의 핵심을 찾아낸 아이들에게 이야기를

이어 쓰게 한다면 그저 엉뚱한 생각이 아닌, 논리와 창의성이 교차하는 글이 탄생할 수 있다. 3학년 민서는 이런 과정을 거쳐 한 편의 재미있는 이야기를 만들었다.

다음 날, 친구들과 선생님이 모두 알몸으로 학교에 왔어요. 물론 피에르도 알몸으로 왔지요. 그래서 피에르는 더 이상 부끄럽지 않았죠. 체육 시간에도 알몸으로 자유롭게 뛰고 학교수업도 빼먹지 않고 다 마쳤죠. 친구들은 피에르처럼 장화도 신었지요. 초록, 노랑, 분홍, 빨강, 파랑, 검정, 주황처럼 알록달록 여러 색의 장화를 신었죠. 피에르는 마리와 꼬박꼬박 만나기도 했어요. 그리고 피에르의 알몸 장화는 유명한 패션이 되었답니다.

작품의 흐름을 이어가는 동시에 주제를 명확히 짚으며 상상의 나래까지 활짝 펼친 글이다. 책의 주제를 스스로 발견해내고 마음껏 상상할 수 있는 자유를 주는 일이야말로 창의성 키우기의 지름길이 아닐까.

창의성을 기를 수 있는 질문의 방향

질문의 방향	질문 포인트
가상의 공간에서 상상 펼치기	· 특정 상황에서 다양한 문제 해결 방법 도출하기 · 맥락과 논리를 고려한 창의 활동하기
상징과 은유를 활용한 질문 만들기	· 허구의 이야기 속에서 실제 세상을 발견하며 통찰력 기르기 · 책 속에 숨겨진 의미를 자신과 연결시키는 과정에서 상상의 폭 확장하기
주제를 이끌어내는 질문과 뒷이야기 만들기	· 주제를 중심으로 하는 논리적 상상 펼치기 · 이야기 창작을 통한 창의성 개발하기

치유와 해소의
질문 공동체

"엄마는 왜 내 마음을 조정하려고 해요?" 초등학교 1학년 아이가 이런 질문을 한다면 부모는 어떤 생각이 들까? 아마 가슴이 서늘해질 것이다. 자아가 움트며 자신도 몰랐던 감정과 의지가 형체를 드러내는 초등 시기, 아이들은 자신의 생각을 지지하고 공감해주는 어른이 없다는 걸 느끼면서 서서히 마음을 닫는다. 부모나 교사는 사춘기가 조금 빠르게 왔나 보다며 소통의 곤란함을 실감하곤 한다. 그럼에도 종종 보이는 천진한 모습에서 아이의 마음속으로 들어갈 틈을 발견하고는 대화를 시도한다. 그러나 마음의 문지기는 아주 예민해서 직설적인 질문에는 "몰라요", "그냥요"와 같은 무뚝뚝한 답을 줄 뿐이고 훈계조의 말에는 방패부터 들이민다. 청소년기를 거치며 쌓아 올린 자아의 성벽 안에서 좀처럼 나오려 하지 않는 아이, 그 바깥에서 기다리는 부모와 교사 모두 답답하고 안타깝기는 마찬가지다.

이럴 때 소통의 창구가 되어줄 수 있는 유용한 매개체가 바로 책을 통한 질문이다.

○ 질문, 비밀을 털어놓게 만드는 묘약

질문은 말하기 어려웠던 비밀이나 불편한 감정을 표현하는 해소의 창구가 될 수도 있다. 책 속 인물의 입을 빌려 자신의 이야기를 할 수 있는 좋은 기회다. 인물이 처한 입장을 면밀히 들여다보는 동안 그들을 더 깊이 이해하며 공감하고 때로는 책 속에서 위안을 찾기도 한다.

창작동화 『빨강 연필』(신수현, 비룡소, 2011)은 자신의 생각과 상관없이 저절로 글을 멋지게 써내는 '빨강 연필'을 갖게 된 주인공 '민호'의 이야기다. 빨강 연필이 써나가는 거짓 이야기로 글짓기 대회에서 금상을 타고 전국 백일장까지 나가게 되지만 민호는 자신이 쓴 글이 아니라는 사실에 괴로워한다. 자신만이 알고 있는 빨강 연필의 비밀을 누군가에게 털어놓고 싶어 갈등하는 상황을 아이들에게 가져와보았다.

민호는 자기 실력 대신 '빨간 연필의 위력'으로 글쓰기를 잘 하게 되었습니다. 그는 예선을 통과한 후 전국 어린이 글짓기 대회인 '동그라미 백일장에 나가고 싶어' 합니다. 반면 '두려운 마음'도 들면서 '빨간 연필에 대해 누군가에게 말해야 할지 고민'(p.127)하는데요. 여러분이 민호라면 누구에게 털어놓고 싶을까요?

언제나 자기편에 서주는 친구, 자신을 믿으라는 여자친구, 다정한 엄마, 호의적인 선생님 중 아이들의 표를 가장 많이 얻은 인물은 바로 친구였다. 사실을 털어놓으면 여자친구에게는 무시당할 것 같고 엄마와 선생님은 자신에게 실망할 듯해 친구를 택했다는 아이들이 많았다. 아이를 많이 사랑하지만 기대도 큰 엄마에 대한 아이들의 속마음을 엿볼 수 있다. 물론 아이들은 친구를 선택함에도 망설였다. 주인공 민호의 경우 친구가 빨강 연필의 존재 자체를 믿지 않을 수 있어 비밀을 털어놓아도 마음의 불편함은 덜어지지 못할 거라는 판단 때문이다. 또 친구는 언제든 헤어질 수 있는 관계이므로 비밀을 얘기하기가 불안하다는 아이들도 있었다.

아이들은 자신만의 비밀, 불안과 갈등을 누군가와 나누지 못하고 혼자서 속앓이를 하고는 한다. 누구에게도 편안하게 생각과 감정을 표출하지 못하는 아이들. 속마음을 들키지 않으면서도 자연스럽게 내비칠 수 있도록 유도하는 질문은 아이들에게 친구나 선생님, 부모보다도 더 반가운 존재가 될 수 있다. 조언과 충고를 해주고픈 마음은 잠시 접어두고 귀 기울여 들어주자. 책을 통한 질문, 경청과 공감은 가장 훌륭한 치유제다.

○ 마음의 문을 여는 질문

그림책부터 창작동화, 고전 등 많은 책으로 아이들과 토론을 해봤지만 대다수가 별점 5점을 준 책을 만나기란 쉽지 않다. 아이들에게 높은 평가를 받는 작품의 공통점이 있다면 자신의 마음을 발견할 수 있고 불편하고 의아했던 지점을 건드려준다는 것. 생텍쥐페리의 『어린 왕자』(열린책들, 2015)도 그런 책 중 하나였다. 토론을 함께한 아이들 10명 중 9명이 만점을 준 작품. 고정관념의 틀 안에서 자신의 그림을 평가하는 어른들로 인해 꿈을 포기하게 되는 화자의 이야기는 도입부부터 아이들의 공감을 이끌어냈다.

화자는 여섯 살 적에 보아뱀 한 마리가 맹수를 삼키고 있는 그림을 본 후 첫 그림을 그립니다. 그림은 속이 보이지 않는 '코끼리를 소화시키고 있는 보아뱀'이었죠. 그는 자신의 '걸작'을 어른들에게 보여주며 '내 그림이 무섭지 않느냐'고 물어봅니다. 그러나 어른들은 '아니, 모자가 왜 무서워?'라고 답하고 화자는 다시 속이 보이는 보아뱀 그림을 그려 보이는데요. 이번에는 '속이 보이는 보아뱀이나 안 보이는 보아뱀의 그림 따위는 집어치우고, 차라리 지리나 역사, 산수, 문법에 재미를 붙여 보라'는 충고를 듣고 '화가라는 직업을 포기'(p.8)합니다. 여러분은 화자의 이런 모습을 어떻게 보았나요?

질문에 아이들은 어른들을 향한 불만을 드러냈다. 4학년 인준이는 "어른들이 좀 더 주의 깊게 생각하고 말한 다음에 화자에게 그림을 어떻게 그릴지 충고해주는 게 더 좋았을 것 같아요"라며 아이의 상상력을 무시하는 어른들의 모습을 안타까워했다. 친구 민성이는 "아이의 꿈을 생각하고 말하지, 어른들이 너무 생각 없어 보였어요"라며 어른들에게 답답함을 표했다. 화자의 심정을 살펴보던 세림이는 "자기가 깊이 생각해서 그려낸 그림을 어른들이 쉽게 판단해버리고 다른 공부나 하라고 충고까지 하니까 화자가 얼마나 실망스럽고 슬펐을까요"라며 자신의 마음을 이야기하듯 발언을 이어갔다. 귀 기울여 듣고 있던 희찬이는 "이상한 그림을 그려도 성공할 수 있어요. 아이에게도 자유를 줘야지, 어른 마음대로 조종하는 건 아닌 것 같아요"라는 말로 어른들의 태도를 비판했다. 해진이는 "못 그리게 할 거면 그림이라는 건 왜 있는 건지 모르겠어요. 아이가 하고 싶은 일을 지지해주고 믿어주는 어른이 있다면 더 즐겁게 열심히 할 수 있을 텐데 말이에요"라며 분노의 기색을 보이기도 했다.

만들어놓은 세상에 맞추어가기를 바라는 책 속 어른들의 모습은 자신들의 부모와 선생님을 겹쳐 보이게 했다. 화자에게서는 자신과 친구들의 마음을 읽었다. 어른들을 향해 외쳐봐야 결국 같은 답을 듣게 되리라는 것을 알기에 침묵했던 아이들은 같은 마음을 가진 친구들의 얘기를 들으며 용기를 얻기도 했다. 이처럼 닫혀 있는 마음을 무장해제시킬 열쇠가 되는 지점을 책 속에서 찾아보자. 질문은 건강한 정신을 지켜줌과 동시에 책에 대한 애착까지도 강화시킨다.

○ 분노를 해소하는 독서 토론

세심한 질문을 해도 예민한 아이들은 자신의 마음을 내비치지 않는 경우가 있다. 대화의 상대가 이미 자신을 잘 알고 있는 이들이라면 자기 검열은 더더욱 강화된다. 아이들에게는 "임금님 귀는 당나귀 귀!"라고 외칠 수 있는 숲이 필요하다. 이럴 때 또래 친구들과의 독서 토론은 가장 훌륭한 해소의 시간이 된다.

행복을 찾아가며 자신만의 주인이 되어가는 과정이 흥미롭게 담겨 있는 샬럿 브론테의 『제인 에어』(푸른숲주니어, 2006)의 토론 시간이었다. 주인공 '제인'은 위선적인 교장이 운영하는 자선학교로 보내져 힘겨운 생활을 하지만 권위에 굴하지 않고 당당하게 맞선다. 그녀에게는 위로와 용기를 주지만 순종적인 친구 '헬렌 번스'가 있다. 선생님으로부터 부당한 조치를 받고도 아무런 해명을 하지 않는 번스와 이를 안타까워하는 제인의 대조적인 태도를 들여다보았다. 아이들은 자신들의 학교생활과도 연결된 부분이라 더욱 적극적으로 토론에 나섰다.

로우드 학교에서 만난 번스는 선생님에게 손톱이 더럽고 아침에 세수를 하지 않았다는 이유로 혼나지만 '잠자코'(p.63) 있었습니다. 그 모습을 본 제인은 '왜 물이 얼어서 세수를 못했다고 말하지 않는 거지?'라고 생각합니다. 선생님은 '회초리를 번쩍 들어 번스의 목을 열두 번이나' 내려치지만 번스는 '표정 하나 변하지 않았'는데요. 제인은 번스에게 "내가 너라면 당장 회초리를 빼앗아 선생님 눈앞에서 부러뜨려 버릴 거야"라고 말하지만 번스는 "네가 견뎌내야 하는 것을 견딜 수 없다고 말하는 건 나약하고 어리석은 짓이야"(p.64)라고 답하죠. 여러분은 제인과 번스의 태도 중 어느 편에 더 가까운가요?

참고 견디며 자신을 단련하는 번스보다는 당돌하게 맞서는 제인을 택한 친구들이 조금 더 많았다. 아이들은 대체로 마음에 담아두고 힘들 때까지 있는 것보다는 그 자리에서 얘기한다고 했다. "선생님에게 조금 더 예의를 갖춰서 말했으면 좋겠어요"라는 생각을 덧붙이는 아이도 있었다. 번스 편에 선 예림이는 "무조건 참는 건 좋지 않다고 생각해요. 일단 참은 다음에 어떻게 해명할지 준비하고 논리적으로 얘기할 거예요"라며 의지를 내비쳤다. 같은 선택을 한 연수도 "그 자리에서 바로 대들 수는 없지만 견딜 수 있을 만큼 견디다 더 이상 견딜 수 없을 때는 말해야 한다고 생각해요"라고 보탰다. 토론은 곧 학교에서 겪은 비슷한 상황으로 확장되었다.

토론 때마다 진지하고 깊은 사유로 6학년답지 않은 성숙함을 보여주었던 지현이가 예상치 못했던 이야기를 꺼냈다. 지현이는 과학 시간에 리트머스지로 실험을 하는 도중 작은 실수를 했다. 선생님은 "넌 왜 그것밖에 못하니?"라며 비아냥거리듯 지현이를 나무랐다고 한다. 지현이는 자신의 실수도 인정하고 혼낸 선생님을 탓하지도 않았지만 그 방식에 대해서는 강하게 비판했다. 평소 의견을 말하기보다는 듣기를 주로 하던 성우도 비슷한 경험을 나눴다. 수업 시간에 조금 늦었는데 같이 들어온 반장에게는 별말 없이 지나가고 자신에게만 질책을 가했다는 것이 성우의 불만이었다. 성우는 선생님에게 부당함을 호소했지만 선생님은 성우의 말을 귀담아 듣지 않았다. 화가 나서 교실을 나가버릴까 생각했지만 문제가 커질 것을 우려해 그냥 참았다고 한다. 선생님에게 혼난 것도 속상한데 엄마에게 말하면 더 혼날까 봐 아무 말도 하지 못하고 그냥 지나갔다는 이야기를 하며 성우는 묻어두었던 억울함을 해소했다.

질문만으로는 수면 위로 끌어올리지 못하는 민감한 문제들, 솔직한 발언의 파장이 걱정되는 일들의 경우 독서 토론은 더욱 훌륭한 해소의 장이 된다. 책 안팎으로 이해와 공감을 보내주는 이들이 있기에 마음의 빗장을 열기 쉽다. 독서와 질문의 최종 도착지는 토론이다.

부록

독서토론
논제 만들기

어린이

『세 강도』

토미 웅게러 지음, 양희전 옮김, 시공주니어, 1995

자유 논제

- 『세 강도』는 강도들이 인정 많은 양아버지가 되는 모습을 그리고 있습니다. 사람들의 돈을 빼앗아 소굴에 보관하고 있던 강도들은 고아 티파니를 만난 후 아름다운 성을 사고 아이들을 데려와 키우는데요. 여러분은 이 책을 어떻게 읽으셨나요? 별점과 읽은 소감을 나눠봅시다.

별점	☆☆☆☆☆
읽은 소감	

- 인상 깊은 부분을 소개해주세요.

발췌1	
발췌2	

• 컴컴한 밤이 되면 강도들은 '훔칠 게 뭐 없나' 하고 이리저리 돌아다녔습니다. 어느 날 강도들이 데려온 고아 티파니는 보물이 담긴 궤짝들을 보고 "이게 다 뭐에 쓰는 거예요?"(p.28)라 묻습니다. 자기네 재산을 어디다 쓸지 '한 번도 생각해보지 않'았던 강도들은 '보물을 쓰려고'(p.30) 길을 잃은 아이, 불행한 아이, 버려진 아이들을 '닥치는 대로 데려'오는데요. 여러분은 강도들의 이런 변화를 어떻게 보았나요?

• 강도들은 '길을 잃은 아이나, 불행한 아이, 버려진 아이들을 데려와'(p.30) 모두가 '함께 살 수 있는 아름다운 성'(p.33)을 샀습니다. 아이들은 자라서 결혼할 나이가 되고 성 근처에 집을 짓고 사는데요. 마을은 점점 커졌고, 사람들은 '인정 많은 양아버지가 된 세 강도를 기리려고 뾰족 지붕이 있는 높은 탑 세 개'(p.38)를 세웁니다. 여러분은 이 장면을 어떻게 보았나요?

> 아이들은 자라서 결혼할 나이가 되었어.
> 아이들은 성 근처에 집을 지었지.
> 마을은 점점 커졌고, 온통 빨간 모자와 빨간 망토를 차려 입은 사람들로 가득 찼어.
> 사람들은 인정 많은 양아버지가 된 세 강도를 기리려고 뾰족 지붕이 있는 높은 탑 세 개를 세웠어.
> 강도 한 사람에 탑 하나씩이었지.(p.38)

● 강도들은 캄캄한 밤이 되면 '훔칠 게 뭐 없나'(p.8) 하고 이리저리 돌아다니며 '사람들을 위협해서 돈을 빼앗'(p.16)았습니다. 그들은 어느 날 밤 마차를 세웠지만 마차에는 티파니라는 고아 '딱 한 사람'만 타고 있었고 보물은 '한 점도 없'었는데요. '심술궂은 숙모네로 살러 가던 길'이었던 티파니는 강도들을 만나게 되어 '기뻤'(p.22)습니다. 강도들은 '따뜻한 망토로 티파니를 감싸서 안고'(p.24) 데려가 동굴 구석에 '티파니를 누일 푹신한 잠자리를 마련'(p.26)하는데요. 여러분이 티파니라면 강도들과 함께 살고 싶을까요?

> 지독히도 깜깜한 어느 날 밤에, 강도들은 어떤 마차를 세웠단다. 마차에는 딱 한 사람이 타고 있었어.
> 티파니라는 고아였지.
> 티파니는 심술궂은 숙모네로 살러 가던 길이었어.
> 티파니는 강도들을 만나게 되어 기뻤단다.
> 마차 안에는 티파니를 빼고는 보물이 한 점도 없었어.
> 그래서 강도들은 따뜻한 망토로 티파니를 감싸서 안고 데려갔어.
> 강도들은 동굴 구석에 티파니를 누일 푹신한 잠자리를 마련했어.
> 티파니는 거기에서 잠들었지.(p.22~26)

- 그렇다.
- 아니다.

• 세 강도는 '말 눈에 후춧가루를 뿌려'(p.12) 마차를 세우고 '도끼로 마차를 부수'(p.14)고 '나팔총으로는 사람들을 위협해서 돈을 빼앗'(p.16)았습니다. 사람들은 강도들이 '무서워서 벌벌 떨었'(p.10)는데요. 어느 날 강도들은 길 잃은 아이나, 불행한 아이, 버려진 아이들을 데려가 '모두가 함께 살 수 있는 아름다운 성'(p.33)을 샀습니다. 아이들은 '빨간 모자와 망토를 차려 입고, 새 집으로 이사'(p.34)했습니다. 성에 대한 소문이 온 나라에 퍼지며 '날마다 세 강도네 문가에는 제발로 찾아오거나, 누군가 데려다 놓은 아이들'(p.36)이 있었는데요. 여러분은 아이들을 세 강도네 집으로 데려가는 사람들의 행동에 공감하나요?

> 사람들은 강도들이 무서워서 벌벌 떨었지. 여자들은 기절했고, 용감한 남자들도 달아났어. 개들도 도망갔지.(p.10)
>
> 강도들은 자기네 보물을 쓰려고, 길을 잃은 아이나, 불행한 아이, 버려진 아이들을 닥치는 대로 데려왔어.
> 강도들은 이들 모두가 함께 살 수 있는 아름다운 성을 샀어.
> 아이들은 빨간 모자와 망토를 차려 입고, 새 집으로 이사했지.
> 성에 대한 소문이 온 나라에 퍼졌어.
> 날마다 세 강도네 문가에는 제발로 찾아오거나, 누군가 데려다 놓은 아이들이 있었지.(p.28~36)

- 공감한다.
- 공감하기 어렵다.

● 오늘의 '한마디' 또는 토론 소감을 나눠봅시다.

『홍당무』

쥘 르나르 지음, 전혜영 옮김, 푸른숲주니어, 2014

[자유 논제]

- 『홍당무』는 가족들의 구박에도 꿋꿋이 자기 삶을 찾아가려는 아이의 이야기입니다. 그의 주변에는 무관심한 아버지, 신경질적인 어머니 그리고 자신을 괴롭히는 형과 누나까지 이기적인 가족이 있는데요. 여러분은 이 책을 어떻게 읽으셨나요? 별점과 읽은 소감을 나눠봅시다.

별점	☆☆☆☆☆
읽은 소감	

- 인상 깊은 부분을 소개해주세요.

발췌1	
발췌2	

- 어느 날 엄마는 홍당무에게 버터 한 덩어리를 사 오라는 심부름을 시키지만 홍당무는 "엄마 말을 듣지 않을 거예요."(p.228)라며

거절합니다. 이 사건으로 엄마는 몸져눕고 아빠는 홍당무와 단둘이 나가 이야기를 나눕니다. 홍당무는 '엄마한테 받은 모욕을 도저히 잊을 수가 없다'(p.234)며 '제 힘으로 생활비를 벌면서 자유롭게'(p.236) 살겠다고 합니다. 그는 "최소한 저에 대한 것은 다 알아요. 아빠, 전 그걸 알려고 노력하고요"(p.237)라 말하는데요. 여러분은 홍당무의 이런 태도를 어떻게 보았나요?

> · 홍당무: 죄송해요, 아빠. 엄마나 아빠나 다른 사람들이 보기엔 별로 중요하지 않겠지만 제가 가끔 뿌루퉁해 있을 때가 있어요. 그건 저도 인정해요. 하지만 저도 정말 참을 수 없을 정도로 화가 난 적이 있어요. 제가 엄마한테 받은 모욕을 도저히 잊을 수가 없다고요.(p.234)
>
> · 홍당무: 저는 엄마랑 따로 살고 싶어요. 그러기 위해서는 어떤 방법이 가장 간단할까요?(p.235)
>
> · 홍당무: 뭐든 상관없어요. 제 힘으로 생활비를 벌면서 자유롭게 살겠어요.(p.236)
>
> · 홍당무: 최소한 저에 대한 것은 다 알아요, 아빠. 전 그걸 알려고 노력하고요.(p.237)

- 홍당무의 주변에는 다양한 성격을 가진 인물들이 있습니다. 가족으로는 "홍당무는 너무 멍청해서 머리를 제대로 쓸 줄 몰라요"(p.252)라며 구박하고 혼내기만 하는 엄마, '홍당무를 사랑하지만 제대로 신경을 쓰지 못'하는 아빠, 짓궂고 약삭빠른 누나와 형이 있죠. 가족은 아니지만 홍당무를 사랑하는 대부도 있는데요. 여러분은 이 중 누구를 가장 인상 깊게 보았나요?

· 엄마: "바람 따라 온 먼지도, 길거리에 있는 똥도 다 저 애가 만든 걸 거예요. 어찌나 지저분한지."(p.251) "홍당무는 너무 멍청해서 머리를 제대로 쓸 줄 몰라요."(p.252)

· 아빠: 홍당무를 사랑하지만 제대로 신경을 쓰지 못한다. 일에 쫓겨 늘 바쁘기 때문이다.(p.191)

· 누나와 형: 에르네스틴과 펠릭스는 장난감을 가지고 놀다가 시들해지면 홍당무에게 선선히 빌려 주었다. (…) 하지만 이때 너무 재미있게 놀아서는 안 된다. 그랬다간 형과 누나가 장난감을 도로 빼앗아 갈지도 모르니까.(p.248)

· 대부: 대부는 아무도 사랑하지 않았지만 홍당무만큼은 예외였다.(p.163)

선택 논제

● 르픽 부인은 67살의 하녀 오노린에게 '살림이 엉망이 되었'다고 합니다. 가족들에게 도움을 줄 기회를 기다리던 홍당무는 물을 데우던 솥을 몰래 가져가 오노린이 실수를 하도록 유도하는데요. 오노린은 '문밖으로 내쫓기 전까지는 이 집에서 절대 나가지 않을'(p.77) 거라고 했지만, '체념을 하고' 집을 떠나게 됩니다. 이를 본 홍당무는 '진실을 밝히지 않은 것에 양심의 가책'을 느꼈지만 '쓸모없는 정의의 칼은 조용히 칼집에 집어넣는 게 상책'(p.85)이라 생각하는데요. 여러분은 홍당무의 이런 행동에 공감하시나요?

> 홍당무는 르픽 부인이 똑똑하고 결단력 있는 사람을 곁에 두고 싶어 한다
> 는 걸 눈치챘다. 물론 자존심이 세서 겉으로 티를 내지는 않았지만 홍당무는
> 르픽 부인의 바람을 이루기 위해서는 자신이 나서야 한다고 생각했다. 물론,
> 아무도 모르게 진행되어야 했다. 어떤 격려나 보상도 바라지 않고 혼자서 은
> 밀히 행동으로 옮겨야 하는 것이었다.(p.80)
>
> 세 사람은 일단 없어진 솥을 찾기로 했다. 가장 열심히 찾는 사람은 당연히
> 홍당무였다. 르픽 부인은 별 관심도 없이 대충 찾다가 결국 가장 먼저 포기해
> 버렸다. 결국 오노린도 체념을 하고 투덜대며 집을 떠났다. 홍당무는 진실을
> 밝히지 않은 것에 양심의 가책을 느꼈지만 이내 정신을 차렸다. 쓸모없는 정
> 의의 칼은 조용히 칼집에 집어넣는 게 상책이었다.(p.85)

- 공감한다.
- 공감하기 어렵다.

• 홍당무는 풀밭에서 마틸드와 결혼놀이를 합니다. 그 장면을 본 르
픽 부인은 회초리로 쓰기 위해 가지만 남긴 나뭇가지를 손에 들
고 옵니다. 마틸드는 엉엉 울며 르픽 부인이 자신의 엄마에게 말
하면 '엄마한테 두들겨 맞을 거야'라고 하는데요. 이에 홍당무는
"그건 잘못을 고쳐 주는 거야. 맞는 게 아니라고"(p.179)라 말합
니다. 여러분은 홍당무의 이런 생각에 공감하나요?

> 마틸드는 몸을 덜덜 떨면서 마치 남편을 잃은 과부가 된 것마냥 엉엉 울기
> 시작했다. (…)

> 마틸드: 하지만 너희 엄마가 우리 엄마한테 말하면 어떡해! 그러면 나도 엄마한테 두들겨 맞을 거야.
>
> 홍당무: 그건 잘못을 고쳐 주는 거야. 맞는 게 아니라고. 선생님이 너의 방학 숙제를 고쳐 주는 것처럼 말이야. 너네 엄마도 네 잘못을 자주 고쳐 주시니?(p.179)

– 공감한다.

– 공감하기 어렵다.

• 오늘의 '한마디' 또는 토론 소감을 나눠봅시다.

청소년

『지킬 박사와 하이드 씨』

로버트 루이스 스티븐슨 지음, 강미경 옮김, 문학동네, 2009

자유 논제

● 『지킬 박사와 하이드 씨』는 도덕적이고 존경받는 지킬 박사가 잔
인하고 비도덕적인 하이드라는 인물로 변하며, 두 인물 사이를 오
가는 동안 겪는 갈등을 보여줍니다. 인간 안에 내재된 선과 악의
대립을 그리고 있는데요. 여러분은 이 책을 어떻게 읽으셨나요?
별점과 읽은 소감을 나눠봅시다.

별점	☆☆☆☆☆
읽은 소감	

● 인상 깊은 부분을 소개해주세요.

발췌1	
발췌2	

- 지킬 박사는 자신의 상황을 고백하는 장문의 글에서 "나의 가장 큰 단점은 쾌락을 밝히는 기질이었네"(p.109)라 말합니다. 그는 이런 성향을 숨기고 '세상에서 성취와 지위를 가늠하기 시작했을 무렵에는 이미 이중생활에 깊이 빠져' 있었다고 하죠. 지킬은 철저히 이중생활을 하고 있었지만 '두 가지 모습 모두 진실'했다고 합니다. 그는 "자제심을 밀쳐놓고 부끄러운 짓에 빠져들 때의 나 또한, 환한 대낮에 지식의 증진이나 슬픔과 고통의 경감에 힘쓸 때의 나처럼 나의 본 모습이었네"(p.111)라 고백하는데요. 여러분은 지킬의 이런 모습을 어떻게 보았나요?

> 하지만 나는 스스로 정해놓은 고결한 가치관의 기준으로 판단했고, 그 때마다 거의 병적인 수치감에 사로잡혀 나의 치부를 숨겼네. 나를 지금과 같이 만든 요인, 다시 말해 인간이 지니는 이중성을 갈라놓기도 하고 화해시키기도 하는 선과 악이라는 영역 사이의 골이 내 경우에 다른 사람들보다 유달리 깊이 파인 채 각기 따로 놀게 된 요인은 내게 특별히 나쁜 결점이 있어서라기보다는 오히려 내가 지향하는 목표가 가차 없이 엄격했기 때문일세.(p.110)
>
> 나는 비록 철저히 이중생활을 하고 있긴 했지만 그렇다고 위선자는 결코 아니었네. 나의 두 가지 모습 모두 진실하다는 얘길세. 자제심을 밀쳐놓고 부끄러운 짓에 빠져들 때의 나 또한, 환한 대낮에 지식의 증진이나 슬픔과 고통의 경감에 힘쓸 때의 나처럼 나의 본 모습이었네.(p.111)

- 지킬이 하이드로 변해 활동한 지 1년쯤 지난 10월의 어느 날 하이드는 댄버스 커루 경을 살해하고 죄가 세상에 알려지게 됩니다. 지

킬은 '미래의 선행으로 과거의 죄를 씻기로 마음먹'(p.130)고 '다른 사람들을 위해 많은 일'을 하며 시간을 보냅니다. 그러나 그는 '이 중성 때문에 여전히 괴로워'하며 '저열한 부분이 풀어달라고 아우성치지 시작'했음을 느끼던 이듬해 1월 다시 하이드가 되고 맙니다. 다행히 '원래의 자아 중 한 부분이 아직도 남아'(p.133) 있던 그는 지킬로 돌아갈 방법을 찾기 위해 '두려움에 쫓겨'(p.135) 걸음을 재촉하는데요. 지킬은 이 순간을 "이제 더 이상 교수대는 두렵지 않았네. 나를 괴롭히는 것은 하이드로 변하는 것에 대한 두려움이 었지"라 회상합니다. 여러분은 이런 지킬을 어떻게 보셨습니까?

나는 미래의 선행으로 과거의 죄를 씻기로 마음먹었네. 솔직히 이런 내 결심은 어느 정도 결실을 보았다고 말해도 좋네. 작년 겨울에 어려운 사람들을 돕는 일에 내가 얼마나 열심히 발 벗고 나섰는지 자네도 잘 알 걸세. (…) 하지만 나는 나의 이중성 때문에 여전히 괴로워했네. 처음엔 날카로웠던 참회의 칼날이 점차 무뎌지면서, 오랫동안 방종의 늪에 빠져 있다 아주 최근에야 사슬에 묶인 나의 저열한 부분이 풀어달라고 아우성치기 시작했네. 그래도 하이드를 되살릴 생각은 꿈에도 하지 않았네. 그것은 생각만 해도 몸서리가 쳐지는 일이었으니까.(p.130)

나는 달라져 있었네. 이제 더 이상 교수대는 두렵지 않았네. 나를 괴롭히는 것은 하이드로 변하는 것에 대한 두려움이었지. (…) 내 안에 잠들어 있는 짐승을 생각하니 여전히 혐오스럽고 두려웠네. 물론 전날의 그 끔찍한 위험도 생생하게 되살아났지. 하지만 나는 다시 내 집에 돌아와 있었고, 약도 가까이에 있었네. 위험에서 벗어난 데 대한 감사의 마음이 내 영혼 안에서 어찌나 밝게 빛나던지 희망의 빛이 무색할 정도였네.(p.136)

• 지킬은 '쾌락을 밝히는 기질'(p.109)과 '근엄한 표정을 지어 보이며 잘난 척하고 싶어 하는 오만한 욕망'을 지닌 자신에게서 '인간의 이중성'(p.111)을 인식하게 됩니다. 그는 '부조리한 반쪽'(p.112)과 '올바른 반쪽'의 두 요소를 '각기 다른 실체에 담아 분리해낼 수 있다면 인간은 참기 힘든 그 모든 고통에서 해방될 수 있을' 것이라 생각합니다. 이러한 이론을 실제 실험으로 옮기기에 앞서 어떤 약이든 '정체성의 핵심을 지배하고 뒤흔들 만큼 강력한 효능'을 지닐 경우 극히 적은 양이라도 '실체 없는 육체를 영원히 파괴할 수도 있었'기 때문에 오랫동안 망설였는데요. 그럼에도 '너무도 특이하고 심오한 발견'(p.113) 앞에서 유혹을 이기지 못하고 위험을 감수하기로 합니다. 여러분이 지킬이라면 실험을 하겠습니까?

일찍부터, 그러니까 나의 과학 연구가 비로소 성과를 거두기 시작하여 어쩌면 그런 기적 같은 일이 정말 일어날지도 모른다는 가능성에 주목하기 훨씬 이전부터 나는 공상 삼아 이 두 가지 요소를 분리하는 생각에 빠져들곤 했네. 만약 이 두 요소를 각기 다른 실체에 담아 분리해낼 수 있다면 인간은 참기 힘든 그 모든 고통에서 해방될 수 있을 듯했지. 부조리한 반쪽은 좀더 고결한 반쪽의 드높은 포부와 양심의 가책에서 벗어나 제 갈 길을 가면 될 터였고, 올바른 반쪽은 서로 완전히 다른 이 악한 본성이 저지르는 수치스러운 짓에 더 이상 괴로워할 필요 없이 기쁘게 선행을 베풀며 스스로 옳다고 생각하는 길을 흔들림 없이 착실하게 걸어가면 되지 않을까 싶었네.(p.112)

> 이 이론을 실제 실험으로 옮기기에 앞서 나는 오랫동안 망설였네. 목숨이 걸려 있는 문제였기 때문이지. 어떤 약이든 정체성의 핵심을 지배하고 뒤흔들 만큼 강력한 효능을 지닐 경우 극히 적은 양이라도 과용하거나 복용 시간을 조금만 어겨도 변신을 꾀하려는 이 실체 없는 육체를 영원히 파괴할 수도 있었네.(p.113)

- 한다.
- 안 한다.

● 지킬은 시간이 지나며 자신의 모습을 유지하기 위해 마신 약이 '아무 효력이 없'는 상태까지 갑니다. 그는 "나의 글이 지금까지 파손을 면할 수 있었던 것은 세심한 주의를 기울인 덕분이고 크나큰 운이 따랐기 때문일세"(p.139)라 밝힙니다. 이어 "지금으로부터 반시간 후 나는 또다시, 그리고 영원히 저 저주스러운 인격으로 변해 있을 걸세"라며 '두려움'을 표하는데요. 그는 "하이드가 교수대 위에서 죽을지, 아니면 마지막 순간에 스스로를 놓아줄 용기를 찾을지는 나도 알 수 없네"(p.140)라고 글을 마무리합니다. 여러분은 지킬의 결말이 어떻게 될 것이라 생각하나요?

> 시시각각 우리 둘에게 다가오고 있는 운명이 벌써 그를 변화시키기 시작했네. 지금으로부터 반시간 후 나는 또다시, 그리고 영원히 저 저주스러운 인격으로 변해 있을 걸세. 그때 나는 아마 의자에 앉아 몸을 떨며 흐느끼겠지.

아니면 극도의 긴장과 두려움에 사로잡혀 이 장(지상에서의 나의 마지막 피난처)을 끊임없이 왔다갔다 서성이며 혹시라도 무슨 소리가 나진 않는지 귀를 곤두세우겠지.

하이드가 교수대 위에서 죽을지, 아니면 마지막 순간에 스스로를 놓아줄 용기를 찾을지는 나도 알 수 없네. 하느님은 아시겠지. 어찌 되든 나는 상관 않네. 지금이 내 진정한 죽음의 시간이며, 앞으로 일어나는 일은 내가 알 바 아니므로, 이제 펜을 내려놓고 내 이 고백의 글을 봉하려 하네. 그러고 나면 저 불쌍한 헨리 지킬의 삶도 끝나겠지.(p.140)

- 교수대 위에서 죽는다.
- 스스로 놓아줄 용기를 찾는다.

• 오늘의 '한마디' 또는 토론 소감을 나눠봅시다.

『동급생』

프레드 울만 지음, 황보석 옮김, 열린책들, 2017

자유 논제

• 『동급생』은 1930년대 독일을 배경으로, 유대인 소년 한스와 독일 귀족 소년 콘라딘의 우정을 그린 소설입니다. 소설은 히틀러와 나치즘의 세력이 점점 강해지던 시대임에도 잔학한 전쟁의 모습보다는 독일 서남부 지역의 아름다운 풍경과 두 소년의 우정에 집중하는데요. 여러분은 이 소설을 어떻게 보셨나요? 별점을 주고 소감을 나눠봅시다.

별점	☆☆☆☆☆
읽은 소감	

• 인상 깊은 부분을 소개해주세요.

발췌1	
발췌2	

• 한스는 친구 콘라딘을 집으로 데려오지만 부모님에게 소개하지 않습니다. '그를 다른 누구와도 공유하고 싶지 않았'(p.90)기 때문입

니다. 몇 달 후 아버지가 갑자기 한스 방에 들어오게 됩니다. 아버지는 콘라딘에게 '구두 뒤축을 모아 딱 부딪치며 거의 차렷 자세로' 꼿꼿이 서서 오른손을 내밀고 "참으로 영광입니다, 백작님"(p.92)이라고 예의를 갖춰 인사합니다. 이어 '빛나는 명문가의 자손'을 맞게 되어 기쁘다면서 콘라딘에게 '경의'를 표하는데요. 한스는 그런 아버지를 보고 '부끄러움과 역겨움을 느끼게 될 것'(p.96)이라고 생각합니다. 여러분은 이 장면을 어떻게 보았나요?

> 나는 언제나 아버지를 존경했었다. (⋯) 아버지가 나를 사랑하고 자랑스러워하기까지도 한다는 것을 알고 있었다. 그런데 이제 아버지는 그런 이미지를 깨버렸고 내게는 그를 부끄러워해야 할 이유가 있었다. 그가 얼마나 우스꽝스럽고 얼마나 젠체하고 비굴하게 보이던지! 콘라딘이 마땅히 존경해야 했을 사람인 그가! (⋯) 아버지는 내게 다시는 전과 같은 사람이 되지 않을 터였고 나는 그의 눈을 다시 들여다볼 때마다 부끄러움과 역겨움을 느끼게 될 것이며 부끄러워하는 나 자신을 부끄러워하게 될 것이었다.(p.95~96)

- 한스와 콘라딘이 다니는 학교 카를 알렉산더 김나지움은 '인문학의 성전'으로 불리는 곳입니다. '속물들이 그들의 기술이나 정치를 도입하려 했지만 결코 성공하지 못'(p.124)했으며, 학교는 세상의 모든 발명가들과 당대의 대가들보다 호메로스 같은 시인들을 더 중요하게 여깁니다. 또한 역사 선생님은 1870년 이후로 일어난 일들에 대해서는 아무것도 가르쳐주지 않습니다. 그러던 어느 날, 폼페츠키라는 새로운 역사 선생님이 부임해 옵니다. 그는

역사의 중요성을 강조하며 '아리아인'이라는 특정 인종에 대한 찬양을 늘어놓는데요. 대부분의 아이들은 그의 말을 듣고 '모두 헛소리라는 데 동의'하지만 몇몇 아이들은 '그의 이론에 뭔가가 있다'(p.128)고 생각합니다. 여러분은 카를 알렉산더 김나지움의 역사 교육을 어떻게 보았나요?

> 우리의 역사 선생님들이 1870년 이후로 일어난 일들에 대해서는 아무것도 가르쳐 주지 않았는데 어떻게 우리가 당대의 사건들을 쫓아가기를 기대할 수 있었을까? (…) 물론, 우리들마저도 이제는 우리의 성전 밖에서 무슨 일이 일어나고 있는지 전혀 모르기만 할 수는 없었다. (…) 하지만 우리가 성전 안으로 들어가기만 하면 시간이 조용히 멎었고 전통이 다시 자리를 잡았다.
>
> 9월 중순에 새로운 역사 선생님인 폼페츠키 씨가 부임해 왔다. (…) 「제군」 그가 강의를 시작했다. (…) 기원전 1800년경에 어떤 아리아인 부족, 도리아인들이 그리스에 나타났다. 그때까지 그리스는, 가난한 산악 지대인 그곳은 열등한 종족이 살고 있었으며 잠들어 있고 무능한, 과거도 없고 미래도 없는 야만인들의 고향이었다. 그러나 아리아인이 도래하자 곧 상황은 완전히 바뀌어 마침내는 제군 모두가 알고 있듯이 그리스는 인류 역사상 가장 찬란한 문명을 꽃피우게 되었다. (…) 가장 위대한 두 문명이 아리아인의 도래 직후에 탄생했다는 것이 우연의 일치일 수 있을까?(p.124~127)

선택 논제

- 한스는 오페라 공연장에서 호엔펠스 가족을 보게 됩니다. 한스는 첫 번째 막이 끝나자 밖으로 나가 콘라딘을 기다리지만, 그는 한

스를 보고도 미소만 지을 뿐 그냥 지나치고 맙니다. 다음 날 "어제 왜 나를 모른 척했어?"(p.114)라는 한스의 질문에, 콘라딘은 말을 더듬으며 대답을 회피합니다. 한스가 재차 묻자, 콘라딘은 어머니가 유대인을 혐오해서 인사시킬 수 없었다고 고백합니다. "어젯밤에 너한테 말을 걸지 못했던 건 네 마음을 상하게 하고 싶지 않아서였다"면서 "너는 나를 비난할 권리가 없어, 그 어떤 권리도 없어"(p.119)라고도 하는데요. 여러분은 콘라딘의 이런 생각에 공감하나요?

> "네가 진실을 원한다고 했으니 이제 알려 주지. (⋯) 나는 너를 인사시킬 수가 없었어. 그 이유는, 모든 신들에게 맹세하건대, 부끄러운 것하고는 아무 상관도 없고-그 점을 너는 잘못 알고 있어-훨씬 더 단순하고 더 불쾌한 거야. (⋯) 어머니는 유대인을 혐오해. 유대인을 한 사람도 만나 본 적이 없으면서도 그들을 두려워해. (⋯) 어머니는 너를 경계하고 있어. 유대인 네가 자기 아들을 친구로 삼았다는 이유로. 그리고 내가 너와 함께 있는 게 남들 눈에 띄는 걸 호엔펠스 가문의 오점이라고 생각해. (⋯) 그리고 네가 진실을 모두 다 알고 싶어 한다면 말인데, 나는 너하고 같이 보내는 한 시간 한 시간에 대해 싸워야 했어. 그리고 무엇보다도 최악인 건 내가 어젯밤에 너한테 말을 걸지 못했던 건 네 마음을 상하게 하고 싶지 않아서였다는 거야. 아니, 너는 나를 비난할 권리가 없어, 그 어떤 권리도 없어, 분명히 얘기하지만.(p.117~119)

- 공감한다.
- 공감하기 어렵다.

- 독일에서 미국으로 건너온 한스는 법학을 공부하고 변호사가 됩니다. 그곳에서 그는 가정을 꾸리고 변호사로서 '썩 나쁘지는 않게 업무를 수행'했다고 말합니다. 사람들도 "인생에서 성공했다는 데 대체로 동의하곤 했다"고 하는데요. 하지만 한스는 '정말로 하고 싶었던 일' 즉 "훌륭한 책 한 권과 한 편의 좋은 시를 쓰는 일은 결코 하지 못했다"고 고백합니다. 이어 "마음속 깊은 곳에서 나는 나 자신을 실패자로 본다"(p.142)고 하는데요. 여러분은 한스의 이런 생각에 공감하나요?

> 피상적으로는 그들이 옳다. 나는 <모든 것>을 가졌으니까. 센트럴 파크가 내려다보이는 아파트, 자동차들, 시골에 있는 별장, 서너 곳의 유대인 클럽 및 기타 등등의 회원. 하지만 나는 더 잘 알고 있다. 내가 정말로 하고 싶었던 일, 그러니까 훌륭한 책 한 권과 한 편의 좋은 시를 쓰는 일은 결코 하지 못했다는 것. 처음엔 돈이 없었기 때문에 용기를 내지 못했고 돈이 있는 지금은 자신감이 없기 때문에 용기를 내지 못한다. 그런 이유로, 마음속 깊은 곳에서 나는 나 자신을 실패자로 본다.(p.142)

- 공감한다.
- 공감하기 어렵다.

- 오늘의 '한마디' 또는 토론 소감을 나눠봅시다.

『왜 자본주의가 문제일까?』

김세연 지음, 반니, 2017

자유 논제

- 『왜 자본주의가 문제일까?』는 자본주의를 다각도로 살펴보면서 그로 인해 발생한 여러 문제들을 짚어봅니다. 자본주의를 어떻게 바라보고 미래를 준비해나가야 하는가에 대한 질문인데요. 여러분은 이 책을 어떻게 읽으셨나요? 별점과 읽은 소감을 나눠봅시다.

별점	☆☆☆☆☆
읽은 소감	

- 인상 깊은 부분을 소개해주세요.

발췌1	
발췌2	

- 저자는 "인간은 원래 돈보다 중요하게 생각하는 것들을 많이 갖고 있다"(p.137)고 말합니다. 그러나 '자신의 노동력을 팔아서 얻은 돈을 이용'해서 살아야 하는 과정이 반복되면서 사람들의 생각이 조금씩 변화했다고 하죠. 자본주의가 고도화되며 점차 '돈을 위해서라면 뭐든지 할 수 있다는 사람들이 많아졌다'는 것인데요. 자연스럽게 '돈이 안 되는 것들은 모두 불필요한 것'이 되어버리는 현상이 '점점 강해지고 있다'(p.139)고 설명합니다. 여러분은 이런 현상을 어떻게 보셨나요?

> 인간은 원래 돈보다 중요하게 생각하는 것들을 많이 갖고 있다.
>
> 그런데 자본주의는 사람들에게 돈이 가장 중요하다고 이야기한다. 인간이 이 지구에서 생존하려면 집도 있어야 하고 옷도 있어야 한다. 자본주의에서 그런 것들은 모두 분업의 원리에 의하여 나 이외의 다른 사람들이 생산한다. 원시시대처럼 스스로 직접 집을 짓거나 옷을 만들지 않는다. 대신 사람들은 그런 상품을 사기 위해 노동력을 판다. 자신의 노동력을 자본가라는 사람들에게 팔아서 임금을 얻을 뿐이다.(p.137)
>
> 돈을 위해서라면 뭐든지 할 수 있다는 사람들이 많아졌다. 그 말은 돈이 안 되는 것이라면 어떤 것도 할 필요가 없다는 뜻이기도 하다. 자연스럽게 돈이 안 되는 것들은 모두 불필요한 것이 된다. 경제적으로 힘들면 애인을 버리고 자식을 버리고 부모도 버린다. 모두 자본주의가 고도화되면서 나타나는 현상이다. 그리고 그런 현상은 점점 강해지고 있다. 자본주의는 분명 인류를 평화롭게 만들었다. 하지만 우리를 더욱 슬프게 만들기도 하였다.(p.139)

• 저자는 자본주의와 학교의 관계 안에서 학생들의 꿈에 대해 언급합니다. 그는 '학생들은 자신의 꿈이 무엇인지 질문 받'(p.165)고 '한시라도 빨리 꿈을 이루기 위해 노력하라고 강요'당한다고 하는데요. 이어 "자본주의에 존재하지 않는 직업을 선택하려고 하면, 그것은 그 자체로 사회에 적응하지 못하는 사람이라는 낙인이 찍히게 된다"고 덧붙입니다. 저자는 아이들이 갖는 꿈에 대해 '모두 직업의 이름'(p.166)이라며 안타까움을 표하기도 하는데요. 여러분은 이 부분을 어떻게 보셨나요?

> 사실 아이들이 갖는 꿈은 모두 직업의 이름이다. 과학자, 의사, 판사, 화가, 운동선수 등 직업 아닌 것이 없다. 이런 꿈의 강요는 초등학생 때부터 시작되는데, 이로 인해 학생들은 자본주의에 필요한 직업을 갖기 위해 노력한다. 만약 직업이 아닌 꿈을 가지면 선생님과 부모님은 심각한 얼굴로 어떤 말을 해주어야 할지 고민하면서 난감한 표정을 짓는다. 이 표정에서 느껴지는 두려움 때문에 학생들은 자신의 꿈을 말하지 못한다. 아니, 직업 이외의 다른 꿈을 상상하지 못한다.
>
> 자본주의는 분업에 의해 수많은 직업을 창조했다. 수많은 직업이 존재하는 이유는 내가 필요로 하는 상품이나 서비스를 누군가가 제공하기 위해서다. 당연히 학생들이 자본주의에 존재하지 않는 직업을 선택하려고 하면, 그것은 그 자체로 사회에 적응하지 못하는 사람이라는 낙인이 찍히게 된다.(p.166)

● 저자는 자본주의와 감정의 관계도 살펴보는데요. "친구의 생일선
물로 5,000원짜리 샤프를 선물한 A와 100만 원짜리 스마트폰을
선물한 B가 있다면 누가 더 친구를 사랑하는 것일까?"라는 질문
을 던집니다. 저자는 "'선물의 가격으로 사람의 마음을 평가할 수
는 없다'가 정답일 확률이 높지만, 그래도 자본주의의 관점에서 대
답을 해보겠다"고 하는데요. 누군가에게 비싼 선물을 사주었다면,
선물한 사람은 상대방에게 '더 많은 노동의 가치를 주려고 한 것'
이라는 설명입니다. 따라서 '질문의 답은 아마 B가 될 것'(p.136)
이라고 하죠. 여러분은 저자의 이런 대답에 공감하시나요?

> 친구의 생일선물로 5,000원짜리 샤프를 선물한 A와 100만 원짜리 스마
> 트폰을 선물한 B가 있다면 누가 더 친구를 사랑하는 것일까?
>
> '선물의 가격으로 사람의 마음을 평가할 수는 없다'가 정답일 확률이 높지
> 만, 그래도 자본주의의 관점에서 대답을 해보겠다. 사람은 자신이 소중하게
> 생각하는 물건에 더 많은 투자를 한다. 이는 사람의 우정이나 사랑에도 적용
> 된다. 자신이 잃고 싶지 않은 타인과의 감정을 지키기 위해 더 많은 돈을 사
> 용하려고 한다. 게다가 자본주의는 모든 것을 직접 만들지 않는다. 자신의 노
> 동은 돈을 벌기 위해서만 사용하고 상품은 모두 시장에서 구입해야 한다. 따
> 라서 돈은 그냥 돈이 아니다. 인생의 일부를 노동에 사용해서 얻은 결과물이
> 돈이다. 누군가에게 비싼 선물을 사주었다면, 선물한 사람은 상대방에게 더
> 많은 노동의 가치를 주려고 한 것이다.
>
> 따라서 질문의 답은 아마 B가 될 것이다. B는 친구와의 관계를 다른 사람
> 보다 소중히 생각할 확률이 높다.(p.136)

- 공감한다.
- 공감하기 어렵다.

• 저자는 '개인적 관점'과 '사회적 관점'에서 학교의 역할을 말합니다. 학교는 개인적 관점에서 '성장기 학생들을 보호하고 지식을 가르쳐'주고, 사회적 관점에서는 '현대 사회의 구성원으로 제 역할을 하도록 도와'준다고 하는데요. 그는 학교에 대해 개인적 관점에서는 '고마운 공간'(p.163)이지만 사회적 관점에서는 '개인의 자유보다는 사회 전체에 도움이 되는 사람이 중요해진다'고 설명합니다. 저자는 "개인을 위한 행복 교육은 명목이고 학교는 사회를 위해 존재할 뿐이다"(p.164)라고 주장하는데요. 여러분은 저자의 이런 주장에 공감하시나요?

> 학교는 인간의 성장을 도와준다. 특히 인류의 문명 발전에 필요한 기본적인 지식들을 알려준다. (…)
> 그럼 학교의 역할은 무엇일까? 두 가지 관점에서 설명될 수 있다. 하나는 개인적 관점이고, 다른 하나는 사회적 관점이다. 개인적 관점에서 학교는 성장기 학생들을 보호하고 지식을 가르쳐준다. 복잡한 현대 사회의 구성원으로 제 역할을 하도록 학교가 도와주는 것이다. 우리가 선생님 말씀을 듣고 공부를 열심히 해야 하는 이유도 이 때문이다. 무엇 하나 학생들을 위하지 않은 것이 없다.
> 개인적 관점, 즉 학생의 입장에서 학교를 바라보면 학교는 고마운 공간이다. 하지만 사회적 관점에서 학교의 역할을 바라보면 이야기가 조금 달라진다. 학교는 우리가 살고 있는 사회를 유지하고 발전시켜야 하는 역할을 맡고 있다.

> 학교가 사회에서 필요하지 않을 것 같은 사람을 필요한 사람으로 만들어
> 야 한다. 이 논리대로라면 자연스럽게 개인의 자유보다는 사회 전체에 도움
> 이 되는 사람이 중요해진다.(p.163)
>
> 사실 개인을 위한 행복 교육은 명목이고 학교는 사회를 위해 존재할 뿐이
> 다.(p.164)

- 공감한다.
- 공감하기 어렵다.

• 오늘의 '한마디' 또는 토론 소감을 나눠봅시다.

「잘 살겠습니다」

『일의 기쁨과 슬픔』 장류진 지음, 창비, 2019

자유 논제

- 「잘 살겠습니다」는 창비 신인소설상(2018)으로 등단한 장류진 작가의 첫 번째 소설집 『일의 기쁨과 슬픔』에 실린 단편입니다. 화자 '나'와 빛나 언니 사이에 흐르는 복잡 미묘한 감정과 에피소드를 그린 이야기입니다. 여러분은 이 작품을 어떻게 읽으셨나요? 별점과 읽은 소감을 나눠봅시다.

별점	☆☆☆☆☆
읽은 소감	

- 인상 깊은 부분을 소개해주세요.

발췌1	
발췌2	

- 화자 '나'는 결혼을 앞두고 회사에 청첩장을 돌립니다. 입사 동기 빛나 언니에 대한 이야기를 풀어놓는 화자. 빛나 언니와 '같은 회사여도 일로 엮이지 않는 한 마주치는 일이 좀처럼 없었'(p.11)던 그녀는 3년간 대화를 나누지 않았던 사실도 깨닫습니다. 그런데도 빛나 언니는 "왜 나한테는 이야기 안 했어, 서운하다"(p.9)며 청첩장을 빨리 달라고 합니다. 여러분이 화자였다면 어떤 기분이 들었을까요?

> 빛나 언니가 메시지를 보내온 건 지난주 수요일 퇴근 무렵이었다. '구제랑 결혼한다며?'로 시작된 메시지는 '동기 커플 1호 탄생!'이라는 호들갑에 이어 '왜 나한테는 이야기 안 했어' '서운하다' '빨리 청첩장을 달라'는 투정 조의 요청으로 줄줄이 이어졌다. 이 언니랑 나랑 이렇게 친했나 싶어 대화창을 올려보니 마지막으로 나눈 대화가 무려 삼년 전이었다.(p.8~9)

- 결국 화자의 결혼식에 오지 않은 빛나 언니. 그녀는 화자의 키보드 밑에 청첩장을 두고 갑니다. 화자는 '머릿속에서 계산기를 두드'(p.26)립니다. 화자는 빛나 언니의 결혼식에 낼 축의금 5만 원에서 '축의금 대신 먹은 밥값'과 '청첩장을 주면서 산 밥값'(p.26)을 뺀 금액 12,000원으로 '바닐라향 핸드크림'을 사서 결혼 선물로 줍니다. 그러면서 "빛나 언니한테 세상이 어떻게 어떤 원리로 돌아가는지 가르쳐주려고 그러는 거야"(p.28)라고 하는데요. 여러분은 이런 화자를 어떻게 보셨나요?

이게 뭐야, 밥도 안 사고 그냥 이렇게 던져놓고 간 거야? 청첩장이 무슨 피자집 전단이야? 나는 원래 빛나 언니의 결혼식에도 참석하고 축의금도 오만원 정도 낼 생각이었다. 똑같은 사람이 되기는 싫으니까. 정식으로 시간 내서 청첩장을 준다면 분명 그렇게 하려고 했다.(p.26)

25,000(축의금 대신 먹은 밥값) - 13,000(내가 청첩장 주면서 산 밥값)
=12,000(p.26)

빛나 언니한테 가르쳐주려고 그러는 거야. 세상이 어떻게 어떤 원리로 돌아가는지. 오만원을 내야 오만원을 돌려받는 거고, 만이천원을 내면 만이천원짜리 축하를 받는 거라고. 아직도 모르나 본데, 여기는 원래 그런 곳이라고 말이야.(p.28)

선택 논제

• 빛나 언니는 화자의 학교 동기, 회사 동기입니다. 화자보다 대학은 2년, 회사는 1년 늦게 들어왔습니다. 확정일자를 안 받아서 '보증금을 몽땅 날'(p.18)리는 일도 겪는 빛나 언니. 그녀는 펀드매니저와 결혼한다는 소식을 전합니다. 빛나 언니는 화자에게 받은 선물과 손편지를 두고 '메리지 블루였는데 받고'(p.31) 기분이 좋아졌다며 프로필 사진에 올립니다. 여러분은 빛나 언니의 이런 행동에 공감하시나요?

> 저 언니는 자기가 '총무과 라푼젤'에 이어 '전체회신녀'로 불리고 있다는
> 사실을 알고 있을까. 나는 빛나 언니가 내 몫의 불행을 대신 뒤집어써준 것만
> 같아서 조금 미안해졌다.(p.17)
>
> 나는 스물일곱이나 먹고도 이런 기본적인 부동산 상식을 모르는 사람이
> 있을 수 있다는 사실에 좀 놀랐다. 언니는 계속 옷소매로 눈물을 찍어댔고 나
> 는 그 상황을 모면하기 위해 로스쿨에 다니는 친구의 전화번호를 넘겨주며
> 조언을 구할 수 있을 거라고 언니를 달랬다.(p.18)
>
> 나는 구제가 내민 화면을 자세히 들여다봤다. 빛나 언니의 프로필 사진이
> 었다. 방금 전 내가 언니에게 줬던 카드가 활짝 펼쳐진 채로 올라가 있었다.
> 상태 메시지는 이렇게 쓰여 있었다.
> 손편지에 담긴 진심. 나는 사랑 받기 위해 태어난 사람.(p.31)

- 공감한다.
- 공감하기 어렵다.

• 나는 빛나 언니가 돌린 결혼식 답례 떡을 발견합니다. "빛나의 결
혼식에 참석해주셔서 감사합니다. 축하해주신 마음 잊지 않고 잘
살겠습니다"라고 적혀 있습니다. 쫄깃한 경단을 우물거리던 나는
'빛나 언니는 잘 살 수 있을까, 부디 잘 살 수 있으면 좋겠는
데'(p.33)라고 생각합니다. 여러분은 화자의 이런 태도에 공감하
시나요?

평소보다 이십분이나 늦게 일어나서 간단히라도 챙겨 먹던 아침을 거르고 출근한 날이었다. 사무실 책상 위에 자그마한 상자가 놓여 있었다. 빛나 언니의 결혼식 답례 떡이었다. 상자 위에는 조잡한 폰트로 이렇게 적혀 있었다.

빛나의 결혼식에 참석해주셔서 감사합니다. 축하해주신 마음 잊지 않고 잘 살겠습니다.

상자를 열었다. 분홍색 하트가 그려진 백설기 한조각과 저마다 색이 다른 경단 네개, 쑥색 꿀떡 두개가 들어 있었다. 허기가 느껴졌고, 이내 침이 고였다. 랩 포장을 벗겨내고 샛노란 고물이 포슬포슬하게 묻혀진 경단 하나를 집어 입에 넣었다. 방금 쪄낸 듯, 아직 따뜻했다. 오늘 새벽에 찾았나보네. 나는 달고 쫄깃한 경단을 우물거리면서 생각했다. 빛나 언니는 잘 살 수 있을까. 부디 잘 살 수 있으면 좋겠는데.(p.33)

- 공감한다.

- 공감하기 어렵다.

• 오늘의 '한마디' 또는 토론 소감을 나눠봅시다.

『아름다운 아이』

R. J. 팔라시오 지음, 천미나 옮김, 책과콩나무, 2012

자유 논제

- 선천적 안면기형을 가진 소년 어거스트 풀먼이 비처 사립 중학교 5학년에 입학하면서 겪는 1년의 생활을 그린 작품입니다. 2017년 영화화되기도 했습니다. 여러분은 이 책을 어떻게 읽으셨나요? 별점과 읽은 소감을 나눠봅시다.

별점	☆☆☆☆☆
읽은 소감	

- 인상 깊은 부분을 소개해주세요.

발췌1	
발췌2	

- 어기는 '선천선 안면기형'을 갖고 태어나 5학년이 되기까지 학교에 다녀본 적이 없습니다. 엄마는 "너도 이제 학교에 갈 준비가 된 것 같지 않니?"(p.17)라고 하지만 어기는 가기 싫어합니다. 학교 진학 여부를 결정하기 전, 교장 선생님을 만나러 간 자리. 그때 또

래 샬롯과 잭, 줄리안을 만난 후 어기는 학교에 "가고 싶어"(p.65)
라고 합니다. 여러분은 이런 어기를 어떻게 보셨나요?

> "걔가 이랬어. 그런데, 어거스트, 대체 네 얼굴은 왜 그래? 화상이라도 입
> 은 거야?"
> 나는 말을 하면서도 계속 데이지만 바라보았다.
> 엄마는 아무 말이 없었다. 고개를 들어 엄마를 보았을 때, 엄마는 엄청난
> 충격에 빠져 있었다.
> 내가 재빨리 덧붙였다.
> "걔도 나쁜 뜻으로 말한 건 아니었어. 그냥 물어본 거야." (…)
> "아니야, 괜찮아, 엄마, 정말이야."
> "가기 싫으면 학교에 안 가도 돼, 아가."
> "가고 싶어." (…)
> "정말이야, 엄마, 가고 싶어."
> 그리고 그건 거짓말이 아니었다.(p.64~65)

- 어기의 아빠는 아들에게 '아무리 웃기 싫어도 나를 웃게 만들 수
있는 세상에서 딱 하나뿐인 사람'이라고 말합니다. 어기의 중학교
종업식 날. 아빠는 어기가 일곱 살 무렵까지 좋아했던 '우주비행사
헬멧'을 버린 것은 자신이라고 고백합니다. 어기는 깜짝 놀라 화를
냅니다. 어기에게는 '정말 소중한 물건'이었습니다. 아빠는 "네가
그렇게 얼굴을 가리고 다니는 게 아빠는 마음이 아팠어"(p.444)라
고 말합니다. 여러분은 이런 아빠를 어떻게 보셨나요?

> "잃어버렸을 때 정말 속상했어."
>
> 아빠가 아무렇지도 않게 말했다.
>
> "아, 그거 잃어버린 거 아니야. 내가 갖다 버렸어."
>
> "잠깐만, 뭐라고?"
>
> 잘못 들은 줄 알았다. (…)
>
> "미안해, 어기, 제발 이해해다오."
>
> 아빠가 내 턱밑에 손을 대고 얼굴을 아빠 쪽으로 돌렸다.
>
> "넌 어딜 가든 그 헬멧을 쓰고 다녔어. 정말, 정말, 정말, 정말인데, 아빠는 네 얼굴이 그리웠어, 어기. 너는 네 얼굴이 싫을 때도 있겠지만, 믿어다오…… 아빠는 네 얼굴이 좋아. 아빠는 지금 네 얼굴을 정말 사랑해, 어기. 온전히, 열렬히. 그래서 네가 그렇게 얼굴을 가리고 다니는 게 아빠는 마음이 아팠어."(p.443~444)

선택 논제

- 어기는 스스로를 평범하다고 느끼지만 '아무도 주목하지 않는 평범한 얼굴을 갖게 해 달라고 빌겠다. 길거리에서 나를 보자마자 얼굴을 획 돌려 버리는 사람들이 없게 해달라'(p.10)는 소원을 품기도 합니다. 아무도 평범하게 보지 않기에, 자신이 평범하지 않다고 느끼기도 하는 어기입니다. 한편, 어기의 누나 비아는 "우리 모두는 그동안 어거스트가 스스로를 평범하다고 생각하게 하려고 너무 많은 시간을 쏟았고, 실제로 어거스트는 자신이 평범하다고 생각한다. 바로 그게 문제"라며 "어거스트는 평범하지 않다"(p.151)라고 생각합니다. 여러분은 비아의 이런 태도에 공감하시나요?

> 나는 내가 평범한 열 살 소년이 아님을 잘 알고 있다. 물론, 나는 평범한 일들을 한다. 나는 아이스크림을 먹는다. 자전거를 탄다. 야구를 한다. 엑스박스도 있다. 그런 것들은 나를 평범한 아이로 만들어 준다. 그렇다. 나는 평범하다고 느낀다. 마음속으로는.(p.10)
>
> 누나는 나를 평범한 아이로 여기지 않는다. 말은 아니라고 하지만, 정말 나를 평범하게 여긴다면 그렇게 유난스럽게 나를 보호할 필요가 있을까. 엄마 아빠도 나를 평범하게 보지 않는다. 반대로 나를 대단히 특별하게 여긴다. 이 세상에서 내가 얼마나 평범한지 제대로 아는 사람은 오직 나뿐이다.(p.11)

- 공감한다.
- 공감하기 어렵다.

● 잭은 교장 선생님과 엄마의 부탁으로 어기의 '환영 친구'가 됩니다. 그는 점차 어거스트의 외모에 익숙해집니다. 또한 어기가 '괜찮은 녀석'이라는 것을 알게 됩니다. 잭은 "만약 5학년생들을 모두 벽에 세워 놓고 같이 다니고 싶은 친구를 고르라고 한다면 나는 기꺼이 어거스트를 택하겠다"(p.225)고 말합니다. 그러다 할로윈 날, 잭은 어기의 험담에 맞장구를 치게 됩니다. 이를 본 줄리안은 잭에게 "그러면서 왜 걔랑 어울려 다니는데?"라고 묻습니다. 이에 잭은 "학기 초에 교장 선생님 부탁도 있었고" "걔가 맨날 나를 졸졸 따라다니"(p.128)는 것이 문제라고 합니다. 여러분은 잭의 이런 행동에 공감하시나요?

이제 어거스트를 잘 알게 되었으니 어거스트의 친구가 되고 싶다고 흔쾌히 말할 수 있다. 솔직히 처음에는 교장 선생님의 특별한 부탁이 없었다면 친구가 될 생각도 안 했을 거다. 하지만 지금은 어거스트와 다니는 게 좋다. (…) 어거스트는 좋은 친구다. 만약 5학년생들을 모두 벽에 세워 놓고 같이 다니고 싶은 친구를 고르라고 한다면 나는 기꺼이 어거스트를 택하겠다.(p.225)

　　"많이 생각해 봤는데, 정말로 말이야…… 만약 내가 걔처럼 생겼다면, 진짜, 나는 자살할 것 같아." (…)
　　"그러면서 왜 걔랑 그렇게 어울려 다니는데?"
　　"그냥, 학기 초에 교장 선생님 부탁도 있었고, 선생님들한테도 나를 걔랑 앉히라고 죄다 얘기해 놨나 봐."
　　(…) 그 자리에서 당장 교실을 박차고 나가고 싶었다. 하지만 나는 꼼짝 않고 서서 잭 윌이 하는 말을 끝까지 들었다.
　　"뭐가 문제냐면, 걔는 맨날 나를 졸졸 따라다니잖아. 어떻게 하면 좋지?"(p.128)

- 공감한다.
- 공감하기 어렵다.

● 오늘의 '한마디' 또는 토론 소감을 나눠봅시다.

『추락』

존 쿳시 지음, 왕은철 옮김, 동아일보사, 2004

자유 논제

● 2003년 노벨문학상을 받은 작가 존 쿳시의 장편소설입니다. 작
가가 태어나고 자란 남아프리카공화국이 소설의 배경입니다. 아
파르트헤이트라는 인종차별정책이 폐지된 지 얼마 되지 않은 남
아프리카공화국의 이면을 재구성한 작품입니다. 작가의 시선은
백인 식민주의의 잔재, 흑백 간의 갈등, 폭력의 양상을 관통합니
다. 여러분은 이 소설을 어떻게 읽으셨나요? 별점과 읽은 소감을
나눠주세요.

별점	☆☆☆☆☆
읽은 소감	

● 인상 깊은 부분을 소개해주세요.

발췌1	
발췌2	

- 교수 루리는 학생 아이삭스 양에 대한 '성희롱' 혐의로 신고를 받고 학교 진상조사위원회에 불려 나갑니다. 심문을 받은 그는 "나는 유죄입니다"(p.75)라고 말합니다. 이어 루리는 "나는 아이삭스 양이 진술한 것은 어떤 것이든 인정합니다"(p.77)라고 덧붙입니다. 또한 "당신이 했던 일을 뉘우칩니까?"(p.86)라는 심문 후 질문에 그는 "아니오, 나는 이번 경험으로 풍부해졌소"(p.87)라고 답합니다. 여러분은 루리의 이런 행동을 어떻게 보셨나요?

> "나의 진심이 아닐지도 모르는 사과문을 발표하라고?"
>
> "판단의 척도는 자네가 성실하고 안 하고가 아냐. 그것은 자네 양심의 문제야. 문제는 자네가 공적으로, 자신의 잘못을 인정하고 그것을 개선할 조치를 취할 준비가 되어 있느냐 하는 것이야." (…)
>
> "당신들은 나한테 혐의를 제기했고, 나는 그 혐의가 유죄라고 인정했어. 당신들이 나한테서 필요로 하는 것은 그게 전부야."
>
> "아냐. 우리는 그 이상을 원해. 엄청나게 많지는 않지만, 더 많이. 자네가 그렇게 해주면 문제는 해결되는 거야."
>
> "미안하지만 난 그럴 수 없어."(p.89~90)

- 루리는 학교 일을 그만두게 되고, 딸 루시의 농장 일을 도우며 살아갑니다. 그러던 중 '학생 성희롱'으로 고발했던 아이삭스 양의 아버지 아이삭스를 찾아간 루리. 그는 "그런데 어떻게 해서 그렇게 대단한 사람이 추락하셨죠?"라는 아이삭스의 질문에 "어쩌면 가끔씩 추락하는 것도 우리에게 좋은 일인지 모르지요. 부서지지만 않는다면요"(p.253)라고 말합니다. 여러분은 이런 루리를 어

떻게 보셨나요?

> "그런데 어떻게 해서 그렇게 대단한 사람이 추락하셨죠?"
>
> (…) "어쩌면 가끔씩 추락하는 것도 우리에게 좋은 일인지 모르지요. 부서지지만 않는다면요."(p.253)
>
> "정말로 굴욕적이구나. 그토록 원대했던 희망이 이렇게 끝나다니."
>
> "그래요, 저도 같은 생각이에요. 굴욕적이죠. 그러나 어쩌면 다시 시작하기에는 좋은 지점일 거예요. 어쩌면 저는 그것을 받아들이는 걸 배워야 할 거예요. 밑바닥에서 출발하는 걸 배워야죠. 아무것도 없이. 어떤 것밖에 없는 상태가 아니라, 아무것도 없이. 카드도 없고, 무기도 없고, 재산도 없고, 권리도 없고, 위엄도 없고."(p.309)

선택 논제

- 루리는 자신을 '학생 성희롱'으로 고발한 아이삭스 양의 아버지 아이삭스를 찾아가 "그 애는 내 안에 불을 지폈"(p.251)다고 말합니다. 아이삭스로부터 저녁 식사에 초대받은 루리. 그는 아이삭스에게 "미안하게 생각합니다"라고 말합니다. 이어 루리는 멜라니와 동생에게 '정중하게 무릎을 꿇고 마루에 이마'(p.263)를 댑니다. 여러분은 루리의 이런 행동에 공감하시나요?

> "당신은 멜라니 쪽 얘기는 들으셨을 테니, 당신이 들어준다면 내 쪽 얘기를 들려 드리고 싶습니다. 그건 내 쪽에서 의도해서 일어난 일은 아니었습니다. 출발은 모험이었습니다. (…) 하지만 멜라니의 경우에는 예기치 않은 것이었습니다. 나는 그걸 불이라고 생각합니다. 그 애는 내 안에 불을 지폈습니다."(p.251)

> "나는 당신 딸이 겪어야 했던 것에 대해 미안하게 생각합니다. 당신에게는 훌륭한 가족이 있군요. 당신과 아이삭스 부인에게 심려를 끼친 데 대해 사과를 드립니다."(p.261)
>
> 그는 문을 연다. 디자이어리와 그녀의 어머니가 침대 위에 앉아 털실로 뭔가를 짜고 있다. 그들은 그를 보고 깜짝 놀라 입을 다문다.
> 그는 정중하게 무릎을 꿇고 마루에 이마를 댄다.
> 이걸로 충분할까? 그는 생각한다. 이거면 될까? 안 된다면, 어떤 게 더 있지?(P.263)

- 공감한다.
- 공감하기 어렵다.

• '파란만장한 남아프리카 역사를 염두에 두고 읽어야 한다'(p.294)는 해설에 따르면 『추락』의 배경은 백인정권이 종식되고 흑인에게 정권이 이양된 남아프리카입니다. 식민주의는 수백 년에 걸쳐 이어졌습니다. 이는 소설에 등장하는 흑백 간의 갈등과 폭력의 원인이 된다는 시선입니다. 해설은 "남아프리카는 바로 지금, 그러한 폭력의 와중에 있다"며 "데이비드와 루시가 느끼는 나름대로의 위기의식은 어쩌면 대다수 백인들이 느낌직한 위기위식이며, 페트루스와 흑인 강도들이 백인들에게 느끼는 적대감은 어쩌면 다수 흑인들이 느낌직한 적대감"(p.295)이라고 해석합니다. 여러분은 해설의 이런 시선에 공감하시나요?

이 소설은 백인정권이 종식되고 흑인에게 정권이 이양된 남아프리카를 무대로 설정하고 있다. 따라서 파란만장한 남아프리카의 역사를 염두에 두고 이 책을 읽으면 좋을 것 같다. 그저 단순한 것처럼 보이는 사건이나 대화나 행동에는 남아공의 비극적 역사가 지워지지 않는 얼룩처럼 묻어 있다. 그리고 수백 년에 걸친 백인 식민주의는 이 소설에서 벌어지는 흑백 간의 갈등과 폭력의 원인을 제공한다. 남아프리카는 바로 지금, 그러한 폭력의 와중에 있다. 데이비드와 루시가 느끼는 나름대로의 위기의식은 어쩌면 대다수 백인들이 느낌직한 위기위식이며, 페트루스와 흑인 강도들이 백인들에게 느끼는 적대감은 어쩌면 다수 흑인들이 느낌직한 적대감이다. (p.295)

- 공감한다.
- 공감하기 어렵다.

● 오늘의 '한마디' 또는 토론 소감을 나눠봅시다.

『스토너』

존 윌리엄스 지음, 김승욱 옮김, 알에이치코리아, 2015

자유 논제

- 1965년 미국에서 발표된 존 윌리엄스의 소설『스토너』는 오랫동안 잊혀졌다가 50년이 지나서야 유럽 출판계와 평론가, 독자 들의 열렬한 반응을 얻으며 베스트셀러에 오른 작품입니다. 소설은 농부의 아들로 태어나 자신의 길을 묵묵히 가고자 했던 스토너의 일생을 그리는데요. 여러분은 이 소설을 어떻게 읽으셨나요? 별점과 읽은 소감을 나눠봅시다.

별점	☆☆☆☆☆
읽은 소감	

- 인상 깊은 부분을 소개해주세요.

발췌1	
발췌2	

- 제2차 세계대전이 발발하자 미주리대학의 많은 젊은이들이 참전을 선택합니다. 스토너의 친구 매스터스와 핀치도 "우린 모두 자신의 몫을 해야 하네"(p.50)라고 말하며 스토너에게 입대를 권유하는데요. 하지만 스토너는 슬론 교수와 의논한 후 대학에 남기로 결정합니다. 그는 '자신의 결정에 전혀 죄책감을 느끼지 않았'고 '징병유예를 신청하면서도 이렇다 할 가책을 느끼지 않았다'(p.56)고 하는데요. 여러분은 스토너의 이런 태도를 어떻게 보셨나요?

> 마침내 결정을 내리고 나자 결국 이렇게 될 것을 처음부터 알고 있었다는 기분이 들었다. 그는 금요일에 매스터스와 핀치를 만나 자신은 독일군과 싸우러 가지 않겠다고 말했다.
> 여전히 미덕에 취해 있는 고든 핀치는 안색을 굳히더니 스토너를 책망하는 듯한 슬픈 표정을 지었다. "자네가 우리를 실망시키는군, 빌." 그가 가라앉은 목소리로 말했다. "우리 모두를 실망시켰어."
> "조용히 하게." 매스터스가 예리한 시선으로 스토너를 바라보았다. "자네가 이런 결정을 내릴지도 모른다고 생각했네. 항상 기름지지 않고 헌신적인 표정을 짓고 있었거든. 물론 그런 건 중요한 일이 아니지만. 그런데 왜 그런 결정을 내렸나?" (…)
> "모르겠네." 마침내 그가 말했다. "모든 것이 영향을 미쳤겠지. 뭐라고 말할 수 없네."(p.55~56)

- 스토너는 암 선고를 받고 걷지도 못할 만큼 쇠약해져서 뒷방에 머물며 삶의 마지막을 보냅니다. "그는 냉정하고 이성적으로 남들 눈에 틀림없이 실패작으로 보일 자신의 삶을 관조"(p.387)하는데

요. 해설에 따르면, "스토너의 삶은 누군가의 지적처럼 '실패'에 더 가깝다"(p.393)고 볼 수도 있습니다. 하지만 작가는 한 인터뷰에서 "그의 삶은 아주 훌륭한 것이었습니다. 그가 대부분의 사람들보다 나은 삶을 살았던 것은 분명합니다"(p.394)라고 밝힙니다. 여러분은 스토너에 대한 작가의 시선을 어떻게 보셨나요?

> 스토너의 삶은 누군가의 지적처럼 '실패'에 더 가깝다고 볼 수도 있다. 그는 학자로서 명성을 떨치지 못했고, 교육자로서 학생들의 인정을 받지도 못했으며, 사랑에 성공하지도 못했다. 그는 선하고 참을성 많고 성실한 성격이었으나 현명하다고 하기는 힘들었다. 불굴의 용기와 지혜로 난관을 극복하기보다는 조용히 인내하며 기다리는 편이었다. (…)
> 여기에 작가가 인터뷰에서 했다는 말이 완전히 새로운 시각을 제시해주었다. "나는 그가 진짜 영웅이라고 생각합니다. 이 소설을 읽은 많은 사람들이 스토너의 삶을 슬프고 불행한 것으로 봅니다. 하지만 내가 보기에 그의 삶은 아주 훌륭한 것이었습니다. 그가 대부분의 사람들보다 나은 삶을 살았던 것은 분명합니다. 자신이 하고 싶은 일을 하면서 그 일에 어느 정도 애정을 갖고 있었고, 그 일에 의미가 있다는 생각도 했으니까요."(p.393~394)

선택 논제

• 스토너는 첫눈에 반한 이디스와 결혼하지만 "한 달도 안 돼서 그는 이 결혼이 실패작임을" 깨닫습니다. 이어 "1년도 안 돼서 결혼생활이 나아질 것이라는 희망을 버렸다"(p.107)고 하는데요. 한편 이디스는 친정아버지의 죽음 이후 "자신을 변화시키고 싶다"(p.165)며 어머니에게 돈을 빌려 새 옷을 사고 담배를 배우고,

영국식 말투로 말하는 법을 연습하는 등 외적인 변화를 줍니다. 소설은 '그녀가 이렇게 새로운 삶의 방향을 찾게 된 책임'(p.167)은 스토너에게 있다고 말합니다. 여러분은 이 부분에 공감하시나요?

> 그는 이디스의 새로운 행동에 대해 아무런 말도 하지 않았다. 그녀의 활동은 그에게 아주 조금 성가실 뿐이었고, 그녀가 행복해 보였기 때문이다. 하지만 그녀가 조금 필사적인 것 같다는 느낌이 들기는 했다. 사실 그녀가 이렇게 새로운 삶의 방향을 찾게 된 책임은 그에게 있었다. 그녀가 그와 함께하는 결혼생활에서 의미를 찾을 수 있게 해주지 못했으니까. 따라서 그녀가 그와는 아무런 상관이 없는 곳에서 인생의 의미를 찾아 그가 따라갈 수 없는 길을 가는 것은 옳은 일이었다.(p.167~168)

- 공감한다.
- 공감하기 어렵다.

• 스토너는 캐서린과 만나면서 '사랑이란 무언가 되어가는 행위, 순간순간 하루하루 의지와 지성과 마음으로 창조되고 수정되는 상태'(p.274)라는 것을 깨닫습니다. 하지만 두 사람의 관계가 주변에 알려지면서 이들은 난관에 부딪칩니다. 스토너에게 적대감을 품고 있는 로맥스가 캐서린의 평판을 깎아내리며 두 사람의 앞날에 부정적인 영향을 미칠 만한 여론을 형성한 것인데요. 이에 스토너는 모든 것을 포기하고 떠난다면 "아무것도 아닌 존재가 될 거야"(p.303)라며 대학에 남아 있기로 합니다. 여러분은 스토너의 이런 선택에 공감하시나요?

"내가 그런 행동을 하면⋯⋯." 스토너는 자신에게 설명하듯이 말을 이었다. "모든 것이⋯⋯ 우리가 했던 모든 일과 우리의 모든 것이 의미를 잃어버릴 것이오. 내가 교단에 설 수 없게 되리라는 것은 거의 확실한 일이고, 당신은⋯⋯ 당신도 지금과는 다른 사람이 되겠지. 우리 둘 다 지금과는 다른 사람, 우리 자신의 모습과는 다른 사람이 될 거요. 그래서⋯⋯ 아무것도 아닌 존재가 될 거야."

"아무것도 아닌 존재." 그녀가 말했다.

"하지만 지금 우리는 이번 일에서, 적어도 우리 자신의 모습은 지킬 수 있었소. 지금의 모습이⋯⋯ 우리 자신의 모습이니까."(p.302~303)

- 공감한다.
- 공감하기 어렵다.

• 오늘의 '한마디' 또는 토론 소감을 나눠봅시다.

『달콤한 노래』

레일라 슬리마니 지음, 방미경 옮김, 아르테, 2017

[자유 논제]

• "아기가 죽었다, 단 몇 초 만에." 완벽해 보였던 보모의 손에 두 아이가 살해됐습니다. 그녀는 왜 그토록 아끼던 아이들을 죽인 것일까. 그녀는 어떤 삶을 살아온 걸까. 프루스트, 보부아르, 뒤라스 등 최고 작가들의 손을 들어준 세계적인 문학상 공쿠르상이 2016년에 선택한 작품입니다. 여러분은 이 작품을 어떻게 읽으셨나요? 별점과 읽은 소감을 나눠봅시다.

별점	☆☆☆☆☆
읽은 소감	

• 인상 깊은 부분을 소개해주세요.

발췌1	
발췌2	

- 미리암은 "자신의 성공과 자유에 아이들이 걸림돌이 될 수 있다는 생각을 한사코 거부"합니다. 하지만 이내 "다른 것을 위해 삶의 한 부분을 희생한다는 느낌을 늘 떨쳐버릴 수 없으리라는 것"(p.52)을 깨닫는데요. 어느 날 보모 루이즈와 아이들을 지켜보던 미리암은 "우리는 오로지 서로가 서로를 더 이상 필요로 하지 않을 때에만 행복할 수 있을 것"(p.53)이라고 생각합니다. 여러분은 미리암의 이런 생각을 어떻게 보셨나요?

> 미리암은 루이즈와 아이들을 지켜보다가 머리에 스쳐가는 어떤 생각, 잔인하지는 않지만 부끄러운 그런 생각을 엠마에게 절대 털어놓지 못할 것이다. 우리는 오로지 서로가 서로를 더 이상 필요로 하지 않을 때에만 행복할 수 있을 것이라는 생각. 우리 자신만의 삶, 우리 자신에게 속한 삶, 다른 이들과 상관없는 삶을 살 수 있을 때. 우리가 자유로울 때에만.(p.53)

- 폴과 미리암 가족과 그리스 휴가를 다녀온 루이즈는 주말에 파리에 도착합니다. 루이스는 자신의 원룸에서 그들이 불러주기를 기다립니다. "그들은 아마 그녀를 부를 것이다. 토요일 점심 때 가끔 그들이 외식을 한다는 걸 알고 있다"(p.109)고 말이죠. 자신도 그 자리에 함께하며 '즐거운 기분'이 되는 장면을 상상합니다. 루이즈는 파란색 원피스를 입고 "그들이 자신을 필요로 할 경우를 대비해", '만반의 준비'를 갖추고 있는데요. 여러분은 루이즈의 이런 모습을 어떻게 보셨나요?

> 그녀는 작은 진주 단추가 달리고 발목까지 내려오는 파란색 원피스를 입는다. 그들이 자신을 필요로 할 경우를 대비해, 어딘가로 그들을 만나러 가야 할 경우를 대비해, 그녀가 얼마나 멀리 사는지 그리고 그들에게 가기 위해 매일 얼마나 많은 시간을 들이는지 아마 잊어버렸을 그들에게 전속력으로 달려가야 할 경우를 대비해 만반의 준비를 갖추고 있으려 한다. 부엌에 앉아서 그녀는 포마이카 탁자를 손톱 끝으로 톡톡 두드린다.
>
> 점심시간이 지나간다. 깨끗해진 유리창 앞에 구름이 몰려오고 하늘이 어두워졌다. 플라타너스 나무들 사이로 바람이 세차게 불었고, 비가 내리기 시작한다. 루이스는 안절부절 서성거린다. 그들이 그녀를 부르지 않는다.(p.110)

선택 논제

- 폴과 미리암 부부는 첫째 아이 밀라에 이어 둘째 아당을 낳게 됩니다. 폴은 "아당이 태어나고 몇 달 후, 집을 피하기 시작"합니다. "없는 약속을 지어내고, 집에서 먼 동네로 가서 혼자 몰래 맥주를 마"십니다. "몇 달 동안 폴은 무책임하고 한심한 어린애가 되"고, "비밀이 생기고 도망을 치고만 싶"(p.154)어 합니다. 여러분은 폴의 이런 생각에 공감하시나요?

> 아당이 태어나고 몇 달 후 그는 집을 피하기 시작했다. 없는 약속을 지어내고, 집에서 먼 동네로 가서 혼자 몰래 맥주를 마셨다. 그의 친구들 역시 부모가 되었고, 대부분은 파리를 떠나 교외나 지방으로 또는 유럽 남쪽 따뜻한 지역으로 갔다. 몇 달 동안 폴은 무책임하고 한심한 어린애가 되었다. 비밀이 생겼고 도망을 치고만 싶었다. 그렇다고 자신에 대해 관대하지도 못했다. 자

> 신의 태도가 얼마나 진부한지 잘 알았다. 그가 원하는 건 집에 들어가지 않는
> 게 전부였다. 자유롭고 싶은 것, 좀 더 인생을 살고 싶은 것이 다였다. 조금밖
> 에 살아보지 못했는데 너무 늦게야 그걸 깨달은 것이었다. 아버지라는 옷은
> 그에게 너무 크고도 침침해 보였다.(p.154)

- 공감한다.
- 공감하기 어렵다.

● 폴은 루이즈가 아이에게 짙은 화장을 시킨 모습을 본 이후로 그녀
를 싫어합니다. 루이즈를 내보자고 하지만 오히려 미리암에게 설
득당합니다. "그녀는 별일이 아니라고 했다. 그가 너무 심했다고,
루이즈의 마음을 상하게 했다고 나무"(p.156)라는데요. 얼마 후
미리암은 통닭 사건으로 인해 루이즈와 불편한 관계가 됩니다. 이
들 부부는 루이즈의 행동에 불만이 있으면서도 그녀를 해고하지
못하는데요. 여러분은 폴과 미리암의 이런 태도에 공감하시나요?

> 화장 사건 후로 그는 그녀에게 최소한의 말만 한다. 그날 저녁에는 그녀를
> 내보낼 생각까지 했다. 그는 전화로 미리암과 의논을 하려 했다. 그녀는 사무
> 실에서 전화를 받았지만 의논할 시간은 없었다. 그래서 아내가 돌아오길 기
> 다렸다. 밤 11시쯤 그녀가 현관문을 열고 들어오자 그는 어떤 일이 있었는지,
> 루이즈가 자기를 어떻게 쳐다봤는지, 얼마나 차갑게 입을 꼭 다물고 있었는
> 지, 얼마나 거만했는지 이야기했다.
> 　미리암은 그를 설득했다. 그녀는 별일이 아니라고 했다. 그가 너무 심했다
> 고, 루이즈의 마음을 상하게 했다고 나무랐다.(p.156)

얼마 후 밀라가 엄마에게 모든 것을 말해주었다. 아이는 루이즈가 그들에게 손으로 고기 먹는 법을 가르쳐준 일을 이야기하며 폴짝폴짝 뛰어대고 웃는다. 아당과 밀라는 자기들 의자에 서서 뼈를 긁어먹었다. 고기가 바싹 말라 있어서, 목이 메지 않도록 루이즈가 환타를 큰 잔에 따라서 마시게 했다.(p.210)

물론 그냥 끝내면, 모든 것을 멈추면 된다. 하지만 루이즈는 그들의 집 열쇠를 가지고 있고, 모든 것을 알고 있고, 그들의 삶 속에 너무 깊이 박혀 있어서 이제 밖으로 들어내는 것이 불가능해 보인다. 그들이 그녀를 밀어내도 그녀는 다시 돌아올 것이다. 그들이 작별 인사를 해도 그녀는 문을 두드려대고 안으로 들어올 것이며, 상처받은 연인처럼 위험할 것이다.(p.228)

– 공감한다.
– 공감하기 어렵다.

• 오늘의 '한마디' 또는 토론 소감을 나눠봅시다.

『딸에 대하여』

김혜진 지음, 민음사, 2017

자유 논제

- 이 소설은 혐오와 배제의 폭력에 노출되어 있는 여성들에 대한 이야기입니다. 엄마인 '나'와 딸, 그리고 딸의 동성 연인이 경제적 이유로 동거를 시작합니다. 못내 외면하고 싶은 딸애의 사생활 앞에 '노출'된 엄마와 세상과 불화하는 삶이 일상이 되어버린 딸. 이들의 불편한 동거가 이어지며 엄마의 일상은 예기치 못한 방향으로 흘러가는데요. 여러분은 이 작품을 어떻게 읽으셨나요? 별점과 읽은 소감을 나눠봅시다.

별점	☆☆☆☆☆
읽은 소감	

- 인상 깊은 부분을 소개해주세요.

발췌1	
발췌2	

- 60대인 화자는 노인요양원에서 요양 보호사로 일합니다. 스스로 일하지 않으면 생활이 불안합니다. 그녀는 '아무도 날 이런 고된 노동에서 구해 줄 수 없'(p.22)다고 생각합니다. 이것은 '늙음의 문제'가 아니라 '시대의 문제'일지 모른다고 여기는데요. '딸애가 도달할, 결국 나는 가닿지 못할 세상은 어떤 모습일까'(p.23) 걱정합니다. 여러분은 화자의 이런 걱정을 어떻게 보셨나요?

> 끝이 없는 노동. 아무도 날 이런 고된 노동에서 구해 줄 수 없구나 하는 깨달음. 일을 하지 못하게 되는 순간이 오면 어쩌나 하는 걱정. 그러니까 내가 염려하는 건 언제나 죽음이 아니라 삶이다. 어떤 식으로든 살아 있는 동안엔 끝나지 않는 이런 막막함을 견뎌 내야 한다. 나는 이 사실을 너무 늦게 알아 버렸다. 어쩌면 이건 늙음의 문제가 아닐지도 모른다. 사람들이 말하는 것처럼 이 시대의 문제일지도 모르지. 이 시대. 지금의 세대. 생각은 자연스럽게 딸애에게로 옮겨 간다. 딸애는 서른 중반에, 나는 예순이 넘어 지금, 여기에 도착했다. 그리고 딸애가 도달할, 결국 나는 가닿지 못할 세상은 어떤 모습일까. 아무래도 지금보다는 나을까. 아니, 지금보다 더 팍팍할까.(p.22~23)

- 화자는 딸이 '평범하게 살려고 하지 않'(p.83)는 것에 속상해합니다. 딸이 여자를 좋아한다는 사실에 슬퍼합니다. 그런 딸의 '엄마라는 걸 부끄러워하는' 자신을 싫어합니다. 또 딸을 '부정하게 하고 나조차 부정하게 하고 내가 살아온 시간 모두를 부정하게만'(p.84)든다고 생각하는데요. 여러분은 화자의 이런 생각을 어떻게 보셨나요?

정말 속이 상해요. 그 애는 왜 평범하게 살려고 하지 않을까요. 왜 그런 노력조차 안 하는 걸까요. 나는 왜 그런 애를 낳았을까요. 그 애를 낳았을 때 얼마나 기뻤는지 몰라요. 보고 있으면 놀랍고 신기하고 잠든 그 애를 내려다보고 있으면 사랑이라는 말로밖에는 설명할 수 없는 감정이 차올랐어요.

나는 잠시 말을 그치고, 하고 싶은 말을 자르듯 어금니를 부딪으며 딱딱 소리를 내 본다. 어떤 말들은 도저히 소리가 되어 나오지 않는다. 쇠못처럼 단단히 박혀서 결코 뽑아낼 수 없을 것 같다. 내 딸은 하필이면 왜 여자를 좋아하는 걸까요. 다른 부모들은 평생 생각할 이유도, 필요도 없는 그런 문제를 던져 주고 어디 이걸 한번 넘어서 보라는 식으로 날 다그치고 닦달하는 걸까요. 왜 저를 낳아준 나를 이토록 슬프게 만드는 걸까요. 내 딸은 왜 이토록 가혹한 걸까요. 내 배로 낳은 자식을 나는 왜 부끄러워하는 걸까요. 나는 그 애의 엄마라는 걸 부끄러워하는 내가 싫어요. 그 애는 왜 나로 하여금 그 애를 부정하게 하고 나조차 부정하게 하고 내가 살아온 시간 모두를 부정하게 만드는 걸까요.(p.83~84)

선택 논제

● 화자의 집에 딸이 들어옵니다. 많이 오른 집세를 감당할 수가 없어 들어온 것이지요. 화자는 함께 온 동성 연인인 레인을 대하는 게 불편합니다. 화자는 레인에게 말합니다. "되도록 마주치지 말았으면 좋겠어요. 적어도 아침 시간엔 말이에요."(p.46) 그러자 레인은 "저도 제 몫의 월세를 내고 생활비도 부담해요. 심지어 넉 달치 월세를 미리 냈고요"라며 자신의 권리를 말합니다. 이 말을 들은 화자는 방으로 돌아와 '돈과 맞바꾼 나의 권위, 부모로서의 자격, 심장을 떨리게 하는 수치심과 모멸감'(p.47)을 생각하는데요. 여러분

은 이들 중 누구에게 마음이 더 쓰였나요?

> 전 10시까지 출근이에요. 그래서 늘 이 시간에 일어나고요. 일어나서는 커피를 마셔야 하고요.
>
> 그러나 내 입을 막은 건 그런 당돌한 말과 무례한 태도 같은 것이 아니었다.
>
> 아시겠지만 저도 제 몫의 월세를 내고 생활비도 부담해요. 심지어 넉 달치 월세를 미리 냈고요. 불편하다고 하시니까 조심은 하겠지만 저한테도 그만한 권리가 있는 건 알고 계셔야 할 것 같아서요.
>
> 명백 사실, 반박할 수 없는 말.
>
> 그 애가 주방에서 나간 뒤 나는 도망치듯 방으로 되돌아왔다. 그리고 침대에 걸터앉아 멍하니 그 애가 한 말을 곱씹어 보았다. 월세, 생활비, 권리, 돈과 맞바꾼 나의 권위, 부모로서의 자격, 심장을 떨리게 하는 수치심과 모멸감. 내가 편안하게 머물 수 있는 공간은 점점 줄어들고 있다.(p.47)

- 화자
- 레인

• 2층집에 세 들어 사는 부부가 심하게 싸움을 합니다. 이들의 다툼이 커지고 아래층까지 다투는 소리가 들립니다. 딸은 싸움을 말리기 위해 2층으로 올라갑니다. 2층 남자는 '우리 가정사'라며 상관 말라고 하는데, 딸은 '가정 폭력도 폭력이라'며 맞섭니다. 결국 신고를 하고 경찰이 출동하게 되는데요. 화자는 딸이 이런 식으로 '소란을 피우고 사람들의 이목을 끌지 않았으면 좋겠다'(p.50)고 생각합니다. 여러분은 화자와 딸 중 누구의 태도에 더 공감하시나요?

이봐요, 아가씨. 이건 우리 가정사요. 거기 서서 이래라저래라 할 이유가 없다고요.

꿈틀대는 분노를 간신히 통제하는 남자의 목소리. 기다렸다는 듯 딸애의 목소리가 달려들었다.

아저씨, 애들이 보잖아요. 가정사는 무슨 가정사예요. 사람 때리는 건 범죄 예요. 가정 폭력도 폭력이라고요. 누구라도 경찰에 신고 좀 해요. 멀뚱히 보고만 있지 말고 신고하라고! 뭐 하는 거야. 사람들이 전부 다. 남의 일이라고 구경만 하고. 진짜 너무들 하네!

한참 만에 경찰이 왔다. 순찰차 경광등이 번쩍거리며 고요한 골목을 깨우는 동안 딸애는 경찰들에게 화를 내며 또 언성을 높였다. 가정사에 시시콜콜 참견할 수 없고 아이 엄마가 처벌을 원하지 않는다는 경찰의 말이 끝나자마자 그 애의 목소리가 가세했다.

가해자가 눈앞에 있는데 어느 바보가 처벌을 해 달라고 말해요? 그렇게 손 놓고 있지 말고 무슨 일이 어떻게 일어났는지 조사하는 시늉이라도 하세요.(p.49~50)

- 화자
- 딸

• 오늘의 '한마디' 또는 토론 소감을 나눠봅시다.

『필경사 바틀비』

허먼 멜빌 지음, 공진호 옮김, 문학동네, 2011

자유 논제

- 이 소설은 19세기를 대표하는 미국의 작가 허먼 멜빌이 1853년 《퍼트넘스 먼슬리 매거진》에 2회로 나누어 발표한 중편소설입니다. 이 작품은 훗날 미국 고등학교 국어 교과서에 수록되고 영화로 상영되기도 했습니다. 짧은 글임에도 불구하고 풍부한 상징이 녹아 있고, 읽는 사람에 따라 다양하게 해석할 수 있는 매력으로 많은 독자들을 사로잡았습니다. 여러분은 이 작품을 어떻게 읽으셨나요? 별점과 읽은 소감을 나눠봅시다.

별점	☆☆☆☆☆
읽은 소감	

- 인상 깊은 부분을 소개해주세요.

발췌1	
발췌2	

- 초로에 접어든 변호사인 화자는 "젊어서부터 평탄하게 사는 게 최고라는 확신을 갖고 살아온 사람"입니다. 변호사는 "활기차고 흥분하기 쉬우며 더 나아가 소란에 휘말리기까지" 하는 일이지만 "그런 일로 마음의 평안을 깨는 일"(p.8)을 하지 않습니다. 그래서 아는 사람들은 모두 자신을 '더없이 안심할 수 있는 사람'(p.10)이라고 여긴다고 말하는데요. 여러분은 화자의 자신에 대한 평가를 어떻게 보시나요?

> 먼저 나로 말하자면 젊어서부터 줄곧 평탄하게 사는 게 최고라는 깊은 확신을 갖고 살아온 사람이다. 따라서 활기차고 흥분하기 쉬우며 더 나아가 소란에 휘말리기까지 한다고 흔히들 말하는 직종에 몸담고 있지만 나는 그런 일로 마음의 평안이 깨지는 일이 없었다. 나는 배심원 앞에서 변론을 하거나 대중의 갈채를 끌어내거나 하는 일이 결코 없는, 야망이 없는 변호사들 축에 속한다. 그리고 편안한 은신처가 주는 유유한 평화로움 속에서 부자들의 채권이나, 저당권, 등기필증을 다루며 안락하게 살 수 있을 정도의 벌이를 한다. 나를 아는 사람들은 모두 내가 더없이 안심할 수 있는 사람이라고 여긴다. 시적 열의는 별로 없는 저명인사였던 고 존 제이컵 애스터는 주저 없이 내 첫 번째 강점은 신중함이며 그다음은 체계성이라고 단언했다. 우쭐해서 하는 말이 아니라 단지 사실을 있는 그대로 기록하건대 이 일을 하며 내가 고 존 제이컵 애스터의 의뢰를 받지 못한 적은 없다.(p.8~10)

- 화자는 바틀비가 사무실에 기거하는 사실을 알게 됩니다.(p.49) 처음엔 바틀비에 대해 "순전한 우울과 진심 어린 동정심"을 느꼈지만 그런 감정이 상상 속에서 커지면서 "우울은 두려움으로, 그

동정심은 혐오감으로 녹아"듭니다. "비참함에 대한 생각이나 비참한 광경은 어느 선까지 인간의 선한 감정을 일으키지만", 어떤 선을 넘으면 그렇지 않다고 생각합니다. 화자는 "필경사가 선천적인 그리고 치유할 수 없는 장애의 희생자라고 확신"합니다. 그래서 "물질적인 원조를 줄 수는 있겠지만" 고통을 받는 것은 육신이 아니라 영혼이기에 "그의 영혼에 닿을 수 없었다"(p.50)고 고백하는데요. 여러분은 화자의 이런 고백을 어떻게 생각하시나요?

> 나는 그 모든 점을 곰곰이 되새겨보았다. 그가 내 사무실을 일정한 거주지이자 집으로 삼았다는 사실, 조금 전에 발견한 이 사실을 그 모든 점과 결부해 생각해보았다. 또한 그의 병적인 침울함도 잊지 않았다. 이 모든 것을 이리저리 생각하는 동안 타산적인 기분이 나를 엄습했다. 내가 최초로 느꼈던 감정은 순전한 우울과 진심 어린 동정심이었다. 그러나 바틀비의 쓸쓸함이 내 상상 속에서 점점 커져갈수록, 그만큼 바로 그 우울은 두려움으로, 그 동정심은 혐오감으로 녹아들었다. 비참함에 대한 생각이나 비참한 광경은 어느 선까지는 우리에게 가장 선한 감정을 불러일으키지만, 몇몇 특별한 경우그 선을 넘어서면 그렇지 않다는 것은 너무나 자명한 동시에 끔찍한 진실이다. 그 이유가 예외 없이 인간의 마음이 선천적으로 이기적인 탓이라고 단언하는 사람이 있다면 그는 우를 범하는 것이다. 오히려 그것은 과도한 구조적 악을 고칠 희망이 없다는 데 기인한다. 감수성이 예민한 사람에게 동정심은 때로 고통이다. 그리고 마침내 그런 동정심이 효과적인 구제로 이어지지 못한다는 것을 깨달으면 상식은 영혼에게 동정심을 떨치라고 명한다. 그날 아침에 본 것으로 인해 나는 그 필경사가 선천적인 그리고 치유할 수 없는 장애의 희생자라고 확신하게 되었다. 내가 그의 육신에 물질적인 원조를 줄 수는 있겠지만 그에게 고통을 주는 것은 육신이 아니었다. 고통을 받는 것은 그의 영혼이었으며 나는 그의 영혼에 닿을 수 없었다. (p.49~50)

● 바틀비는 형평법 고등법원에서 일주일간 취한 진술을 네 부 필사
했습니다.(p.32) 화자는 터키와 니퍼스, 진저 너트와 바틀비에게
필사본을 검증하라고 지시합니다. 그러나 바틀비는 "안 하는 편을
택하겠습니다"(p.32)라고 말하며 거절합니다. 화자는 터키와 니퍼
스, 진저 너트에게 바틀비의 거절을 어떻게 생각하느냐고 묻습니
다. 터키는 "변호사님이 옳다"고, 니퍼스는 "저자를 사무실에서 내
쫓아야 한다"(p.34)고, 진저 너트는 "바틀비씨가 살짝 돌았다"(p.35)
고 대답합니다. 하지만 화자는 바틀비의 '태도를 존중'하고 '가엾은
친구'로 생각하면서 "그와 잘 지낼 수 있"(p.38)다고 생각하는데
요. 여러분은 화자의 이런 생각에 공감하시나요?

> "왜 거부하는 거지?"
>
> "안 하는 편을 택하겠습니다."
>
> 다른 사람이었으면 나는 곧바로 엄청나게 성을 냈을 것이다. 그가 뭐라고
> 더 말하든 모두 비웃고, 면전에서 그를 굴욕적으로 떠밀었을 것이다. 그러나
> 바틀비에게는 이상하게 나의 성질을 누그러뜨릴 뿐 아니라, 놀랄 만큼 나의
> 마음을 움직이고 당혹스럽게 하는 무언가가 있었다.(p.33)
>
> 소극적인 저항처럼 열성적인 사람을 괴롭히는 것도 없다. 그 저항의 대상
> 이 되는 사람의 성격이 비인간적이지 않다면, 그리고 저항을 하는 사람의 소
> 극성이 전혀 무해하다면, 전자는 기분이 나쁘지 않을 경우 자신의 판단력으
> 로 해결하기 불가능하다고 판명되는 것을 상상력으로 관대하게 추론하고자
> 애쓸 것이다. 그렇다고는 하나 나는 대체로 바틀비와 그의 태도를 존중했다.

가엾은 친구로군! 나는 생각했다. 그는 악의가 없어. 무례하게 굴려는 의도가 없는 건 분명해. 그의 용모를 보면 그의 기행들이 본의가 아님을 충분히 알 수 있지. 그는 내게 유용한 사람이야. 나는 그와 잘 지낼 수 있어. 내가 해고하면 그는 아마 덜 관대한 고용주를 만나겠지. 그러면 그는 무례한 취급을 받을 것이고, 어쩌면 굶어죽도록 비참하게 내몰릴지도 몰라. 그래, 나는 여기서 달콤한 자기승인을 값싸게 획득하는 거야. 바틀비의 친구가 되어주고, 그의 별난 옹고집에 장단을 맞춰준다고 해서 손해 볼 것은 없으니까. 그러면서 나는 궁극적으로 내 야심에 달콤한 양식이 될 것을 내용에 비축하는 거지. 그러나 이런 내 기분이 불변하는 것은 아니었다.(p.38)

- 공감한다.
- 공감하기 어렵다.

● 결말에서 화자는 바틀비가 죽은 몇 달 후에 들은 소문에 대해 이야기합니다.(p.92) 바틀비는 월스트리트에 오기 전 "워싱턴의 사서死書 우편물계의 하급 직원"(p.92)이었는데 행정기관이 변경되면서 갑자기 해고되었습니다. 화자는 바틀비처럼 "운이 나빠서 창백한 절망에 빠지기 쉬운 사람"이 "끊임없이 사서를 취급하고 분류해 불태우는 것보다 더 그 절망을 키우는 데 적합해 보이는 일이 또 어디 있겠"(p.93)느냐고 말하는데요. 여러분은 바틀비의 죽음에 대한 화자의 해석에 공감하시나요?

소문은 이렇다. 바틀비는 워싱턴의 사서(死書) 우편물계의 하급 직원이었는데, 관련 행정기관에 뭔가 변경되는 게 있어서 갑자기 해고를 당했다. 이 소문을 곰곰이 생각할 때 나를 엄습하는 감정은 제대로 표현할 길이 없다. 사서라! 사자(死者)처럼 들리지 않는가! 날 때부터 그리고 운이 나빠서 창백한 절망에 빠지기 쉬운 사람을 상상해보면, 끊임없이 사서를 취급하고 분류해 불태우는 것보다 더 그 절망을 키우는 데 적합해 보이는 일이 또 어디 있겠는가? 그 우편물들은 매년 대량으로 소각된다. 창백한 직원은 이따금 접힌 종이들 사이에서 반지를 가려내기도 한다. 그 반지가 끼워져야 했을 손가락은 어쩌면 무덤 속에서 썩고 있을지 모른다. 누군가가 즉각적인 자선을 베풀어 발송한 지폐가 나오기도 한다. 그것으로 구제를 받았을 사람은 더 이상 먹지도 배고파하지도 않는다. 절망하며 죽은 자들에게 용서를, 희망이 없는 상태에서 죽은 자들에게 희망을, 구제 없는 재난에 질식해 죽은 자들에게 희소식을 전하는 편지가 나오기도 한다. 생명의 심부름을 하는 그 편지들은 급히 죽음으로 치닫는다.

아, 바틀비여! 아, 인류여!(p.92~93)

- 공감한다.
- 공감하기 어렵다.

● 오늘의 '한마디' 또는 토론 소감을 나눠봅시다.

『아무튼, 서재』

김윤관 지음, 제철소, 2017

자유 논제

- 『아무튼, 서재』는 '작은 소용이 닿는 가구'를 통해 삶의 의미를 찾는 목수 김윤관의 에세이입니다. 저자는 단단한 책장, 커다란 책상, 괜찮은 의자, 아름다운 책과 같이 서재를 꾸미는 소품을 이야기합니다. 한 목수가 꿈꾸는 서재 풍경입니다. 여러분은 이 책을 어떻게 읽으셨나요? 별점과 읽은 소감을 나눠봅시다.

별점	☆☆☆☆☆
읽은 소감	

- 인상 깊은 부분을 소개해주세요.

발췌1	
발췌2	

- 저자는 스스로를 '서재 전문 목수'라 부르며 '길이 2m 40cm에 넓이 90cm인 커다란 책상'(p.43)을 소개합니다. '미니멀한 가구를 만드는 분이 의외'라는 시선을 받기도 합니다. 저자는 "취향이란 지극히 개인적인 요소"라 옳고 그름이 없으며 "타인의 취향을 질책하는 태도만이 유일하게 그를 뿐"(p.46)이라고 전합니다. 여러분은 저자의 생각을 어떻게 읽으셨나요?

> 많은 종류의 포스트잇, 줄자와 삼각자, 커터칼과 머그잔 등이 어지럽게 널려 있다. 나의 책상을 본 사람들은 한결같이 "책상이 이게 뭐니? 정리를 잘해야 집중이 잘 되지"라든지 "가구는 그렇게 미니멀하게 만드는 분이 의외네요" 식의, 나로서는 잘 이해되지 않는 비판의 말과 눈빛을 보낸다.
> 폴 스미스의 사무실은 사람이 겨우 움직일 수 있을 정도의 공간을 제외하고는 온갖 물건들로 가득 차 있다. (…) 사람들이 말하는 '작고 단정한', '정리가 잘 된'이라는 기준은 구경꾼의 기준일 뿐 실제 책상을 쓰는 주인의 시각에서 표현되는 것이 아니다. 폴 스미스 역시 "사무실을 찾아오는 사람들은 세상에 이런 카오스가 어디 있냐고 말하지만, 내게는 더없는 질서가 잡힌 공간"이라고 설명한다. 그의 책상을 '카오스'라고 말하는 사람은 그 책상과 상관없는 외부인일 따름이다. 정작 책상을 사용하는 폴 스미스에게는 '더없는 질서'가 있는 책상인 것이다.(p.44~45)

- '가끔 내가 가질 서재를 상상'한다는 저자는 아직 원하는 서재를 만들지 못했다고 합니다. 그는 서재에 있어야 할 물건으로 '텔레비전'과 '책'을 '가장 중요하게 생각'(p.15)합니다. 자신이 꿈꾸는 서재의 구체적인 모습입니다. 저자에게 서재란 '한 개인이 자신

과 마주하며 스스로 성장하는 모든 행위를 도모하는 장소'(p.138)
라고 합니다. 여러분은 저자의 견해를 어떻게 읽으셨나요?

> 서재는 단지 책을 보관하거나 읽는 공간만을 의미하지 않는다. 조선 선비
> 들의 사랑방에서 보듯이 서재는 공부와 수양, 휴식과 취미활동, 그리고 교류
> 가 이루어지는 복합적인 공간이다. 무엇보다 한 개인이 자신과 마주하며 스
> 스로 성장하는 모든 행위를 도모하는 장소라 할 수 있다.(p.138)
>
> '현대인은 병들어 있다'고 많은 사람이 진단한다. 원인에 대한 분석만큼 처
> 방도 다양하다. 목수로서 나의 처방은 이것 하나다. 서재를 가져라. 당신만의
> 서재를 가져라. 명창정궤. 밝은 빛이 스며들고 정갈한 책상 하나로 이루어진
> 당신만의 서재를 가지는 일이 당신 자신의 모습으로 살아가는 첫걸음이 될
> 것이다.(p.139)

선택 논제

• 언젠가부터 "작고 단정한 것이 크고 어지러운 것에 비해 더 도덕
적인 것으로 인식되고 있다"(p.42)고 생각하는 저자입니다. 그에
게 중요한 것은 '내 행위의 자연스러움이 만들어낸 규칙과 배열'
인데요. "크고 산만한 책상의 중요성에 대해 강조하는 것은 자신
에게 맞는 스타일을 고수하는 것이 옳다는 것의 재확인"이라는
저자의 입장입니다. 저자는 "어지러움에는 어지러움의 미학이
있다"(p.42)고 주장합니다. 여러분은 저자의 이런 생각에 공감하
시나요?

어지러움에는 어지러움의 미학이 있다. 깨끗하게 계획된 신도시의 아름다움 외에도 스스로 태어나고 성장하며 어지러이 생성된 구도시 달동네의 아름다움이 있는 것과 같다. 어지러움에는 내 행위의 자연스러움이 만들어낸 규칙과 배열이 있다. 그것은 미니멀리즘이 보여주는 멋과 또 다른 멋이다. 크고 산만한 책상의 중요성에 대해 강조하는 것은 자신에게 맞는 스타일을 고수하는 것이 옳다는 것의 재확인이다. 언젠가부터 작고 단정한 것이 크고 어지러운 것에 비해 더 도덕적인 것으로 인식되고 있다. 그 도덕성을 주장하는 사람들은 실제로는 크고 어지러운 것을 취하고 있음에도 불구하고 그렇다.(p.42)

- 공감한다.
- 공감하기 어렵다.

• 슈테판 볼만의 분석을 인용하는 저자는 독서에 대한 여성의 '접근 방식'(p.92)을 언급합니다. 여성들의 독서 목적은 '자유와 독립에의 욕구'(p.92) 이전에 남성들이 만들어놓은 숨 막히는 시스템 속에서의 '생존'이었다고 합니다. 책에 따르면 남성들은 "여성이 자유롭고 독립적인 존재가 되는 것을 두려워"하여 "집요하게 여성들의 독서를 방해"(p.94)해왔습니다. 이를 두고 저자는 "남성들의 비열한 방해"(p.96)라고 일갈합니다. 여러분은 저자의 이런 시각에 공감하시나요?

물론 여성들이 독서를 통해 원했던 것이 처음부터 자유와 독립은 아니었다. 그들이 원했던 것은 '생존'이었다. 남성들이 만들어놓은 숨 막히는 시스템 속에서 단지 작은 숨이라도 이어가는 것. 슈테판 볼만은 "여자들은 살기 위해 책을 읽으며, 삶을 견디기 위해, 즉 살아남기 위해 책을 읽는 경우도 드물지 않았다"고 말한다. 단지 생존을 위한 독서 속에서 여성들은 자기들에게 진정으로 필요한 것이 '자유와 독립'임을 깨닫게 되었다.(p.94)

하지만 남성들의 비열한 방해 속에서도 여성들은 책을 읽고 글을 썼으며, 그 과정을 통해 결국 자신들이 원하는 것이 무엇인지를 명확하게 인식하게 되었다. 여성들은 한 손에는 책을, 한 손에는 립스틱을 든 채 앞으로 나아가기 시작했다. 남자들의 바람에도 불구하고 여성들은 다시 뒤를 돌아보지 않을 것이다.(p.96)

- 공감한다.
- 공감하기 어렵다.

• 오늘의 '한마디' 또는 토론 소감을 나눠봅시다.

『실격당한 자들을 위한 변론』

김원영 지음, 사계절출판사, 2018

자유 논제

- 『실격당한 자들을 위한 변론』은 1급 지체장애인 변호사 김원영의 책으로, 한국 사회를 살아가는 약자들 그중 장애인들의 삶과 그들을 향한 사회의 편견과 고정관념을 소개합니다. 저자는 '잘못된 삶', '실격당한 인생'이라 불리는 이들도 그 존재 자체로 존엄하고 매력적임을 증명하는 변론을 펼쳐나가는데요. 여러분은 이 책을 어떻게 읽으셨나요? 별점을 주고 소감을 나눠봅시다.

별점	☆☆☆☆☆
읽은 소감	

- 인상 깊은 부분을 소개해주세요.

발췌1	
발췌2	

• 저자는 특수학교에 다니던 시기에 여당 국회의원이 주최하는 후원 모임에 초대받아 국회를 방문했던 경험을 소개합니다. 그 모임에서 매달 10만 원가량을 지원받고 있었으므로 의원들이 자기 소개를 할 때마다 그는 최대한 예의 바른 자세로 박수를 쳤습니다. 하지만 저자는 사람들이 식사를 하며 많은 대화를 나누는 동안 "그 모임에서 단 한마디도 할 기회가 없었다"고 회고합니다. 이어 "나는 그 자리에서 아무것도 아닌 존재로 취급되었다. 나는 그저 '전시'되었다"(p.40)고도 하는데요. 여러분은 저자의 생각을 어떻게 보셨나요?

> 소개가 끝난 후 그들은 식사를 하며 많은 대화를 나누었다. 하지만 나는 그 모임에서 단 한마디도 할 기회가 없었다. (…) 물론 자신이 작게나마 돕고 있는 학생을 실제로 보고 싶었을 수도 있다. 그들의 도움은 실제로 내게 큰 힘이 되었고, 나 역시 그것을 부정하고 싶지 않다. 그러나 나는 그 자리에서 아무것도 아닌 존재로 취급되었다. 나는 그저 '전시'되었다. 그들의 모임에서 나는 일종의 가판이었다. 그들이 모임을 유지하면서 가꿔온 화초 같은 존재였다. (…) 나는 위안이요, 뿌듯함이요, 그들의 삶을 정화시켜주는 화초였을 것이다.(p.40)
>
> 장애인을 대상으로 무엇인가를 수행하는 사람의 존재는 구체적이고 강렬하게 특정한 목표에 맞춰 알려진다. 나와 어머니가 참석했던 후원회는 국회의원 본인과 '천사 같은' 장애인들을 만나고 왔다는 모임 주최자의 존재가 생생하게 드러나는 무대였다. 나는 월 10만 원을 받는 대가로 공연에 동원되었을 뿐이다(물론 후원을 받는 사람은 그 정도의 역할은 해줘야 하기 마련이다. 달리 무슨 수가 있을까?). 정치인들에게 목욕 봉사나 경제적 후원을 받는 장애인은 무력하게 누워 있는 익명의 존재로 등장하지만, 우리는 어떤 정치인이 그와 같은 공연을 펼쳤는지는 그에 대한 평가와 관계없이 강렬하게 기억한다.(p.41~42)

● 저자는 "우리가 한 사람을 '본다'고 할 때 그 행위는 사진을 찍는 행위보다 초상화 그리기에 가깝다"고 말합니다. 초상화란 '오랜 시간 그 사람과 만나며 끌어모은 세부 사항들로 합성된 이미지처럼'(p.274) 나타나는 회화적 구현을 뜻하는데요. 하지만 저자에 따르면, 장애인들은 '사진 속에 (정치인들과 함께) 등장하지만 '초상화'를 만날 기회는 거의 없다'(p.284)고 합니다. 여러분은 저자의 이런 견해를 어떻게 보셨나요?

'초상화'로서 한 사람의 아름다움을 드러내는 데는 긴 시간에 걸쳐 세부적인 이야기를 폭넓게 담아내는 드라마 시리즈가 더 효과적인지도 모르겠다. 미국 드라마 <왕좌의 게임>에서 '티리온' 역으로 등장하는 배우 피터 딘클리지는 연골무형성증을 가진 장애인이다. 그의 얼굴은 물론 (배우인 만큼) 첫 등장부터 잘생겼지만, 시즌 7까지 나온 2018년 현재 점점 더 구체적이고 생생한 아름다움을 보여주고 있다. 첫 번째 시즌의 첫 에피소드에 등장하는 티리온에게는 별다른 이야기가 없기 때문에 오직 그의 짧고 비대칭적인 신체만이 눈에 들어온다. (그의 신체는 적어도 드라마 초반부에는 그저 '장애인의 신체'로만 지각될 뿐이다.) 하지만 7년이라는 시간 동안 시청자들은 티리온의 삶 전체를 따라가며 스냅사진 같은 한순간이 아니라 그의 연기가 만들어낸 오랜 시간을 캐릭터의 외모에 통합한다. 그는 이제 극 전체에서 누구보다 매력적인 캐릭터로 각인되고 있다. 물론 그런 연기 자체가 피터 딘클리지라는 배우가 자기 삶에서 구축한 서사가 구현된 결과일 것이다. 티리온의 매력은 피터 딘클리지라는 배우의 매력과 결코 분리되지 않는다.(p.276)

● 저자는 "우리 몸의 볼품없는 어떤 특성, 나이 들고 병들고 장애를 가진 내 자녀의, 친구의, 연인의, 그리고 나의 몸을 하나의 정체성이라고 '수용'해야 한다"(p.144)고 주장합니다. 이어 장애와 질병을 안은 몸이 '추하고, 존엄하지 않고, 하찮다고 여겨지는 상황'에 대해서 자신도 책임을 부담해야 한다고 말합니다. 책은 세상의 잘못된 평가와 위계적 질서에 맞서 "내 존재의 존엄성과 아름다움을 선언할 책임은 우리 자신에게 있다"며 장애인들에게 '실천적 태도'를 강조하는데요. 여러분은 저자의 이런 주장에 공감하시나요?

> 어떤 사람이 자신의 장애가 있는 몸, 미적 기준에서 벗어난다고 여겨지는 신체를 수용했다고 말하는 것은 다음과 같은 의미이다. 그는 자기 자신을 혐오나 피해의식에 기초하여 받아들이지 않고, 이 세상이 구축해놓은 외모의 위계질서에 종속되지 않으며, 앞으로의 삶을 외모에 대한 사회적 차별이나 억압, 혹은 피억업자로서의 의식과 트라우마에 짓눌리지 않은 채 살아가겠다는, 삶에 대한 '근본적인 태도(입장)'를 수용한 것이다.(p.144)
>
> 키가 아주 작거나 얼굴에 커다란 반점이 있는 것은 나의 책임이 아니다. 하지만 그런 몸으로 태어난 것이 추하고, 존엄하지 않고, 하찮다고 여겨지는 상황에 대해서는 나도 책임을 부담한다. 나에 대한 그런 손가락질의 원인은 세상의 잘못된 평가와 위계적 질서이지만, 그에 맞서 내 존재의 존엄성과 아름다움을 선언할 책임은 우리 자신에게 있다. 이것이 '정체성을 수용한다'라고 말하는 사람들이 취하는 실천적 태도이다.(p.154)

- 공감한다.
- 공감하기 어렵다.

● 뉴욕대 로스쿨 교수 켄지 요시노는 장애인, 소수 인종, 성적 소수
자 등에게 "주류 집단에 동화되기를 요구하는 이른바 '커버링' 압
력이 존재한다"고 말합니다. 커버링이란 "자신이 가진 비주류적
인 특성을 '티 내지 말라'는 요구"(p.199)를 뜻하는데요. 그는 커
버링의 대안으로 '논리적 근거를 강제하는 대화'를 제안합니다.
다수자의 입장에서 아무리 당연해 보이는 이야기라도 그것을 말
한 '주류 집단' 쪽에서 그 말을 정당화할 수 있는 근거를 철저히
제시해야 한다는 것입니다. 켄지 교수는 나아가 "법이 이를 강제
하거나 유도할 필요"(p.200)가 있다고 주장합니다. 여러분은 교
수의 이런 대안에 공감하시나요?

> 커버링은 말하자면, 자신이 가진 비주류적인 특성을 '티 내지 말라'는 요구
> 다. 여성을 차별하지는 않지만 여성의 몸이 가진 특별한 상황(생리나 출산 등)
> 을 티 내지 말 것을 암묵적, 명시적으로 요구하는 조직 문화, 장애인을 차별
> 하지 않지만 장애로 인한 특성을 숨기기를 원하는 사회 분위기 같은 것이 그
> 예다. (…)
> '논리적 근거를 강제하는 대화'는 간단한 개념이다. 한마디로 "네가 가진
> 장애, 성별 등을 티 내지 말라"고 커버링을 요구하는 쪽에서, 왜 그것을 티 내
> 면 안 되는지 엄밀한 논리적 근거를 제시하고 말하는 것이다. (…)

'주류'에 있는 사람들은 어떤 요구를 할 때 그 이유를 제대로 설명하지 않아도 된다. 그냥 "원래 여기서는 이렇게 해"라고 말하면 그만인 경우가 많다. 하지만 '논리적 근거를 강제하는 대화'에서는 다수자의 입장에서 아무리 당연해 보이는 이야기라도 그것을 말한 '주류 집단' 쪽에서 그 말을 정당화할 수 있는 근거를 철저히 제시해야 하는데, 켄지 요시노는 법이 이를 강제하거나 유도할 필요가 있다고 본다.(p.199~200)

– 공감한다.

– 공감하기 어렵다.

● 오늘의 '한마디' 또는 토론 소감을 나눠봅시다.

『개인주의자 선언』

문유석 지음, 문학동네, 2015

[자유 논제]

- 『개인주의자 선언』은 현직 부장판사 문유석이 소년 시절부터 현재까지 보고 경험한 사회문제에 대한 생각을 담고 있습니다. 저자는 스스로를 '개인주의자'라고 명명하며 개인의 행복 추구에 필요한 사회의 역할과 연대의 중요성을 강조하는데요. 여러분은 이 책을 어떻게 읽으셨나요? 별점을 주고 소감을 나눠봅시다.

별점	☆☆☆☆☆
읽은 소감	

- 인상 깊은 부분을 소개해주세요.

발췌1	
발췌2	

● 저자는 1980년대 이후 가속화된 경제 성장과 사교육 때문에 심
  각한 학력 격차가 벌어졌다고 지적합니다. 이어 "우리 사회의 교
  육격차는 형식적인 기회 균등만으로 해소하기 어려운 수준에 이
  른 것"이며 "계층 이동의 사다리가 끊어지고 빈곤이 되물림되는
  사회는 역사가 증명하듯 근본적 기반이 흔들린다"(p.91)고 우려
  합니다. 저자는 이를 극복하기 위해 입시에서 지역 균등 전형, 기
  회 균등 전형의 중요성이 커질 것이라고 하는데요. 이는 "사회의
  최소 수혜자를 배려하기 위한 불평등은 정의에 부합한다고 하여
  실질적 평등"(p.92)이라고 덧붙입니다. 여러분은 저자의 이런 입
  장을 어떻게 보셨나요?

> 강남 지역 고교생들 및 특목고 학생들과 일반 학생들 사이의 학력격차가 너
> 무 벌어져서 단일 지필고사 체제를 도입하면 오히려 명문대 정원 대부분을 특
> 목고와 강남 지역 학생들이 독점하게 된다는 것이다. 지금 그나마 지방 일반
> 고 학생들이 몇 명씩이라도 명문대에 진학할 수 있는 것은 학력고사와 비슷한
> 정시, 즉 수능 때문이 아니라 수시인 지역 균형 전형, 기회 균등 전형 때문이라
> 는 얘기다.(p.91)
>
> 미국이 대학 입시에서 소수 인종을 우대하는 '적극적 평등 실현 조치'를 실
> 시하듯 지역 균형 전형, 기회 균등 전형과 같은 조치의 중요성은 우리 사회에
> 서도 점점 더 커질 것 같다. 현재까지 가장 보편적으로 받아들여지는 정의에
> 관한 원칙인 존 롤스의 『정의론』은 사회의 최소 수혜자를 배려하기 위한 불평
> 등은 정의에 부합한다고 하여 실질적 평등을 강조하고 있다. 이는 우리 헌법
> 이 지향하는 가치이기도 하다.(p.92)

- 저자는 "지위가 높든 낮든 자신이 맡은 책임을 다하기 위해 헌신하는 사람을 영웅으로 존중해주는 문화가 정착"(p.266)되어 있는 미국 사회를 소개합니다. 이어 한계, 본질, 구조적인 문제로 책임을 돌리며 아무 행동도 하지 않는 것을 경계하고, "강한 책임을 기꺼이 질 수 있는 가치관"(p.267)을 배양해야 한다고 주장합니다. 책은 "진짜 용감한 자는 자기 한계 안에서 현상이라도 일부 바꾸기 위해 자그마한 시도라도 해보는 사람"(p.268)이라는 견해도 펼치는데요. 여러분은 저자의 이런 주장을 어떻게 보셨나요?

> 과연 '강한 책임을 기꺼이 질 수 있는 가치관'은 어떻게 배양되는가.
> 보통은 '사회지도층, 어른들이 먼저 모범을 보여야 한다'거나 '윤리 교육을 강화해야 한다' 등등의 답이 나올 듯하다. 내 의견은 '작은 책임부터 부담 없이 맡을 수 있어야 한다'다. 우리 사회는 타인의 시선에 극도로 예민한 집단주의 문화의 사회다. 나서는 걸 죄악시하고 튀지 않아야 한다는 강박 속에 산다. 그럴 수밖에 없는 것이 누가 뭘 잘했을 때의 칭찬보다 그가 뭐 한 가지 잘못했을 때 그러면 그렇지 하고 달려들어 돌팔매질하는 광기가 훨씬 뜨겁다. 당연히 리스크를 최소화하려면 책임을 맡지 말아야 한다.(p.267)

선택 논제

- 저자는 "우리 사회는 기본적으로 군대를 모델로 조직"(p.24)되어 있다고 분석합니다. 또한 집단이 우선시 되다 보니 "구성원들이 추구하는 가치가 획일화되어 있고, 한 줄로 서열화"(p.28)되어 있다고 하는데요. 그는 대한민국에서 "우리 스스로를 더 불행하게 만드는 굴레가 전근대적인 집단주의 문화"(p.23)라고 진단합니다.

여러분은 저자의 주장에 공감하시나요?

> 군기를 잡는 시대착오적인 군대 문화가 대학사회에 만연하는 이유도 기성사회의 집단주의 문화를 흉내내고 서열주의를 내면화한 행태라고 볼 수 있다. 개인이 아니라 소속 학교, 학과, 학번 등의 집단에 필요 이상의 의미를 부여하고 그에 따른 위계질서에 개인이 복종할 것을 강요하는 문화가 젊은 세대에서까지 재생산되고 있다는 건 절망적인 일이다. (…)
> 남들 눈에 비치는 내 모습에 집착하는 문화, 집단 내에서의 평가에 개인의 자존감이 좌우되는 문화 아래서 성형 중독, 사교육 중독, 학력 위조, 분수에 안 맞는 호화 결혼식 등의 강박적 인정투쟁이 벌어진다.(p.32)

- 공감한다.
- 공감하기 어렵다.

● 저자는 모욕을 주는 말 한마디에 동료를 살해한 건설 현장 노동자의 사례를 소개하면서 누구에게나 자기만의 급소가 있고 그것을 찌르는 흉기는 '말'이라고 합니다. "인터넷은 그 흉기를 죄의식 없이 휘둘러대는 전쟁터"(p.135)이며 "주목받고 싶다는 이유만으로 고통받는 이들에게 심각한 상처를 줄 수 있는 모욕을 가하는 일들이 연이어 벌어지고 있다"(p.136)고 합니다. 이어 그는 누구나 말하기 전에 세 문을 거쳐야 한다는 데이의 「세 황금문」을 소개합니다. '그것이 참말인가?', '그것이 필요한 말인가?', '그것이 친절한 말인가?'인데요. 저자는 스스로에게 질문하고 "조금만 더 자제하고 조금만 더 친절"(p.137)하게 말할 것을 당부합니다.

다음 중 여러분에게 보다 필요한 질문은 무엇인가요?

> 흔히들 첫번째 질문만 생각한다. 살집이 좀 있는 사람에게 '뚱뚱하다'고 말
> 하는 것은 거짓이 아니다. 그러나 참말이기는 하지만 굳이 입 밖에 낼 필요는
> 없는 말이다. 사실 필요한 말이 아니면 하지 말라는 두번째 문만 잘 지켜도
> 대부분의 잘못은 막을 수 있다. 우리는 얼마나 자주 필요 없는 말로 남에게
> 상처를 주며 살아가고 있는지……
> 　더 나아가 진심으로 친구의 비만을 걱정해 충고하고 싶다면 말을 잘 골라
> 서 '친절하게' 해야 한다. 옳은 충고도 '싸가지 없이' 하면 상대의 마음을 움직
> 일 수 없다. 진심이 담긴 필요한 말이라고 해도 배려심 없이 내뱉으면 그것이
> 진실이기 때문에 더 상대에게 깊은 상처를 줄 수도 있다.(p.136)

- 그것이 참말인가?
- 그것이 필요한 말인가?
- 그것이 친절한 말인가?

• 오늘의 '한마디' 또는 토론 소감을 나눠봅시다.

『잘라라, 기도하는 그 손을』

사사키 아타루 지음, 송태욱 옮김, 자음과모음, 2012

자유 논제

- 현재 일본 사상계에서 가장 주목받는 비평가이자 젊은 지식인 사사키 아타루가 책과 혁명에 대한 생각들을 자유롭게 담아낸 에세이입니다. 저자는 루터를 비롯해 마호메트, 니체, 도스토옙스키, 프로이트, 라캉, 버지니아 울프 등 수많은 개혁가와 문학가, 철학가를 통해 '책이 곧 혁명'임을 이야기하는데요. 여러분은 책을 어떻게 읽으셨나요? 별점과 읽은 소감을 나눠봅시다.

별점	☆☆☆☆☆
읽은 소감	

- 인상 깊은 부분을 소개해주세요.

발췌1	
발췌2	

- 저자는 "읽는다는 것은 무의식적으로 접속하는 것"이라고 말합니다. 카프카의 소설을 읽는다는 것은 "카프카의 꿈을 자신의 꿈으로 본다는 것"(p.42)입니다. 그럴 때 '자연스러운 자기 방어'가 작동된다고 합니다. "정당하게도 어딘가에서 그것을 느꼈기 때문에, 우리의 무의식에서 읽을 수 없는 것처럼, 모르는 것처럼 검열하고 있는 것이지요." 그것이 '독서의 묘미'라고 말합니다. 따라서 "카프카의 무의식에 자신의 무의식을 비춰보고 자신의 무의식과 함께 변혁시키는 위험한 모험을 시작하는 것이 훨씬 더 즐겁"(p.43)다고 말합니다. 여러분은 저자가 말하는 책 읽기에 대해 어떻게 생각하나요?

> 여러 가지로 이야기해왔습니다만 쓴다는 것, 읽는다는 것은 무의식적으로 접속한다는 것입니다. 그러므로 카프카의 소설을 읽는다는 것은 거지반 카프카의 꿈을 자신의 꿈으로 본다는 것입니다. 그렇다면 거기에서 '자연스러운 자기 방어'가 작동하는 것도 당연하겠지요. 그것은 본질적인 난해함이나 무료함이지, 결코 난해한 체하는 것도 아니고 번역이 나쁜 것도 아니며 재미있게 읽을 수 없는 자신이 열등한 것도 아닙니다. 알아버리면 미쳐버립니다. 정당하게도 어딘가에서 그것을 느꼈기 때문에, 우리의 무의식에서 읽을 수 없는 것처럼, 모르는 것처럼 검열하고 있는 것이지요. 바로 그렇기 때문에 그것이 '독서의 묘미'가 되는 것입니다.
>
> 역시 니체를 인용할까요. 니체 왈, "자신이나 자신의 작품을 지루하다고 느끼게 할 용기를 가지지 못한 사람은 예술가든 학자든 하여튼 일류는 아니다." 자, 우리는 이미 여기까지 왔으므로 이 한마디는 이해할 수 있겠지요. (…) 방어기제를 가동시키고, 따라서 기묘한 무료함이나 난해함을, '기분 나쁜 느낌'을 느

끼게 하지 못하는 것은 책이라고 부를 수 없습니다. (…) 그런 책을 읽는 것보다는 카프카의 무의식에 자신의 무의식을 비춰보고 자신의 무의식과 함께 변혁시키는 위험한 모험을 시작하는 것이 훨씬 더 즐겁지 않을까요.(p.42~43)

● 저자는 "중세 해석자 혁명은 무엇이 '텍스트'인지를 정의하는 혁명"(p.226)이라고 설명합니다. '법이나 통치 그리고 규범' 들이 담긴 텍스트는 '단절'을 가져왔습니다. 무엇이 텍스트인지 가려내는 과정에서 "텍스트는 다양한 가능성을 잃고, 축소되고 삭제되고 줄여지게 되었"고, "정보에 지나지 않은 것"이 되었습니다. 이때부터 "법이나 규범이나 정치는 정보냐 폭력이냐 하는 양자택일의 막다른 길에 봉착하"였고, "자본주의는 늘 통치술을 다양하게 바꿔왔고 늘 공황이나 위기에 닥치게"(p.227) 되었다고 주장합니다. 여러분은 저자의 이런 견해를 어떻게 보셨나요?

그러나 거기에서 텍스트는 다양한 가능성을 잃고, 축소되고 삭제되고 줄여지게 되었습니다. 텍스트는 정보에 지나지 않은 것이 되었습니다. 법이나 규범과 관련된 것은 정보밖에 없게 되었습니다.

그런데 여기서부터는 저의 사변입니다. 이 시점부터 법이나 규범이나 정치는 정보냐 폭력이냐 하는 양자택일의 막다른 길에 봉착하게 되었습니다. 이미 말한 대로 이 혁명에서만 가능했던 '신용', '신탁', '크레디트', 즉 그리스도교에서는 '신을 욕망하는 것' 자체인 신앙을, 닫힌 시장경제라는 회로 안에 봉쇄하여 회전시키는 방책에서만 자본제가 도래했기 때문입니다. 물론 거기에 무리가 있기 때문에 자본주의는 늘 통치술을 다양하게 바꿔왔고 늘 공황이나 위기에 닥치게 됩니다.(p.227)

- 저자는 "읽는 것은 무서운 것"이라며 '정상적인 것'(p.43)이라고 주장합니다. "책은 적게 읽어라. 많이 읽을 게 아니다." 니체, 쇼펜하우어, 나쓰메 소세키, 스탕달, 롤랑 바르트, 헨리 밀러, 그리고 마르틴 루터의 말을 인용합니다. "책이란 되풀이해서 읽는 것"(p.44)이라는 말이지요. 정보라면 한 번 읽거나 '저장하고 검색기만 돌리면' 된다고 합니다. 한 번 보고 저장해두는 '정보'와 차원이 다른 책을 선택해서 읽으라고 권유합니다. 하지만 일반 독서가의 경우에 그대로 적용하기가 쉽지 않은데요. 여러분은 몇 권의 책을 되풀이해서 깊이 읽는 것과, 지식을 넓히기 위해 많은 책을 읽는 것 중 어느 쪽을 선택하시겠습니까?

> 니체도, 쇼펜하우어도, 나쓰메 소세키도, 스탕달도, 롤랑 바르트도, 헨리 밀러도, 그리고 마르틴 루터도 똑같은 말을 했습니다. "책은 적게 읽어라. 많이 읽을 게 아니다"라고요.
>
> 다시 말해 책이란 되풀이해서 읽는 것이라는 겁니다. 싫은 느낌이 들어서, 방어 반응이 있어서, 잊어버리니까, 자신의 무의식에 문득 닿는 그 청명한 징조만을 인연으로 삼아 선택한 책을 반복해서 읽을 수밖에 없습니다. 왕왕 대량으로 책을 읽고 그 독서량을 자랑하는 사람은, 똑같은 것이 쓰여 있는 책을 많이 읽고 있다는 사실을 깨닫지 못합니다. 즉 자신의 지(知)를 착취하고 있다고 생각하지만, 실은 착취당하는 측에 있다는 것을 깨닫지 못합니다. 읽은 책의 수를 헤아리는 시점에서 이미 끝입니다. 정보로서 읽는다면 괜찮겠지만 그것이 과연 '읽는다'는 이름을 붙일 만한 행위일까요.(p.44)

- 선택한 책을 되풀이해서 읽는 것
- 많은 책을 읽는 것

• 저자는 사람들이 자신이 사는 시대를 '새로운 시대의 여명'이라고 생각하는 것에 대해 우스꽝스러워합니다. 역사적으로 루터파나 후기 스콜라 학파도 자신이 살고 있는 시대를 '근대'라고 여겼습니다.(p.191) 저자는 이것에 대해 "그들의 위대한 업적, 그들이 달성한 것을 생각하면 그 정도의 치기는 허용"된다고 말합니다. 그러나 "이런 것을 모르는 사람들이 근대라고 하는 것도 성에 차지 않은지 또다시, 젊은 우리의 시대는 포스트모던이다, 새롭다, 하는 식으로 말하는"(p.192) 것에 대해서는 창피하다고 말합니다. 여러분은 저자의 이러한 견해에 공감하십니까?

> 루터파는 자신들을 뭐라 불렀을까요? 근대인, 새로운 시대의 사람이라 불렀습니다. 루터가 말하기를, "우리는 새로운 시대의 막을 여는 경험을 하고 있다." 그리고 중세라는 호칭을 일반적인 것으로 만든 것도 루터파입니다. 원시 그리스도교의 진정한 신앙으로 회귀함으로써 새로운 시대를 개척하는 것은 우리고, 그 사이의 야만적인 시대를 중세라 부르자고 한 것이 그들입니다.
>
> 그뿐만이 아닙니다. 사실 14세기부터 16세기, 즉 루터가 출현하기 이전 오컴의 윌리엄을 필두로 하는 후기 스콜라학파는 자신들의 유명론을 가리켜 '근대의 길/방법'이라 불렀습니다. 즉 스스로 새로운 시대의 새로운 사고를 대표하는 자들로 생각했던 것이지요. 또 있습니다. 12세기 중세 해석자 혁명에 참가한 법학자, 신학자 들이 이미 자신과 자신의 시대를 '근대'라 불렀습니다. 나중에 말하겠지만 확실히 그들은 근대적인 법 시스템의 창시자

이므로 꼭 틀린 말은 아닙니다. 그렇지만 르장드르가 "만약 지금 뭔가가 끝나려 하고 있다면 그것은 중세다"라고, 다소 미소 섞인, 그러나 충분히 신랄한 아이러니를 담아 말하는 것은 이런 이유에서가 아닐까요?

어쨌든 사람은 자신을 새롭다고 믿고 싶어 하는 존재고, 자신의 시대를 새로운 시대의 여명이라고 생각하지 않고는 견딜 수 없는 존재입니다. 옛날부터, 더 옛날부터, 이는 좀 우스꽝스럽습니다. 하지만 그들의 위대한 업적, 그들이 달성한 것을 생각하면 그 정도의 치기는 허용되어야 하겠지요. 다만 이런 것을 모르는 사람들이 근대라고 하는 것도 성에 차지 않은지 또다시, 젊은 우리의 시대는 포스트모던이다, 새롭다, 하는 식으로 말하는 건 정말이지 창피해 죽겠습니다. 선인들이 달성한 것을 알려고도, 존경과 존중의 마음을 가지려고도 하지 않으니 어쩔 수 없습니다만, 이제 그런 유치한 태도는 그만두는 것이 좋지 않을까요?(p.191~192)

- 공감한다.
- 공감하기 어렵다.

• 오늘의 '한마디' 또는 토론 소감을 나눠봅시다.